醫統江山

第二輯

卷7

步步緊逼

石章魚 著

人活著總得幹點什麼
上輩子莫名其妙就沒了
這輩子有了從頭再來的機會
必須要懂得珍惜

目錄

第一章

一杯酒的約定

蘇宇馳內心一怔，
就個人而言他和胡小天並沒有任何的仇恨，
可是如果皇上讓他對付胡小天，那麼又當如何？
以後是以後的事情，先將今日之難關渡過再說，
他端起酒杯和胡小天碰了碰，一飲而盡！

文承煥清晨剛剛起來就被得到的消息震驚了，皇上居然下旨赦免了顏宣明全家的罪名，非但如此，還給顏宣明官復原職。文承煥不知到底發生了什麼？一夜之間居然發生了這麼大的變化，更讓他鬱悶的是，龍宣恩在做出這個決定之前甚至沒有跟他商量。

文承煥匆匆前往宮內求見皇上，一直等到日上三竿方才得到老皇帝的召見。

龍宣恩這一夜明顯沒睡好，表情顯得疲憊不堪。

文承煥見過皇上之後，小心翼翼問道：「皇上，臣剛剛聽說皇上親自下旨赦免了顏宣明，將他官復原職，不知是真是假？」

龍宣恩點了點頭道：「有這回事。」

文承煥心中暗罵，此前為了害死胡小天，我耗費了多少的心血和精力，這件事一直都得到你的首肯，卻想不到你這老賊說變就變，連招呼不打就改弦易轍，他心中再恨也不敢在皇上面前有絲毫流露，故作愕然道：「皇上為何要做出這樣的決定？微臣愚昧，還請皇上指點迷津。」

龍宣恩打了個哈欠道：「今晨，朕已經得到了確切的消息，胡小天身在東梁郡，蘇宇馳也在他府上做客呢。」

文承煥目瞪口呆，他第一個反應就是不可能，根據他所掌握的消息，胡小天分明就在蟒蛟島，就算閻天祿不肯對他下手，當即將他釋放，胡小天片刻不停返回東梁郡也需至少七個日夜的航程，怎麼可能會突然就到了東梁郡？

龍宣恩道：「文愛卿，你的消息實在是讓朕失望啊！」

文承煥躬身行禮道：「陛下，此事是否有詐，臣敢保證那胡小天根本就在蟒蛟島上。」

龍宣恩陰測測笑道：「保證？你拿什麼保證？胡小天在蟒蛟島上可是你親眼所見？」

「呃……這……」

龍宣恩道：「不僅僅只有你才有耳目，東梁郡那邊已經傳來了確切的消息，胡小天就在東梁郡，如今病已經好了，蘇宇馳就在他那邊，不會有錯，你現在還是不是想建議朕殺了顏宣明？」

文承煥道：「陛下，臣對陛下一顆丹心日月可鑒，絕無半點私心雜念！」

「有沒有私心雜念只有你自己知道，文愛卿，你身為大康太師國之重臣，理當以大局為重，朕知道你和胡小天素來不睦，可是不能被仇恨蒙蔽了雙眼，更不能因為一己之私而將朕推到尷尬的境地。」

「陛下……」

「朕一直都很信任你，可是你不能濫用朕對你的信任，朕有句話一直都想問你，在顏宣明的事情上做文章，對朕有什麼好處？對大康又有什麼好處？」

文承煥道：「陛下，胡小天他野心勃勃……」

「夠了！答非所問！朕若是因為此時和蟒蛟島結怨，蟒蛟島的那幫海賊當然沒有攻打我大康的膽子，可是他們或許會不惜一切代價破壞大雍運糧的船隻，滋擾兩國之間的糧運通道，你有沒有考慮到這個可能？若是造成這樣的惡果，再度造成大康糧荒，這個責任誰來承擔？」

文承煥道：「陛下，老臣向來鞠躬盡瘁兢兢業業，陛下若是懷疑臣的動機，請陛下治罪，就算將臣推出午門問斬，臣也絕無怨言，陛下難道忘了，促成大雍開放糧禁的正是老臣啊！」他跪在地上，涕淚直下。

龍宣恩根本沒有被他的眼淚打動，漠然道：「朕若是不念及此事，還真會懷疑你的動機，顏宣明的案子無需再議。」

「陛下，胡賊不除，國難不已啊！」

龍宣恩冷冷望著文承煥道：「朕殺了他，你能幫我守住北方邊境嗎？」

蘇宇馳這兩日在東梁郡並沒有遭受任何的敵視，胡小天給予了他最大限度的禮遇，不但親自陪同蘇宇馳遊覽東梁郡附近的山水風光，每天還都要隆重宴請蘇宇馳一行。

蘇宇馳的內心卻始終處於忐忑之中，他知道自己的處境極其凶險，在表面一片祥和的背後，胡小天正和朝廷悄然較量著，自己的結局取決於朝廷的最終決定。

「蘇大將軍，這杯酒就當我為您餞行了！」

蘇宇馳微微一怔，抬起頭來望著滿面春風的胡小天，不知他的這句話究竟代表什麼意思。難道事情有變，胡小天想要對自己下手？

胡小天道：「剛剛得到消息，皇上已經赦免了顏宣明，給他官復原職。」

聽到這個消息蘇宇馳居然心底感到一陣輕鬆，他明白，在這次朝廷和胡小天之間的較量中，後者最終佔據了上風，皇上居然向他屈服了，蘇宇馳雖然知道自己不應該高興，可是仍然有種如釋重負的感覺，因為他知道自己這次終於如履薄冰地渡過了危機。

蘇宇馳意味深長道：「恭喜你了！」

胡小天道：「一個人年紀大了，總會做一些糊塗事。」

雖然他沒有點明是誰，可蘇宇馳知道他說的一定是皇上，蘇宇馳笑了笑，外界紛紛傳言胡小天野心勃勃，對朝廷不敬，現在看來應該是屬實，他開始明白為何皇上要急於對胡小天下手。拋開一個臣子對朝廷的忠誠不論，蘇宇馳個人心中對朝廷想要除去胡小天的做法並不認同，至少現在還不是時候。無論胡小天擁有怎樣的野心，他畢竟在庸江開創了這幾十年中對大康最為有利的局面，雖然他有自立之嫌，但是他的存在讓大康和大雍之間多了一道屏障，讓大康多了一份保障，從戰略上來看，至少胡小天這支力量目前在庸江的存在，對大康利多於弊。

蘇宇馳甚至構想過成功除去胡小天之後，庸江防線將會面臨的壓力，剛剛被胡小天收攏的軍心會不會再度瀕臨崩潰，而他自己對能否成功掌控住這裡的局面也沒有十足的把握。

蘇宇馳道：「外面都在傳言胡大人去了蟒蛟島，消息沸沸揚揚，這對軍心並無太大的好處，胡大人為何不公開闢謠？」

胡小天微笑道：「清者自清，外面說我壞話的人實在太多，我要是每件事都去解釋，恐怕會說到口乾舌燥力竭而死，人活在世上又何必在乎別人的流言蜚語，自己明白自己是什麼樣的人就好，說你的人越多，豈不是證明你做過的事情就越多，總比碌碌無為，縮在殼子裡當縮頭烏龜要強，您說是不是？」

蘇宇馳笑了起來：「胡大人的這場病真是讓陛下操碎了心啊！」

胡小天道：「沒有人生來就是享福的，皇上也不例外，其實一個明君本該比所有人都要活得更累，只有君主鞠躬盡瘁，百姓才有好日子過，若是君主只懂得貪圖享樂，那麼十有八九就會民不聊生。」

蘇宇馳笑道：「胡大人的話總是讓人耳目一新。」

胡小天道：「道理誰都懂，可惜天下卻很少有願意受苦的君主，其實退一步來說，一個君主若是無為而治，知人善任，也算是國家之福，最怕的就是既貪圖享樂，又任人唯親，好壞不分，忠奸不辨。」

蘇宇馳道：「胡大人好像有很多怨氣呢。」

胡小天緩緩落下酒杯道：「換成你是我，你一樣會心涼若水。」他歎了口氣道：「我兩敗雍軍進犯，並沒有得到朝廷半點褒獎，反而落得諸多猜疑，攻下東洛倉，卻被朝廷好生責怪，說我主動挑起兩國戰火，擔心引火焚身，蘇將軍，你知不知道我初來東梁郡的時候，庸江水師提督趙登雲曾經勸我將東梁郡雙手奉送給大雍，這樣的將領在皇上眼中卻是忠臣良將。」

蘇宇馳道：「陛下聖明，有些時候並不清楚這裡的實際情況，聽到的情報難免有些出入。」他還是竭力維護朝廷。

胡小天道：「蘇將軍的人品和風骨一直都是我佩服的，在下一直都未想過和蘇將軍成為敵人。」

蘇宇馳微笑道：「同殿為臣，你我永遠都不會成為敵人。」他心中卻明白，他險些就成為胡小天的敵人，而胡小天應該也對他動過殺機。

胡小天道：「胡某做事一向以大局為重，縱然朝廷對胡某心存疑慮，但是胡某對朝廷的忠心從未動搖，蘇大將軍是國之棟樑，有些事也是不得已而為之，這一點我看得很清楚，否則咱們也不會心平氣和地坐在這裡把酒言歡。」他這句話暗藏威脅。

蘇宇馳淡然一笑：「胡大人的贈糧之恩，蘇某謹記心頭。」

胡小天道：「大康若想走出今日之困局，必須要大家齊心合力，蘇將軍以後坐鎮鄖陽，你我之間在望春江東西隔岸相望，應當守望相助才對。」

蘇宇馳點頭道：「蘇某正有此意。」

胡小天端起酒杯道：「咱們以這杯酒約定，以後一致對外，絕不為敵！」

蘇宇馳內心一怔，就個人而言他和胡小天並沒有任何的仇恨，可是如果皇上讓他對付胡小天，那麼又當如何？以後是以後的事情，先將今日之難關渡過再說，他端起酒杯和胡小天碰了碰，一飲而盡！

喝完這杯酒，蘇宇馳道：「胡大人，蘇某此次前來東梁郡和楊太醫一起前來，此番離去也想帶他一起回去。」自從那日失火之後，楊返慮就被胡小天拿下，到現在仍然不見蹤影，所以蘇宇馳才會提出這個要求，只是他心中也明白，胡小天對楊返慮的真實目的早已了然於胸，未必肯輕易將之放過。

胡小天微笑道：「那個楊太醫是個庸醫，蘇大將軍是否知道他的底細？」

蘇宇馳有些難於回答，若是說自己知道楊返慮的底細，那豈不是等於當面承認謀害胡小天之事自己有份參與，若是說自己不清楚楊返慮的底細，那麼胡小天又豈肯順順當當地將人交給自己？他低聲道：「皇上派他前來也是一片好心，至於他的醫術我也不甚清楚，只是我既然帶他前來，也應當將他帶回去，至於他的所為，蘇某會據實上奏給皇上。」

胡小天道：「楊返虛乃是一個武功高手啊，他不是來給我治病，而是想害了我的性命。」蘇宇馳既然如此堅持，胡小天也不怕把話講明白了。

蘇宇馳面露尷尬之色：「胡大人這樣說，讓蘇某無地自容了。」

胡小天道：「與蘇將軍無關，此事必有罪魁禍首，若是我當真認為此事由蘇將軍一手策劃，那麼我也不會送蘇將軍輕易離去。」他說完哈哈笑了起來：「開個玩笑，蘇大將軍千萬不要介意。」

蘇宇馳掌心中滲出冷汗，他開始意識到自己並沒有脫離危險的處境，如果觸怒了胡小天只怕自身難保，看來是無法兼顧楊返虛的安危了。

胡小天道：「楊太醫的事情，我一定會找皇上問個清楚！」

蟒蛟島上，閻天祿已得到了康都方面傳來的最新消息，手下向他稟報道：「啟稟島主，大康皇帝已頒佈了特赦令，赦免顏宣明所有罪名，而且為他官復原職。」

閻天祿聞言大喜過望，看來他這次的寶果然沒有押錯，他點了點頭道：「他現在身在何處？」

「永陽王府，據說他已經向朝廷提出了辭呈，不日就會前往海州。」

閻天祿點了點頭道：「好！好！」

此時一名下屬前來稟報道：「閻島主，楊元慶想要見您。」

閻天祿聽到楊元慶的名字，臉上頓時露出一絲冷笑，他將胡小天的手下一舉拿下，為了做戲逼真，楊元慶主動要求和其他士兵一起被關入監牢，他又怎會知道這件事計中有計，胡小天和閻天祿早已達成了協定，今日求見閻天祿是因為他估摸著康都那邊應該已經傳來了消息，只要顏宣明獲釋，就意味著閻天祿可以對胡小天動手了。

在兩名海盜的引領下進入聚義堂，看到閻天祿大馬金刀地坐在那裡，楊元慶雖然被關入監獄，這兩日倒也沒遭受什麼折磨，每天都是好酒好肉招待著，他向閻天祿抱拳道：「參見島主！」轉身看了看兩旁，其餘人都已經退了出去，這才放下心來。

閻天祿哈哈大笑：「楊將軍受委屈了。」

楊元慶看到他情緒如此高漲，已經猜到事情十有八九已經成功，微笑道：「閻公子是否已經安然脫險？」

閻天祿點了點頭道：「剛剛得到的消息，大康皇帝已經下了特赦令，赦免了他的所有罪名，還給他官復原職呢。」

楊元慶笑道：「恭喜恭喜！」他上前一步道：「島主，我方已經兌現承諾，下面是島主兌現承諾的時候了。」

閻天祿道：「你一定要殺胡小天？」

楊元慶道：「楊某受人之托，務必要將胡小天的首級帶回康都。」

閻天祿道：「其實胡小天待你也算不薄，想不到你居然恩將仇報！賣主求榮！真是一個不折不扣的小人啊！」

楊元慶被他如此羞辱，臉青一塊紫一塊，尷尬非常。

閻天祿卻哈哈大笑道：「不過我喜歡，老夫生平最欣賞的就是你這種卑鄙小人！」

楊元慶訕訕道：「島主，楊某也是受人之托忠人之事，還請島主兌現承諾。」

閻天祿點了點頭道：「我答應你的事情當然要幫你做到，可是關於殺胡小天這件事，島上有幾個人不同意呢。」

楊元慶心中暗忖，你是一島之主，你開口什麼人敢反對？難道這件事出現了變數？閻天祿反悔了不成？楊元慶微笑道：「不知什麼人反對？」

閻天祿咳嗽了一聲道：「出來吧！」

從一旁帷幔之後走出了幾個人，為首一人卻是常凡奇，他身邊還站著胡中陽和幾名大康水師將領，楊元慶看到眼前情景不由得嚇得魂飛魄散，他馬上明白了發生了什麼事情，轉身就逃。

常凡奇已經大踏步追了上去，一拳擊中這廝的後心，將楊元慶打得橫飛了出去，重重摔倒在了地上，楊元慶摔得鼻青臉腫，不等他爬起，胡中陽也趕了上去一腳踏在他的胸口之上，怒道：「吃裡爬外的東西，竟敢陷害胡大人！」

楊元慶慘叫道：「閻天祿你出爾反爾，不守承諾……你也配做一島之主……如此背信棄義，何以取信他人。」

閻天祿呵呵笑道：「背信棄義的不是我，老子何時跟你達成協議了？一直以來老子都是跟胡小天達成默契，他幫著救出我兒，老子從來都不欠你什麼。」

常凡奇和胡中陽兩人將楊元慶小雞一樣拎起，將他捆綁起來，楊元慶大叫道：「要殺便殺，我皺一下眉頭就不是好漢。」

閻天祿冷笑道：「賣主求榮的東西，你也配稱好漢，常將軍，人我可交給你了，至於怎樣發落是你們的事情了。」

常凡奇抱拳道：「多謝島主美意！」

閻天祿道：「潟湖的水位已經上漲，常將軍不日就可返程，歸程需要的淡水物資，我也會讓人一併送上。」

常凡奇謝過之後，帶人押著楊元慶離開。

胡中陽如釋重負地笑道：「島主，你瞞得我好苦啊！」

閻天祿笑瞇瞇望著他道：「怎麼？你是不是以為我會對胡小天不利？」

胡中陽笑道：「島主不是那樣的人！」

「那可說不定，為了保住我的兒子，我什麼事情都做得出來。」

胡中陽道：「島主為何不怕楊元慶的威脅？」

閻天祿道：「老夫活了大半輩子，什麼風浪沒有見過？什麼人可信，什麼人不可信，我還是能夠分辨出來的，大康皇帝巴不得我殺了胡小天，我若是殺了胡小天，他也不會放過我的兒子。」

胡中陽道：「胡小天也非尋常人物，島主想殺他也不是那麼的容易。」

閻天祿瞪了他一眼：「你倒是會為別人說話，胡小天究竟給了你什麼好處，值得你為他這樣盡心盡力？」

胡中陽笑道：「只是目前有著共同利益罷了。」

閻天祿感歎道：「共同利益其實是這世上最可靠的關係。」

胡中陽道：「少島主會來蟒蛟島嗎？」

閻天祿搖了搖頭：「他不會從海路返回，胡小天答應我，幫他妥善安置一條安全的退路。」

胡中陽故意道：「島主就這麼相信他？」

閻天祿拍了拍胡中陽的肩膀道：「共同利益，胡小天急需一個我這樣的夥伴，至少目前我們有無限合作的可能。」

胡中陽道：「島主，中陽有個不情之請。」

閻天祿揚起手掌示意他不用多說：「你的商船和貨物我會全部發還給你，過兩天就送你前往渤海國。」

胡中陽大喜過望：「多謝島主！」

此時外面傳來一個少女憤怒的聲音：「滾開，讓我進去！」

閻天祿馬上聽出外面來的是他侄女閻怒嬌，他向胡中陽使了個眼色，胡中陽馬上選擇迴避，而這時閻怒嬌也衝破守衛的阻攔走了進來，這段日子她明顯憔悴了許多，不但為二哥的事擔心，同時也為了胡小天的失蹤而焦急，她並不清楚島上到底發生了什麼，閻天祿派人將她軟禁起來，嚴密看守不得踏出所住院落半步，今天方才放她出門，閻怒嬌第一時間就找到了叔叔，她要問個究竟。

閻天祿微笑道：「怒嬌，誰惹你生氣了？」

閻怒嬌眼圈紅紅的，只差沒掉出淚來，咬了咬櫻唇道：「叔叔，胡小天呢？」

閻天祿心中暗歎，女生向外，他還以為閻怒嬌首先要問哥哥的事情，卻沒想到她先關心的卻是胡小天的下落。閻天祿並沒有想到，閻怒嬌對他這位叔叔已經頗有微詞，甚至認為他並不關心二哥的安危，在閻怒嬌心中，目前唯一可信的就是胡小天，可是胡小天這段日子也如同石沉大海，失去了下落。

閻天祿道：「他已經返回東梁郡了。」

閻怒嬌望著叔叔將信將疑。

閻天祿知道她心中的困惑，歎了口氣道：「怒嬌，你放心，我正在全力查尋伯光的下落，他在蟒蛟島出事，我就算捨棄自己的這條性命也要將他救回來，不然我還有什麼顏面去見你的父親我的大哥？」

閻怒嬌道：「可是人海茫茫，如何找尋他的下落？」

閻天祿道：「盧青淵帶走他的目的，歸根結底還是想利用他要脅於我，所以伯光短期內不會有什麼危險。」

閻怒嬌淚光盈盈道：「我二哥向來嬌生慣養，他吃不得苦的。」

閻天祿道：「他若是你有一半懂事就好。」

閻怒嬌又問起胡小天的下落，閻天祿只說是東梁郡發生了急事，胡小天趕著回去了。

叔侄兩人正在談話之際，執法長老楊宗同進來了，他本有急事找閻天祿稟報，可是看到閻怒嬌在場，馬上停下不說。閻天祿勸閻怒嬌先回去休息，等到她離去之後，楊宗同這才道：「島主，大事不好了！」

閻天祿道：「究竟何事，如此驚慌？」

楊宗同道：「渤海國出了大事，二當家被顏東生抓了起來，他們應該是得到消息，目前整個望海城風聲鶴唳，相國袁天照也被革職下獄，府邸被查抄，和他有牽連的官員有三十多人也被立案調查，受到袁天照案情牽連的商人也有不少人入獄。」他壓低聲音道：「聽說連大雍燕王薛勝景在渤海國的聚寶齋都受到影響。」

閻天祿倒吸一口冷氣：「顏東生竟敢對薛勝景的物業下手？此事不同尋常！」

楊宗同道：「目前還不清楚他抓二當家的目的何在，不過據聽說，二當家是在袁天照府中被抓的，還不清楚二當家的身分到底有沒有暴露。」

閻天祿緊握雙拳，有些不安地來回踱步。

楊宗同道：「島主，我看渤海國這次是有所準備啊！」

閻天祿道：「有沒有伯光的消息？」

楊宗同搖了搖頭道：「已經多方打探，但是仍然沒有任何的消息。」

閻天祿道：「密切跟進望海城的動向，一定要儘快查出老二的下落。」

「是！」

雍都燕王府，燕王薛勝景靜靜把玩著手中的九龍白玉樽，小眼睛流露出貪婪而狂熱的光芒，對寶物他有種超越美女的癖好，外面忽然響起急促的腳步聲。

薛勝景將手中的杯子放回木匣之中，合上木匣，敲門聲輕輕響起，不用問就已經知道是馬青雲來了，除了他以外，沒有人會到他的佛笑樓來，更不會有人在他欣賞寶物的時候過來打擾。

薛勝景嗯了一聲，代表同意馬青雲進來。

馬青雲推開房門，走入房內，素來沉穩的臉上呈現出前所未有的慌張：「王爺，大事不好！」

薛勝景有些不滿地瞥了他一眼道：「何事如此驚慌？難道天塌下來了？」

馬青雲道：「剛剛收到消息，渤海國查封了聚寶齋在那裡的全部分號。」

薛勝景聞言一怔，旋即一張大胖臉漲紅了，小眼睛凸了出來，怒道：「大膽！他顏東生算個什麼東西？難道不清楚聚寶齋是誰的物業？竟然惹到了我的頭上？」

馬青雲道：「王爺，此事不同尋常，渤海國方面行動非常迅速，幾乎在一夜之間將聚寶齋在渤海國的全部分號查封，還抓走了所有分號的負責人，看來應該不是誤會，而是直接針對王爺而來。」

薛勝景怒道：「小小的一個渤海國竟公然跟本王作對！」他很快就冷靜了下來，小眼睛轉了轉道：「他既然明明知道是我的物業，還敢這麼做，難道……」

馬青雲道：「渤海國相國袁天照被抓，聽說是叛國。」

薛勝景道：「燕熙堂呢？」

馬青雲道：「目前還沒有任何針對燕熙堂的事情發生，只是聚寶齋那邊的骨幹全都被一網打盡，就怕這件事不久就會追查到燕熙堂。」

薛勝景抿了抿嘴唇，小眼睛灼灼生光：「顏東生沒有那麼大的膽子，背後一定有人給他撐腰。」

馬青雲道：「王爺是說……」

薛勝景冷冷道：「一定是知道內情的人！有人看我的聚寶齋不爽，惦記上本王的家業了。」

馬青雲道：「王爺，此事非同小可，顏東生對聚寶齋的事向來心知肚明，此次居然毫無徵兆就展開行動，應該是蓄謀已久。我擔心他很快就會追查到燕熙堂。」

「就算查到燕熙堂又如何？誰能證明燕熙堂跟本王有關？」

馬青雲低聲道：「此事直接針對王爺，是不是外敵所為？」

薛勝景瞇起一雙小眼睛，狡黠的光芒閃爍不定：「外患好除，內賊難防！」

「王爺是說，咱們王府內部有奸細？」

薛勝景道：「不好說，可是能夠讓顏東生膽敢跟我翻臉的人不多。」

他已經將疑點鎖定在了一個人的身上，這個人就是他的親侄子，現在的大雍皇帝薛道洪。匹夫無罪懷璧其罪，大雍的皇位已經易主，他皇兄在位的時候，對他極其寬容，知道他對權勢並沒有太多慾望，所以放心他搜集奇珍異寶，經營財富，而薛勝景也曾經不止一次地向皇兄表白，自己只是一個財富的保管者，大雍什麼時候需要，他什麼時候可以捐出全部身家。可現在已經換成了他的侄兒薛道洪當家，雖然薛勝景也曾經是薛道洪上位的支持者，這位皇叔在薛道洪上位之後所做的一切也稱得上盡職盡責，可是皇族內部的事情一向變幻莫測，一個人登上皇位的前後，想法也會發生天翻地覆的變化。

馬青雲向來善於揣摩薛勝景的心思，從薛勝景的口風中，他已經意識到了其中的玄機，低聲問道：「王爺覺得這次渤海國的事情會不會是朝廷內起到了作用？」話雖然沒有點破，可是意思已經表達得很明白，朝廷當然是大雍的朝廷，朝廷內真正敢針對薛勝景的人，只有當今皇上薛道洪。

薛勝景道：「此事有些棘手，他應該就在暗處等著我出手，一旦我出手，他就會順藤摸瓜找到我身上，不但是燕熙堂，只怕火會直接燒向本王在大雍的產業。」

馬青雲道：「王爺難道就眼睜睜看著渤海國那邊的產業被他們摧毀？」

薛勝景瞇起一雙小眼睛道：「而今之計，最妥當的辦法就是讓外力介入。」

馬青雲愕然道：「外力介入？什麼人合適介入？又有什麼人有能力解除此次危機？」

薛勝景道：「本王心中倒是已經有了一個合適的人選。」

夏長明終於從康都歸來，這次他還一併將顏宣明從康都帶來，胡小天對這位蟒蛟島島主的寶貝兒子也是極盡周到，在這件事的處理上，雖然出主意的是他，可是事情的關鍵執行者還是七七，雖然他並未親眼看到，但是一樣能夠想像到七七所承受的巨大壓力。

胡小天獨自坐在書房內，想要給七七寫一封信，幾度提筆卻又幾度放下，依著他原來的想法，是想寫幾句思念的話慰藉一下這遠在康都，孤軍奮戰的小妮子，可是真正拿起筆來千頭萬緒湧上心頭。他忽然開始考慮，自己對七七究竟是出於怎樣的感情，若是寫一封情書，這其中到底有多少由衷之言。離開康都之後，他有種天高任鳥飛的感覺，但是七七在康都的處境非但沒有半點改善，反而因為自己的緣故遭受老皇帝的猜忌和冷落，其承受的壓力可想而知。

胡小天歎了口氣，將筆再度擱置在筆架上，也許他只是庸人自擾，他和七七之間從頭到尾都是相互利用的關係，小妮子雖然年幼，可是野心勃勃，她的目的是登上大康皇位，她利用自己和龍宣恩對抗，而自己在離開康都之後，已經漸漸脫離了她的控制，胡小天相信七七的內心中並不好受，他們之間雖然名為未婚夫妻的關係，可是彼此卻沒有男女之情，合作要以互利互惠作為基礎，而最近一段時間，似乎自己占盡了七七的便宜，雖然七七對他所有的要求都予以配合，但是胡小天卻認為這並不是好事。

想要讓七七甘心情願地對自己付出，除非讓她死心塌地愛上自己，胡小天此前也曾經嘗試這樣做，開始的時候還心安理得，可是隨著時間的發展，感覺自己對七七的人情似乎越欠越多，胡小天開始感到有些不安，在他看來，七七如果仍然是過去那個冷血無情，做事不擇手段的小公主還好，從她送《兵聖陣圖》給自己，自已欠她的人情就越來越多，這種感覺讓他非常的不爽，一個人太有道德心也不是什麼好事。

胡小天正在心煩意亂的時候，聽到房門輕輕響起，以他的耳力居然沒有聽到外面的腳步聲，是因為太過分神的緣故。

「進來！」

維薩端著一碗剛剛熬好的參湯走了進來，微笑道：「主人，剛剛燉好的參湯，您趕緊喝了。」

胡小天哭笑不得道：「我用不著喝這些，就我這身子骨根本不用進補，再喝鼻血都補出來了。」

維薩道：「熬了好久，你嚐嚐！」

胡小天念在她一片苦心，只能將參湯捏著鼻子喝了兩口，砸了砸嘴道：「怪了，喝下去怎麼渾身發熱？」

維薩愣了下：「不會啊！這種雪參不會上火的，我問過雨瞳姐。」

胡小天遞給她道：「不信你嚐嚐。」

維薩有些難為情地皺了皺鼻翼，還是接過來喝了一口：「沒什麼異味啊！」

胡小天笑道：「你該不是在裡面下了迷藥吧？」

維薩啐道：「主人又在胡說了。」

胡小天望著這嬌俏可人的女僕頓時食指大動，笑瞇瞇道：「你整天穿著這身衣服出入廚房總是不太方便，我給你畫一套衣服，你看看。」這廝從一旁抽出一張白紙，迅速用炭筆畫出一個穿著女僕裝的性感女郎，日漫風十足。不過眉眼還真有些和維薩相像。

維薩忽閃著一雙明眸，滿滿的全是仰慕之情：「主人你畫得實在是太好了。」

胡小天不無得意道：「馬馬虎虎，主要是選的模特兒漂亮。」

維薩紅著俏臉道：「主人，您確信這身衣服能夠穿得出去？」

胡小天道：「何必要穿出門去，在家裡穿上給我自己欣賞就行了。」這廝也感覺自己有些邪惡了。目光在維薩的身上上下巡弋，到底是異族美女，這身材發育得就是惹火誇張，這麼好的身材不穿比基尼真是浪費了，改天一定要給維薩設計一套比基尼，讓她穿起來陪自己去海灘游泳，曬曬日光浴，真是想想都美得冒泡啊！

維薩從他的目光中充分領會到了這廝的心態，俏臉變得越發紅了，黑長的睫毛垂落下去，一雙手糾纏在一起，侷促不安道：「主人在看什麼？」

胡小天道：「沒看什麼，就是覺得你最近好像有些變化。」

「哪裡變了？」

胡小天伸出雙手在胸前比劃了一下。

維薩捂住俏臉啐道：「主人好壞，人家再也不理你了。」

胡小天色心大動，一伸手將維薩的纖手抓住，輕輕一帶，維薩嚶的一聲嬌吟，嬌軀歪倒在他的懷中，輕咬櫻唇美眸緊閉，羞得不敢看他了。

胡小天道：「這參湯勁兒真大，還真是讓人上火……」話沒說完，已經聽到外面的腳步聲，梁大壯！不用問就知道是梁大壯，這孫子專挑這種時候過來，果不其然，外面已經響起了梁大壯的通報聲：「少爺，我能進來嗎？」

胡小天在心底又把梁大壯十八代祖宗問候了一遍，輕輕拍了拍維薩的玉臀示意她去開門，維薩起身走過去開門。

梁大壯看到維薩紅著俏臉從裡面出來，心中已經明白了，只當沒看到維薩，一側身和維薩擦肩而過，維薩這會兒的心情猶如做賊被抓現行一樣，更是看都不敢看梁大壯。

梁大壯走進去，恭恭敬敬向胡小天作了一揖：「大壯不該冒昧打擾少爺。」

胡小天對他也是無可奈何了：「有話快說，有屁快放，少跟我在這兒假惺惺地繞彎子。」

梁大壯滿臉堆笑道：「如果不是因為重要的事情，大壯也不敢打擾少爺，大雍燕王派人過來了，說是有急事要見少爺。」

胡小天對這個結拜兄長可沒什麼好感，薛勝景此人唯利是圖，從來都是個只佔便宜不肯吃虧的主兒。他派人來找自己，十有八九沒什麼好事。

梁大壯湊上來神神秘秘問道：「見還是不見？」

胡小天沒好氣道：「廢話，當然要見。」

馬青雲和胡小天已經不是第一次打交道，只是過去兩人之間並沒有太深入的交往，馬青雲的身分一直都是薛勝景的師爺，胡小天對他的印象也就是薛勝景的左膀右臂。

馬青雲一直都在花廳等待，看到胡小天進來，慌忙起身道：「燕王府馬青雲參見胡大人！」

胡小天笑道：「馬師爺，什麼風把你給吹來了？我大哥呢？他怎麼沒來？」

馬青雲道：「王爺在雍都忙於國事，一時間抽不開身。」

胡小天呵呵笑道：「我大哥何時轉性了？他不是素來對國事沒有興趣嗎？」

馬青雲道：「王爺倒是想置身事外，可是皇上剛剛登基，根基未穩，王爺身為皇叔，總不能袖手旁觀。」

胡小天笑道：「大哥這麼精明怎麼做這麼糊塗的事，你幫我奉勸大哥一句，千萬不要功高蓋主，雖然大哥是一片好心，可若是被別人誤會那就大大的不好了。」

馬青雲道：「王爺做事向來都有分寸，不過胡大人的話我必然會為您帶到。」

胡小天點了點頭，此時梁大壯過來上茶，他接過茶盞喝了一口：「馬師爺這次過來，不僅僅是問候我那麼簡單吧？」

馬青雲笑道：「奉了王爺的命令，一是過來探望，二是給胡大人稍點特別的禮物。」他將帶來的一幅卷軸送上。

胡小天伸手接過，展開畫軸，卻見畫軸之上畫著一位丰姿綽約的美女，這幅畫胡小天此前就曾經在燕王府佛笑樓見過，畫中的美女正是霍小如。燕王讓人千里迢迢送了一幅霍小如的畫像給自己，究竟是什麼意思？胡小天想起上次霍小如刺殺燕王之事，後來還是自己將她從燕王府中救了出來，不過為了營救霍小如，自己也付出了不小的代價。

想起霍小如，胡小天內心中不禁有些惆悵，自從雍都一別霍小如杳無音訊，望著畫像中的霍小如，他似乎看到霍小如站在百花叢中，回眸嫣然一笑，讓百花都失卻了顏色，想起霍小如的絕世風姿，不由得一陣怦然心動。

馬青雲悄然觀察著胡小天的表情變化，人的感情很多時候是隱藏不住的，即便高深如胡小天也有真情流露的時候，馬青雲越發佩服燕王的決定，換成其他人應該是不會假手他人來解決眼前麻煩的。

胡小天將畫像重新捲起收好，平靜道：「馬師爺此來，應該是要告訴我關於霍姑娘的消息了？」

馬青雲道：「霍姑娘在渤海國，目前遇到了麻煩。」

胡小天望著馬青雲道：「她遇到了麻煩為何不自己跟我說，而是要通過你們？」

馬青雲笑道：「胡大人或許並不知道霍姑娘和王爺的關係，上次王爺本身想殺掉霍姑娘，可是後來方才知道霍姑娘乃是故友之女，有人故意污蔑王爺害了她的雙親，所以霍姑娘才做出了刺殺王爺的事情。」

胡小天早就覺得薛勝景在釋放霍小如的問題上表現得太過配合，以薛勝景的為人，應該是睚眥必報，霍小如差一點就殺了他，現在看來果然如此，薛勝景和霍小如都沒有對自己吐露實情。

馬青雲道：「王爺還委託我給胡大人送來了一封信。」此時他方才從懷中取出那封信，恭恭敬敬遞了過去。

胡小天首先看了看信封，確信上方的火漆印跡沒有被人動過，方才拆開了那封信，信上只簡簡單單寫了三個名字，李天衡、李無憂、胡小天。

胡小天初看不由得有些迷惘，李天衡、李無憂究竟和這件事有什麼關係？李天衡差一點就成為自己的岳父，而李無憂是曾經和自己訂親的未婚妻。難道他們和渤海國的事情有關？不對！西川距離渤海國如此遙遠，李天衡策動渤海國的政治變動對他不會有太大的好處。薛勝景讓馬青雲千里迢迢地送這三個名字過來，絕不會毫無目的。

胡小天默默想到，拋開李氏父女跟自己的關係不言，單從這兩個名字來看，他們的關係是父女，想到這裡胡小天豁然開朗，旋即因自己的想法而感到震驚，天吶！難道薛勝景是在暗示自己，他和霍小如本是父女關係？

胡小天越想越有可能，難怪薛勝景會放過一個謀殺自己的舞女，難怪霍小如對燕王府發生的事情守口如瓶，甚至選擇不辭而別，而薛勝景卻對她的行蹤瞭若指掌。可是寫李天衡父女的名字，又加上自己的名字又是什麼意思？他心中暗自斟酌，薛勝景應該是暗示他和自己有可能建立起昔日與李天衡的那種關係，豈不是等於允諾將他女兒嫁給自己？

第二章

爭奪皇位的野心

薛勝景絕非是個簡單人物，他表面上裝得與世無爭，
對皇位毫無野心，可實際上卻可能早已覬覦皇位多時，
過去之所以不敢表露，因為薛勝康雄才偉略，
他未必鬥得過這個皇兄，如今薛勝康死了，
他未嘗不會重拾爭權之心。

馬青雲道：「胡大人有什麼話讓我帶回去嗎？」

胡小天點了點頭道：「你幫我回覆我大哥，就說我明白了。」

馬青雲眉開眼笑道：「小人一定將胡大人的話帶到。」他向胡小天拱了拱手道：「告辭！」

胡小天淡然道：「不送！」

馬青雲離去之後，胡小天陷入沉思之中，薛勝景和霍小如十有八九就是父女關係，應該確定的是，霍小如遇到了很大的麻煩，這麻煩很可能是因薛勝景而起，薛勝景因何不願親自出手？這其中必然有不得已的苦衷，應該是大雍的內部出了問題。

胡小天正在沉思的時候，蟒蛟島有客到了，此次前來的乃是執法長老楊宗同，其實胡小天離開蟒蛟島之時，楊宗同就奉了島主閻天祿之命前來東梁郡，雖然顏宣明平安獲釋的消息已經傳到了蟒蛟島，但是閻天祿必須要親眼見證兒子無恙，這才會給予胡小天手下的那幫將士放行，和楊宗同一起回來的還有胡中陽。

楊宗同剛才已經見過了顏宣明，因為少主無恙，楊宗同也是笑顏逐開，見到胡小天第一句話就是：「胡大人放心，島主那邊我已經飛鴿傳書，最遲兩天，島主就能收到我的消息，會恭送貴部離開。」

胡小天微笑道：「我那幫兄弟在蟒蛟島叨擾了這麼多日子，給你們可帶去了不少的麻煩。」

楊宗同哈哈大笑道：「胡大人實在是客氣了，如果不是胡大人仗義出手，蟒蛟島這次的麻煩也不小，島主說過，以後和胡大人就是朋友。」

胡小天道：「楊先生這次來東梁郡，一定要多盤桓幾日，讓胡某略盡地主之誼。」

楊宗同道：「不了，不是老夫不願留下，而是島主還有急事要去渤海國一趟，我這邊就要前往渤海國與他會合。」

胡小天聽他這樣說心頭不由得一動，不過他和蟒蛟島的這幫海賊目前還沒到彼此能夠信任無間的地步，微笑道：「既然楊先生有要事在身，我也不好強留，這樣，吃了午飯再走，我這就讓人去準備，回頭恭送楊先生和少島主一行。」

楊宗同笑道：「恭敬不如從命，老夫先過去和少主商量商量，看看他那邊準備得怎麼樣了。」

胡小天將楊宗同送出門外，胡中陽並沒有隨同楊宗同一起離去，跟著胡小天一起返回花廳，他一言不發，撲通一聲跪倒在胡小天的面前。胡小天慌忙伸手抓住他的雙臂，想要將他從地上扶起，感歎道：「中陽兄，你這是為何？為何要給我行如此大禮，豈不是折殺兄弟我了。」

胡中陽滿臉羞慚道：「胡大人，中陽因為一己私利連累將士犧牲，害得胡大人長途跋涉親身涉險，帶給大人諸多凶險和麻煩，中陽真是萬死也難辭其咎，請胡大人治罪，就算是砍了中陽的腦袋，中陽也不會說半句怨言。」

胡小天笑道：「中陽兄，過去的事情又何必再提，你此次出海是為了經商，原本就沒有對我不利的心思，蟒蛟島事情純屬意外，也不是你所能夠掌控的。」

胡中陽道：「不瞞大人，過去十多年來，中陽一直和蟒蛟島過從甚密，幫助他們轉賣一些搶來的貨品，從中牟利，中陽的家業大都因此積累而來。」

胡小天道：「天下熙熙皆為利來，天下攘攘皆為利往。商人逐利乃是天性，中陽兄所做的也算不上什麼錯事，你先起來吧，我還有重要事情跟你商量呢。」

胡中陽確信胡小天並沒有因為蟒蛟島的事情遷怒於自己，這才放下心來，心中暗歎，胡小天的胸襟和眼光絕非尋常人能夠企及，自己以後對他一定要多些坦誠，面對這樣一個雄才偉略的人物，玩弄小聰明和心機等於自尋死路。

胡小天道：「剛剛聽楊先生說，閻島主要去渤海國，好像那邊發生了急事？莫非是已經找到了閻伯光的下落？」胡小天旁敲側擊，想要從胡中陽口中打探到一些消息，雖然胡中陽在他面前表現得誠惶誠恐，表露忠心，但是胡小天至今仍然沒有確切地把握，在閻天祿和自己之間，胡中陽最終會選擇和誰站在一起，又或者他誰都不想選擇，只想從兩人之間撈得好處。

胡中陽道：「胡大人，您對閻島主的出身瞭解嗎？」

胡小天點了點頭道：「聽說過一些，據傳，他是如今渤海王顏東生的親叔叔，因為爭奪王位失敗，所以才不得已逃到了蟒蛟島上。」

胡中陽道：「大人說得不錯，閻島主的確是渤海王顏東生的親叔叔，外傳他爭奪王位失敗，其實不然，乃是渤海國上任國王顏天正自知大限將到，將王位傳給兒子顏東生，卻又擔心顏東生鎮不住他的幾個皇叔，於是在臨終之前對幾位兄弟大開殺戒，有兩位王子提前得到了消息逃走，一位就是閻島主，還有一位現在身在西川天狼山，也是坐擁一方的梟雄霸主閻魁。」

胡中陽所說的這些胡小天大都已經瞭解了，他微笑道：「看來閻島主對此耿耿於懷，仍然有爭奪王權之心。」

胡中陽道：「他有沒有爭奪王權的野心我不清楚，不過最近渤海國的情況卻是大大不妙。」

「如何不妙？」

「大人難道沒有聽說？渤海王顏東生最近將相國袁天照拿下，株連到的朝內官員已經有數十人，而在將袁天照抄家之時，剛好蟒蛟島的二當家凌三娘就在那裡。」

胡小天微微一怔：「凌三娘？二當家是個女人嗎？」

胡中陽呵呵笑道：「一直都是女人，從來都是女人。不過無論在哪裡，別人都尊她一聲二哥，所以很多人才會認為她是個男人。」

胡小天道：「想不到還有女人對二哥如此熱衷。」說到這裡他忍不住笑了。

胡中陽笑道：「其實凌三娘平時很少在島內，她負責在渤海國處理方方面面的關係，閻天祿雖然離開了渤海國，但是在渤海國內擁有著許許多多的秘密產業，那邊當然也離不開人去打理。」

胡小天點了點頭，心中暗忖，這些又和薛勝景有什麼關係？想起了薛勝景的聚寶齋，他開始有些明白了，既然胡中陽能夠幫助閻天祿銷贓，薛勝景同樣也可以，薛勝景性情貪婪，對於奇珍異寶的追逐無休無止，恨不能將天下間的寶貝全都據為己有，這樣的人就算是和閻天祿搭上線也不足為奇。

胡中陽道：「渤海王顏東生只是一個平庸之才，此人在渤海國內興起尊儒滅兵，重文輕武，原本渤海國水師力量並不薄弱，可是在他即位之後年年縮減對水師的投入，水師規模不斷縮小，因為疏於操練，戰艦維修不善，大半都已經荒廢。顏東生此人貪圖享樂，將渤海國的存亡全都寄託在大雍的身上，早在十年之前就已經主動向大雍稱臣，年年朝貢，換取大雍承諾對他的庇護。只是這些年來，大雍雖然從渤海國拿了不少的銀子，可是連一件小事都沒有幫他做過，蟒蛟島始終都是顏東生的一塊心病，他不止一次懇求大雍幫忙出兵殲滅蟒蛟島，清剿閻天祿，可是大雍卻是找出種種藉口搪塞了過去。」

胡小天感歎道：「看來這當皇帝的多半都是糊塗蛋啊！」

胡中陽笑道：「高處不勝寒，人一旦登上高位容易迷失自己，而且平日裡聽到的全都是阿諛奉承之詞，想要什麼就能夠得到什麼，開始的時候還能夠聽得進去一兩句逆耳忠言，可是時間長了就會盲目自大，就會目空一切，連一句不順耳的話都聽不進去了。」

胡小天點了點頭，心中暗自警醒，自己以後千萬不能走上這樣的歧路。他低聲道：「你經常往來於渤海國經商，知不知道聚寶齋在渤海國實力怎樣？」

胡中陽道：「聚寶齋？莫不是大雍燕王薛勝景的聚寶齋？」

「不錯，就是那個！」

胡中陽道：「聚寶齋乃是薛勝景的產業，薛勝景仗著大雍燕王的特殊身分在列國經商，別人自然給他幾分面子，渤海國這種小國就更不用說了，每次薛勝景前往渤海國，顏東生都會以上賓之禮相待。」

胡小天道：「我聽說這次袁天照的案子可能已經波及到了聚寶齋呢。」

胡中陽眨了眨眼睛有些愕然道：「不會吧？」他想了想又道：「如果這件事屬實，背後的原因只有一個，那就是大雍新君薛道洪授意，不然就算借給顏東生一顆熊膽，他也不敢動燕王的產業。」

其實胡中陽和胡小天想到了一處去了，胡小天道：「過去蟒蛟島和薛勝景之間有沒有什麼交易？」

胡中陽道：「此事我並不清楚，閻島主為人城府很深，他不可能將和其他人交易的詳情告知於我，不過以我個人的經驗來看，他和燕王之間應該有所聯絡。」

胡小天向他湊近了一些：「你的意思是……」

胡中陽道：「大人，你想想，蟒蛟島為何這數十年來一直平安無事？以大雍的實力想要滅掉一個小島還不是易如反掌？以我之淺見，應該有兩方面的原因，一是大雍朝廷需要這樣一個小島的存在，利用蟒蛟島來牽制渤海國，讓渤海國不得不乞求大雍的保護，而另一方面還有可能蟒蛟島也暗地裡在大雍下了功夫，比如說搞定了某位朝廷內的重要人物，幫助他們在大雍朝廷進言，免受大雍的征討，無論是哪種原因，對大雍都沒有任何的壞處，而促成這件事的人又可以兩邊得到好處，何樂而不為之？」

胡小天緩緩點了點頭，聽胡中陽分析這些事情之後，他心中已經可以大致斷定，燕王薛勝景十有八九就是那個兩邊撈好處的傢伙，過去薛勝康活著的時候，應該對他的做法心知肚明，也睜一隻眼閉一隻眼，可是現在換成了薛道洪當皇帝。薛道洪急於在國內立威，興許已經抓住了薛勝景的把柄。攘外必須安內，薛道洪之所以暫時放棄攻打自己的想法，極有可能是出於這方面的原因，薛勝景絕非是個簡單人物，他表面上裝得與世無爭，對皇位毫無野心，可實際上卻可能早已覬覦皇位多時，過去之所以不敢表露，因為薛勝康雄才偉略，他未必鬥得過這個皇兄，如今薛勝康死了，他未嘗不會重拾爭權之心。

薛勝景之所以讓馬青雲過來，將霍小如遇到麻煩的消息告訴自己，絕不是因為自己和霍小如的知己之情，也不是出於他和自己的手足之情，薛勝景是要利用自己，這場渤海國的內部劇變很可能會是一把燒向薛勝景的大火，老奸巨猾的薛勝景已經提前嗅到了危險的味道，他應該是察覺到了背後的主使人是誰，所以不敢輕舉妄動。如果不是迫不得已，他也不會求助於外力，求助於自己這個面和心不合的把兄弟。或許是覺得他們之間的友情遠遠不夠分量，所以薛勝景才會在不得已的情況下選擇透露了他和霍小如之間的真實關係。

胡中陽看到胡小天眉頭深鎖，不敢輕易打擾他。

胡小天過了好一會兒方才道：「中陽兄的商船是否已經放行了？」

胡中陽點了點頭道：「已經放行了，中陽今天就要趕往渤海國，那邊的事情還要親自處理。」

胡小天道：「既然如此，我也不做過多挽留，中陽兄還是儘快去準備吧。」

胡中陽抱拳告辭離去。

讓胡小天意外的是顏宣明居然不肯隨楊宗同一起離去，楊宗同苦口婆心地勸了半天，顏宣明仍然不為所動，楊宗同無奈之下只能求助於胡小天。胡小天來到顏宣明的住處，看到顏宣明並沒有收拾行裝的準備，不由得笑道：「顏大人，你還未準備啊！」

顏宣明向他抱拳道：「胡大人，我現在只是一介布衣，千萬別再叫我什麼大人，讓宣明無地自容了。」

胡小天笑瞇瞇望著顏宣明，顏宣明二十八歲，白淨無鬚，五官端正，看起來就是一個儒雅文弱的書生，如果不是事先就知道了他和閻天祿的關係，胡小天無論如何也不肯相信這兩人是親爺倆，外貌迥異，性情也完全不同，閻天祿粗獷豪邁，做事霸道果斷，而顏宣明卻溫文爾雅，知書達理，這閻天祿究竟有沒有搞錯，顏宣明到底是不是他親生的？

胡小天道：「顏公子為何不肯前往蟒蛟島？閻島主可是一直都期盼著你回去呢。」

顏宣明唇角泛起一絲苦澀的笑意道：「我從未去過那裡，又談得上什麼回去？對我而言，蟒蛟島純粹是一個陌生的地方，閻島主也是一樣。」他從小就被寄養在大康，雖然明明知道親生父親是出於保護他的目的，可是在他此次出事之前，他根本不知道還有一個親生的父親是雄霸一方的海盜，更不知道自己在渤海國的王族身分。

胡小天道：「血濃於水，有些事情是改變不了的。」

顏宣明歎了口氣道：「胡大人所說的我全都知道，可是宣明這二十多年一直都認為自己父母雙全，以考取功名為目的，從小刻苦攻讀，盼望著有一日可以金榜題名，光宗耀祖，我原本以為上天眷顧，給我功名給我官位，我做官之後兢兢業業，克己奉公，一心為大康盡綿薄之力，卻想不到最終竟然是這樣一個結局，上天給我開了一個這麼大的玩笑。」他的臉上滿是苦笑。

胡小天道：「你只是暫時接受不了。」

顏宣明道：「一個人突然失去了理想和目標，我就像一隻迷途羔羊，不知應該往哪裡去，更不知要如何面對那個從未見過面的親生父親。」

胡小天能夠理解顏宣明此時的迷惘，伸出手去拍了拍他的肩頭，安慰他道：「時間能夠改變一切，也許過一段時間，困擾你的這些事情自然煙消雲散，迎刃而解了。」

顏宣明歎了口氣道：「會嗎？」

胡小天忽然產生了一個想法，顏宣明在海州做官的時候官聲不錯，自己正值立足發展之際，四處招攬人才，既然他不肯回去，不如讓他留下幫助自己做事，一來可以多個幫手，二來也可加固和閻天祿的關係，想到這裡，他誠懇道：「顏公子，若是你不嫌棄，留在我這邊如何？武興郡還缺少一個處理內政之人，你幫我打理武興郡的政務，等過段時間，永陽公主會將你的家人全都送來這裡，你們也好一家團聚，到時候你再決定往哪裡去，你看如何？」

顏宣明抿了抿嘴唇，向胡小天抱拳深深一揖道：「多謝胡大人厚愛，宣明必鞠躬盡瘁，為大人效犬馬之勞！」

楊宗同聽說顏宣明要留在胡小天身邊做事，他也不好勉強，雖然無法帶顏宣明一起離去，但至少顏宣明留在這裡安全應該可以得到保障，其實他這次來接顏宣明之前，島主本身對此也沒抱有太大的期望，看來島主對這個兒子還是頗為瞭解的。

送走了楊宗同，胡小天叫上維薩一起去了同仁堂，去探望秦雨瞳看看她的恢復狀況，等來到同仁堂剛巧諸葛觀棋夫婦也在，於是維薩和洪凌雪、秦雨瞳一道聊天，胡小天和諸葛觀棋來到院落之中說話。

胡小天將新近發生的這些事向諸葛觀棋說了一遍，諸葛觀棋笑道：「雖然未如預想中順利，可總之結果也算不上什麼壞事。」

胡小天道：「只可惜了我那五十門轟天雷，還未使用就沉到了大海裡。」

諸葛觀棋道：「那些轟天雷的確是威力非凡，可是人人對它們的使用卻務必要小心，若是讓其他國家得到了你擁有如此厲害殺器的消息，他們必然想方設法得到武器的秘密，若是得不到，他們也會不惜一切代價先將威脅毀去。」

胡小天點了點頭，諸葛觀棋的意思再明顯不過，若是轟天雷的消息傳出去，那麼自己就可能會成為周圍列國的公敵，他們會不惜一切代價聯手滅掉自己。現在回頭想想，在海上的那場颶風更像是冥冥中註定，連老天爺也不想自己過早動用這威力驚人的殺器。

胡小天又將薛勝景找自己幫忙的事情告訴了諸葛觀棋。

諸葛觀棋在這件事上的看法和胡小天相同，他同樣認為薛勝景遇到了大麻煩，因為他本身身分所限，薛勝景不可能親自去渤海國處理麻煩，可是他又不放心別人的能力，所以思來想去才會想到胡小天，更想起利用胡小天紅顏知己生命受到威脅這個理由來說服他。

胡小天歎了口氣道：「薛勝景這個人老奸巨猾，畢竟是我的結拜大哥，他對我還算是非常瞭解的。」

諸葛觀棋微笑道：「看來主公已經決定要去渤海國了。」

胡小天道：「觀棋兄對這件事怎麼看？」

諸葛觀棋道：「大雍內部的危機比我們想像中要嚴重得多，薛道洪上位沒多久就要對親皇叔動手，這件事有兩種可能。」

胡小天眉峰一動：「願聞其詳！」

諸葛觀棋道：「一是薛道洪本身和薛勝景就有矛盾，還有一種可能就是薛勝康早有剷除薛勝景之心，他在臨終之前交代兒子，讓他上位後的第一件事就是除去薛勝景。」

胡小天緩緩點了點頭道：「我也這麼認為，薛勝景雖然一直對外表現得沒有爭權奪利之心，可是他在錢財方面卻表現得貪得無厭，據說早已富可敵國，薛勝康之所以不動他，或許是出於養肥的考慮，只有將這口豬養得夠肥才適合出手。」

諸葛觀棋道：「很有可能，薛勝康就是將之養肥待宰。」

胡小天道：「薛勝景不是什麼簡單人物，薛道洪想要扳倒他絕非那麼容易，可能薛道洪早有將他剷除的心思，卻沒有合適的機會，這把火從渤海國燒起一定經過慎重的考慮，咱們不妨大膽猜測一下，薛勝景和渤海國、蟒蛟島之間一直都有地下交易，他從雙方獲利，渤海國相國袁天照是其中的一個關鍵人物，如果顏東生從袁天照那裡找出突破口，再順藤摸瓜查到了薛勝景的身上，那麼薛勝景最後很可能會被扣上勾結外賊損公肥私的帽子。」

諸葛觀棋道：「能夠想到將這把火從渤海國燒起來的人，一定是個非同尋常的人物，若是這把火從大雍國內開始燃燒起來，薛勝景必然會先有覺察，以他在大雍國內人脈和基礎，未必不能在火勢燃起之前將之熄滅，現在火從渤海國而起，薛勝景若是親自動手就會被人抓到把柄，他若是不動手，只能眼睜睜看著自己在渤海國的產業和經營毀於一旦，由此可見，顏東生必然已經和大雍朝廷達成了默契。」

胡小天道：「薛勝景也有今天啊！」

諸葛觀棋道：「主公需要看清局勢，審慎決定。」

胡小天道：「薛勝景若是倒了，對我有什麼好處？」

諸葛觀棋搖了搖頭道：「沒有任何好處，他若是倒了，薛道洪就能夠穩固在大雍的統治，若是扳倒薛勝景奪得了薛勝景的財富，那麼薛道洪在大雍國內就再無後顧之憂，一個團結的大雍當然要比一個內部矛盾重重的大雍要更有威脅。」

胡小天道：「幫助薛勝景其實就是幫助我自己，這老狐狸一定看穿了這一點，他也相信我能夠分得清局勢，所以才會讓馬青雲過來找我。」

諸葛觀棋微笑道：「可能他讓馬青雲來找你的初衷，是因為主公多情吧。」

胡小天也笑了起來：「小天向來愛江山更愛美人，讓觀棋兄見笑了。」

諸葛觀棋道：「江山美人也可兼得，以主公的智慧應該可以將這件事做得天衣無縫。不過話說回來，渤海國徹底倒向大雍朝廷絕不是什麼好事，依主公剛才所言，渤海王敢於對薛勝景下手，背後肯定有大雍朝廷的支持，而渤海王也不是個傻子，對他沒有好處的事情他也是不會做的，也就是說很可能大雍朝廷已經答應幫他滅掉蟒蛟島，也唯有如此，雙方才能尋求到共同的利益。」

胡小天道：「這次蟒蛟島的內部叛亂極有可能就是因此而起，閻天祿若非命大，只怕已經死了。」

諸葛觀棋道：「雙拳難敵四手，必要時期就需要必要的聯盟，主公和蟒蛟島已經達成了默契，薛勝景又主動向你求助，對主公來說，若是能夠把握住這次的機會，未嘗不能博得最大的利益。」

胡小天點了點頭。

諸葛觀棋道：「這次保住薛勝景，大雍皇帝不會因此而停止對付他，或許不久以後仍然會再生計策，也就是說薛勝景此人早晚必反，放眼中原列國，最強就是大雍，若是大雍內部出了問題，那麼首先獲得利益的就是主公。渤海國國王顏東生目光短淺，不足為慮，蟒蛟島閻天祿雖然強悍，怎奈他無力反攻，加上年事已高，估計想要重回渤海國奪回王位的機會已經微乎其微。主公應當對這些人加以利用，從中創造對自己最為有利的機會，縱然無法達成這一目的，也要破壞渤海和大雍之間的聯盟。」

胡小天道：「看來這次的渤海之行已成必然了。」其實他心中早已做出了決定，在和諸葛觀棋此番談話之後更加堅定了信心。

諸葛觀棋道：「胡中陽這個人一定要好好利用，他若是肯盡心為主公效力，渤海國的事情應該會變得容易許多。」

胡小天道：「對此人我仍然在觀察之中，到現在仍然無法確定他對我究竟是不是一心一意。」

「商人以逐利為先，主公要讓他相信唯有你才能讓他獲得最大的利益，那麼他就會對主公矢志不移了。」諸葛觀棋說完又道：「主公此番前往渤海國，務必要提防大雍方面，能夠策劃這起陰謀的絕對不是尋常人物，主公千萬不可輕易暴露身分。」

胡小天瞇起雙目道：「策劃這起陰謀的，很可能是李沉舟！」

「李沉舟？」

胡小天道：「此人乃是大雍第一智將，又是薛道洪的知己好友，對大康開放糧禁就是他的主意，我現在才明白，他暫時穩固大康的目的，就是要抽出手來對付薛勝景了。」

大雍皇宮，李沉舟向薛道洪深深一躬道：「沉舟此來特地向陛下辭行。」

薛道洪點了點頭，緩步來到李沉舟的面前，握住他的手，語重心長地說道：「沉舟，那邊的事情就拜託給你了，見到顏東生幫朕問好，你要讓他相信，朕一定會兌現諾言，幫他滅掉蟒蛟島。」

李沉舟微笑道：「陛下放心，沉舟必不辱使命。」

薛道洪道：「燕王這些年來從渤海國從蟒蛟島兩邊都落到了無數的好處，他勒索得到的財富大都沒有進入大雍國庫，多半都被他塞進了自己的腰包，聚寶齋只是一個幌子，他既然敢公然開設聚寶齋就不怕被查出問題，所以朕堅信這背後肯定另有玄機，你這次去，一定要協助顏東生將這件事查個水落石出！」

李沉舟道：「燕王這次倒是很沉得住氣，不見他有任何的異動。」

薛道洪冷笑道：「越是如此，越是證明他心中有鬼。」

李沉舟道：「我看燕王不可能毫無動作，或許他早已派人在渤海國展開行動。」

薛道洪道：「長公主那邊應該已經到了渤海國。」

李沉舟道：「應該到了。」

薛道洪道：「沉舟啊，朕的身邊多虧有你，如果不是你，朕也想不到這一箭雙雕的計策。」

李沉舟低聲道：「依微臣所見，長公主和燕王之間應該沒有聯盟，此次派長公主出使渤海國，主要是為了證實這一點。」

薛道洪道：「她最好沒有跟燕王聯盟！」

胡小天離開東梁郡的事情同樣沒有對外聲張，因為此前已經有了蘇宇馳強闖府邸的先例，胡小天這次自然要做足措施，專門將熊天霸這個愣貨叫回來聽候調遣，這廝在執行命令方面絕對是一絲不苟。其實就算熊天霸不回來，現在也沒有人再敢重蹈蘇宇馳的覆轍。

此次前往渤海國，胡小天只叫上夏長明同行，目前擁有駕馭飛鳥能力的只有他們兩個，胡小天雖然已經成功收服飛梟，可惜這貨不懂得分辨航向，需要夏長明為自己引路導航。

擁有飛梟之後，不但擁有了一日千里的能力，更重要的是，就算東梁郡這邊發生了什麼事情，他們一個日夜之間就能趕回。

維薩聽說胡小天剛剛回來又要離去，芳心之中自然有些失落，默默為胡小天收拾著行囊，冰藍色的美眸中蒙上一層霧色。

胡小天看出她的惆悵，微笑道：「只是出去幾天辦點小事，你又為何如此失落？」

維薩小聲道：「主人都不肯帶上維薩，維薩好生沒用。」

胡小天哈哈大笑道：「不是不肯帶上你，只是那飛梟生性怪異，除了我以外還不肯讓別人坐在牠的背上。」

維薩眨眨美眸道：「我還從未見過那飛梟是什麼樣子，主人何時讓我看看。」

胡小天道：「牠性情桀驁，雖然在附近，可是我也不知現在牠究竟在哪兒，不過夏長明交給了我一個法子，應該可以將牠喚過來，這裡人多，等我和長明到了郊外方可喚牠前來。」

維薩將包裹和長刀準備好了交給胡小天，又想起了一件事，小聲道：「這包裹裡面有雨瞳姐姐送給你的面具，你帶在身上以備不時之需。」

胡小天點了點頭，這次回來之後和秦雨瞳雖然見了幾次，可卻始終沒有多說話的機會，秦雨瞳認為自己懷疑她，所以對他的態度頗為冷淡，胡小天本想好好解釋一下，現在看來也只能等到從渤海國回來再說了。

胡小天叮囑維薩道：「我離開的這段日子你要好好練習攝魂術，上次那個楊返虛就極其厲害。」

維薩道：「維薩沒用，最近總是毫無進展，聽雨瞳姐姐說，可能是跟我內力根基較淺有關係。」

胡小天聽到這裡心中一動，忽然想起自己若是利用射日真經輸給小丫頭一些內力豈不是兩全其美，或許能夠成就她的攝魂大法，維薩這麼聽話，自己有什麼要求她肯定不會拒絕，不過這種事情終究還是難以啟齒，自己總不能利用主人的身分直接提出要求吧。

維薩看到胡小天突然變得灼熱的眼神，芳心中頓時意識到了什麼，紅著臉垂下頭去：「主人又在想什麼？」

胡小天笑道：「只是覺得這次離開，又要有幾天見不到我的乖維薩了，心中有些不捨。」

「真的？」

胡小天點了點頭道：「比真的還要真。」

維薩嬌聲道：「維薩能夠聽到主人這麼說，心中……心中歡喜得很呢。」一雙美眸柔情脈脈，溫柔得就快滴出水來了。

胡小天抿了抿嘴唇：「我這就走了，你是不是要給我留點深刻的記憶呢？」

維薩有些難為情道：「主人……想人家怎樣嘛？」

「不如抱一抱？」

維薩點了點頭，胡小天展開懷抱，她閉著眼睛投身入懷，胡小天暖玉溫香抱了個滿懷難免心神蕩漾，低下頭去，在她俏臉上輕輕一吻，能夠感到她肌膚此刻的灼熱。

維薩抱緊了胡小天：「真是捨不得主人……離開呢。」

胡小天道：「等我這次回來，我就教你一門很厲害的功夫。」

「什麼功夫？」

「呃……射日真經！」

胡小天坐在飛梟之上，雖然月飛風高，寒風不斷撲面而來，可是這廝的內心卻是一團火熱，難怪這歷史上會有從此帝王不早朝的事情，這溫柔鄉實在是讓人難以割捨，有時候想想，自己冒著寒風刺骨東跑西顛為了什麼？老老實實摟著自己的美人，鑽個熱被窩那感覺得有多爽，可這樣的念頭也是稍閃即逝，人活著總得幹點什麼？上輩子莫名其妙就沒了，這輩子好不容易有了從頭再來的機會，必須要懂得珍惜。

在夏長明的幫助下，胡小天和飛梟之間的溝通也是突飛猛進，他輕呼了一聲，飛梟振翅加速追趕上前方的夏長明，兩隻雪雕如今已經適應了飛梟這個凶猛龐大的同伴，對牠也不像過去那樣畏懼。一左一右飛翔在飛梟的兩側。

胡小天揚聲道：「長明，你說平時牠們都躲在哪兒？」

夏長明笑道：「其實飛禽自我保護的本能要比咱們強大得多，這兩隻雪雕可以相互照應，至於飛梟，牠多半時間都在飛行，飛行的時候就可以休息，因為牠飛行高度的原因，少有人能夠發現，空中猛禽沒有一個會是牠的對手，所以通常不會遇到什麼危險。」

胡小天想到了羅千福，飛梟再威猛英勇又有何用，若是遇到了一個羅千福這種歹毒陰險不擇手段的馭獸師，那麼牠也只有任人宰割的份兒，人類才是生物鏈中最強大的階層。

胡小天輕輕撫摸飛梟的頸部，這些天，飛梟的頸部被胡小天拔光的部分已經新生了不少的絨毛，摸起來軟絨絨的手感非常不錯。他感歎道：「不知牠在世上還有沒有同伴？不然豈不是要孤獨終老？」

夏長明道：「過去我一直以為飛梟在這個世上已經絕跡，想不到居然去蟒蛟島可以遇到兩隻，或許在這世上不為人知的角落，還有牠的同類存在。」

胡小天道：「如果有機會遇到，一定幫牠找個老婆，這麼好的基因如果無法得到傳承，那該是一種怎樣的遺憾。」

「基因？」夏長明聽得一頭霧水了。

胡小天笑道：「家鄉話，你不懂！」

夏長明道：「大人，咱們前往渤海國，您的初步計畫是……」

胡小天道：「先去望海城打探一下情況，我估計就在這幾天，閻天祿、胡中陽那些人也會先後到來。咱們先摸清情況，也好做出決定下一步應該怎麼做，到底跟不跟他們聯手。」

夏長明道：「我還從未到過渤海國呢。」

胡小天道：「我也沒去過，聽說渤海國沒有多大，不過物產豐富，百姓富庶，咱們這次來，身分就是商人，對了，渤海國有什麼特產？」

夏長明道：「珊瑚、明珠、水晶、美玉。」

胡小天道：「那就是收購珠寶的商人，長明，咱們直奔望海城！」

望海城是渤海國國都，雖然名為望海城，城池卻位於渤海國的中心，距離大海最近的地方也有一百多里，縱然站在望海城最高的蒼穹峰上，看到的也只能是滾滾雲海，至於環繞在渤海國周圍的茫茫大海根本是看不到的。

渤海國因為特殊的島國地理環境，也造就了這裡的百姓與世無爭，安於現狀的心態，一方水土一方人，就連渤海王也是同樣的性情，現任渤海國王顏東生喜好舞文弄墨，愛好風花雪月，只是他所喜好的這些和治國強兵一丁點的關係都沒有，所以渤海國在他的手上並沒有強大起來，不過小國寡民。顏東生認為百姓少的國家首先要重視百姓。

老百姓不是被用來當做奴隸，也不是為了武裝起來去打仗，要讓老百姓重視自己的生命，這樣他們不會背井離鄉，也不會遷徙遠方，即使有船和車子，卻沒有人需要乘坐它們，即使有鎧甲和兵器，也沒有人用它打仗和消耗它。讓百姓恢復天真善良的淳樸本性。國富民強到了鼎盛時代。人人恬淡寡欲，使人民有甘甜美味的飲食、華麗的衣服、安適的住所、歡樂的風俗。

顏東生最大的心病就是蟒蛟島，他雖然擔心這位遠離國度的叔父，卻又不願興起甲兵去征討他，心中想著借用大雍的實力來清除這個大患。這樣的想法在胡小天看來簡直就是愚蠢之極，迂腐之極，也只有書呆子才會產生這樣理想化的想法。

同樣的季節，渤海國的天氣要比東梁郡那邊溫暖許多，胡小天和夏長明降落在望海城外，雙腳踏上綠草茵茵的土地，突然有種從冬天過渡到春日的感覺。

天氣霧濛濛的，沒有陽光但是也沒有海島特有的濕冷，這是因為望海城獨特的地理環境，在這座渤海國第一大城的周邊遍佈群山，環圍渤海城的山巒將海洋濕冷的潮氣全都阻擋在外。

胡小天和夏長明來到望海城大門前，發現渤海國的國都城牆並不如想像中高闊，門前的駐軍甚至比不上東梁郡，來往行人客商熙熙攘攘，完全是一番祥和安樂的景象，和他們預想中的戒備森嚴，逐一盤查完全不同。

守門將士也是笑容可掬，面對經過之人全都和顏悅色。胡小天留意到出入望海城的人們，幾乎全都是衣飾華美，怒馬香車絡繹不絕，即便是徒步而行者，也都對儀表非常注重，髮冠鞋履一絲不苟，因為空氣清新道路潔淨的緣故，每個人身上都是纖塵不染。

夏長明低聲讚道：「這渤海國號稱海外第一富庶之地，今日得見果然是名不虛傳。」

胡小天笑道：「面子工程而已，或許他們的國主愛惜顏面，焉知這裡不是金玉其外，敗絮其中？」

夏長明笑道：「主公見解深刻，長明拍馬不及。」

胡小天調侃道：「既然如此就別拍了！」

兩人相視哈哈大笑，雖然門前衛兵對來往行人非常客氣，可是必要的盤查還是會進行的，夏長明送上一張他們從東梁郡帶來的通關文書，因為大康、大雍兩國經常會有商人前來渤海國經營，所以這邊對兩國的客人都非常照顧，見到兩人的通關文書，並沒有做太多的盤查就予以放行。

胡小天和夏長明入得城來，直接尋找望海城最為豪華的仙客來住下，兩人來渤海國之前最初考慮到要低調從事，所以準備的衣袍都是非常樸素，避免惹人注目，可到了望海城方才發現，渤海國人崇尚奢靡之風，來到這裡穿著樸素反倒成了異類。於是他們入住客棧之後，馬上找到布莊，量身定做了幾套衣服，想要不引起別人的注意，最好的辦法就是入鄉隨俗。

兩人分頭行動，夏長明前往馬市購置車馬，胡小天則回到仙客來打探消息。

這年代沒有電視廣播報紙，更沒有什麼網路，想要得到消息，最常見的途徑就是口口相傳，而相對來說，客棧、酒肆、茶館就成了消息散播的絕佳場所。

仙客來雖是客棧，本身也經營酒樓，胡小天獨自一人點了幾樣特色海味，叫了一壺仙人醉，尋了個靠窗的位置，一面欣賞街道上的景致，一邊側耳傾聽周圍客人的對話。以他今時今日的聽力，偌大一層酒樓內二十多桌人說的每句話他都可以聽得清清楚楚，當然他不可能事無鉅細全都兼收並蓄，只挑選自己感興趣的去聽。

最近渤海國最為轟動的事情就數相國袁天照被抓之事，酒樓內有八桌客人都在低聲談論這件事。不過多數都是適可而止，並不敢深議。真正引起胡小天注意的還是位於西南角的那一桌，幾人都是衣飾華美的富貴公子，大概是多喝了幾杯，其中一人道：「不知王上因何會將袁相國下獄，袁相國乃是顧命大臣，還是王上的授業恩師。」

一名胖胖的男子道：「嘉元兄，王上自然有王上的考慮，咱們這些人就不必操心了。」

一旁黑黑瘦瘦的男子笑道：「至陽兄說得對，不過要說這件事，明舉兄弟應該最清楚，李叔叔主持刑部，明舉兄弟近水樓台先得月，消息總是要比咱們靈通一些。」

眾人的目光齊齊望向同桌的一名年輕公子，那公子大概二十多歲年紀，生得眉清目秀溫文爾雅，舉止之間流露出一種高貴的氣度，不過他的這種氣度並非是拒人於千里之外，給人的感覺不即不離，他就是刑部大員李長興的兒子李明舉，周圍的幾人全都是他的朋友，其中大都是官宦家的子弟。李明舉微微一笑道：「家父在家中之時從來不談及公務，是以我對朝中發生的事情一無所知。」

那胖子笑道：「這裡沒有外人，明舉兄弟又何必如此防範？」

李明舉微笑道：「非是兄弟有防範之心，而是家父的確從不在家中提起朝堂之事，咱們兄弟今日相聚，不如談談學問，國家大事還是少提為妙。」

那胖子道：「身為渤海百姓關心渤海國的大事也是理所應當，常言道，國家興亡匹夫有責，我等讀聖賢書，就是為了有朝一日為國效力，若是雙耳不聞窗外事，只知道死讀書，讀死書，那豈不是就成了書呆子？」幾人同聲附和。胖子說到激動之處，右手一揮，拇指上所戴一顆碩大的碧玉扳指劃出一道綠光，格外引人注目。

胡小天緩緩落下酒杯，總算找到了一個合適的切入機會，他起身來到那幾人身邊，拱手笑道：「各位兄台請了！」

幾人被他突然打擾，臉上都流露出錯愕的表情，彼此對望，馬上就意識到來的是個不速之客，大家誰都不認識。

胡小天道：「在下胡大富，是大康人，來到渤海國是為了做珠寶生意。冒昧打擾幾位是因為剛剛看到這位兄台手上的扳指。」

胖子眨了眨眼睛道：「我認識你嗎？」

胡小天呵呵笑道：「四海之內皆兄弟，此前不認識，可並不代表著以後不認識。」他一把就將胖子的手握住：「敢問這位兄台高姓大名？」

胖子道：「劉至陽。」

胡小天牽著劉至陽的大胖手，翻來覆去地看，口中嘖嘖有聲，劉至陽被他看得渾身發毛，身邊同伴一個個心中暗忖，莫非這貨有毛病？不愛紅妝愛武裝？可怎麼看也是陽剛氣息十足的一個猛男，按理說不應如此。

劉至陽可受不了了，用力想把手抽回去，可他那點力量根本無法和胡小天相比，雖然竭盡全力，大胖臉憋得通紅，胡小天的手掌卻紋絲不動，胡小天笑道：「至陽兄，你這碧玉扳指賣嗎？」

劉至陽這才想起人家不是看上了他，而是看上了他手上的扳指，他搖了搖頭，胡小天放鬆了他的手，劉至陽趁機將手掌抽了出來：「這扳指是我家傳之物，不賣！」其實這貨也是信口胡謅，扳指是他剛剛從街上買回來的，花了他五兩紋銀，也不是什麼稀罕物，只是他不喜歡胡小天打擾，所以故意說是家傳之物，好讓胡小天知難而退。

胡小天雖然在珠寶玉器方面算不上什麼大行家，可起碼的眼力還是有的，其實他第一眼就看出這胖子的玉扳指雖然夠大夠綠，但絕算不上什麼珍品，可胡小天的目的原本就不在什麼玉扳指，他今兒就是要玩一齣千金買馬骨，胡小天笑瞇瞇道：「二十兩銀子賣嗎？」

劉至陽以為自己聽錯，剛剛買回來才花了五兩，一轉身就能賺十五兩，這麼划算的買賣不賣才是傻子，他喃喃道：「可這玉扳指是我家傳之物，我……」

胡小天道：「五十兩！」

劉至陽望著胡小天，一臉的古怪，其實是強忍著笑，只差沒笑出聲來了，他裝出忍痛割愛的樣子：「可這位兄台看起來也是至誠之人，既然你如此誠意，我若是不肯割愛，豈不是顯得我們渤海國人太過小氣，也罷，我讓給你就是。」不說賣給你，不說坑你，只說讓給你，讀書人說話就是雅致。

胡小天裝出喜出望外的樣子，馬上點了興隆號通兌的一張銀票給劉至陽，劉至陽將銀票拿來看了看，確信無誤，馬上擼下來玉扳指遞給了胡小天，生怕這廝會反悔。

一旁又黑又瘦的同伴顧嘉元，他剛才跟著劉至陽一起買的那玉扳指，知道胖子才花了五兩銀子，居然遇到了個冤大頭竟然肯給五十兩銀子，死胖子真是走了狗屎運，顧嘉元心中又是羨慕又是嫉妒，剛巧這貨也買了件玩物，故意撩起長袍，露出腰間玉佩，在胡小天面前晃了晃道：「這位胡先生既然是珠寶商人，不如看看我這件祖傳之物價值幾何？」

胡小天又是目光一亮，驚歎道：「哎呀呀，這位仁兄可否借我玉佩一觀？」

顧嘉元解下玉佩，遞給胡小天之前卻又縮回手去：「這玉佩乃是先王御賜之物，你可要小心了。」

胡小天誠惶誠恐，幾個人看到他的表情全都信以為真。

胡小天翻來覆去地看了幾遍，又小心翼翼遞給了顧嘉元道：「這塊玉佩絕非凡品，照我看至少要值一百兩銀子。」

胖子劉至陽聽到他居然出口就是一百兩銀子，心中好不服氣，剛剛兩人明明在一家玉器鋪買來的兩樣東西，價值相同，都是五兩，何以這胡大富給他估價這麼高？

顧嘉元道：「一百兩銀子？呵呵讓你看看還差不多。」

胡小天道：「兄台莫怪，敢問兄台多少銀子願意轉讓給我？」

顧嘉元伸出五根手指頭。

胡小天大聲道：「五百兩？」

顧嘉元聽他如此大聲，心中不由得有些後悔，自己叫價有些太高了，早知如此叫一百五十兩，賺上一點是一點，總不至於把他給嚇跑了。他故意道：「你嫌貴啊？」接下來一句就是價錢好商量，你說多少？

胡小天不等他把話說完，就從懷中抽出一張銀票：「這是五百兩，君子一言快馬一鞭，你絕不可反悔，玉佩給我！」

第三章

利慾薰心

這些人誰都不是傻子，只是利慾薰心，
被可能到手的暴利蒙蔽了眼睛，
這會兒已經全明白過來了，他們是讓人家給擺了一道，
對方先利用高價收購他們手中不值錢的東西，
然後再放出信號，讓他們誤以為這廝是個凱子，
然後去進貨轉賣給他，結果花了大錢弄來了一堆東西，
他卻要低價收購。

顧嘉元瞪大了雙眼，敢情人家是覺得便宜，我這個蠢材啊，為什麼不說五千兩呢？可現在後悔已經來不及了，比他更加後悔的是胖子劉至陽，劉至陽看到同伴輕輕鬆鬆就弄到了五百兩，想想自己五十兩就把玉扳指賣了實在是太便宜了。

所有人都把胡小天當成了冤大頭，這年頭遇到冤大頭跟撿到寶差不多，一個個慌忙都想把自己佩戴的東西賣給胡小天，紛紛亮出了隨身飾品。李明舉有些看不下去了，眼看著這幫一個個自詡為知書達理的同伴全都坑起了一個外來客商，心中生出不平之氣，他淡然道：「這位胡先生，我們正在小聚，有些話想要私下聊敘，還望先生不要打擾，有什麼事以後再說。」

胡小天道：「實在是不好意思，打擾了幾位公子吃飯，不如這頓飯就記在我的賬上，胡某先走一步，我就住在仙客來天字一號房，各位公子如果有空，儘管來我這裡盤桓一下處個朋友。」他拱手告辭返回了自己的座位。

胡小天這邊剛走，劉至陽和顧嘉元就紛紛埋怨起李明舉來，劉至陽低聲道：「明舉兄弟，你為何要趕他走，好不容易讓我們遇到了一個傻子，賺點銀兩花花也是好事。」

顧嘉元道：「就是就是，我們得了好處自然少不了兄弟你的那一份。」

李明舉顯然有些生氣了，他正色道：「我等乃是渤海國文人，代表的不僅僅是我們自己，很多時候會代表渤海國的形象，不要以為賺了別人一些蠅頭小利就沾沾自喜，如果人家一旦發現受騙，你們又當如何？」

顧嘉元道：「等他發現受騙了，上哪兒去找我們？」胖子跟著點頭。

李明舉怒道：「找到你們反倒是好事，若是找不到你們，人家就會將一口怨氣撒在整個渤海國的身上，因為你們，我們整個渤海國的國民都會被人指責，你們做了壞事，卻要讓渤海國的顏面受損，還口口聲聲說自己讀的是聖賢書，你們有何顏面在聖人像下面行禮。」

幾人被他說得臉色都不好看，可是誰也沒有覺得自己有錯。

胡小天距離雖然很遠，可是將他們的話聽得清清楚楚，心中暗歎，這李明舉倒是一個至誠君子，不過他的這幾位朋友人品實在是拙劣，把自己當成了凱子，一個個都想從自己的手中坑錢。胡小天已經將魚餌投出，只等那些魚餌自動上鉤，他也不多說，叫來小二直接拋給他一錠銀子，然後轉身回房。

李明舉幾人看到胡小天的舉動，更認定此人是個暴發戶，李明舉道：「幾位兄弟，我還有事，先走了。」

顧嘉元和劉至陽幾人各懷心思，看到李明舉離去心中求之不得，一個個虛情假意地跟他拱手道別。

李明舉離開之後，快步向胡小天追去，胡小天離開酒樓正在前往後院客棧的路上，卻聽身後有人叫道：「兄台請留步。」

胡小天停下腳步，轉身看到李明舉，心中不由得暗笑，卻不知李明舉叫住自己，究竟是為了提醒，還是撇開眾人獨自一人想從自己這裡獲得更多的好處，胡小天微笑道：「李公子找我有事？」

李明舉看了看身後，生怕自己的那幫同伴看到，然後向胡小天低聲道：「我追上來只是為了好心提醒你一句，他們剛剛賣給你的那些東西根本不值這個價錢，你看來對玉器珠寶瞭解不深，一個外地客商在渤海國還是儘量不要暴露錢財的好，看兄台的樣子也是讀書之人，難道不明白財不露白的道理？」

胡小天已經斷定李明舉是個好人，他拱手道：「多謝李公子提醒，胡某心中自有回數。」說完他揚長而去。

李明舉有些迷惘地望著胡小天的背影，心中暗忖，他說心中自有回數是什麼意思？難道是我多慮了不成？哎！反正我已經提醒過他了，聽或不聽悉聽尊便，李明舉搖了搖頭也離開了仙客來。

胡小天回到客棧，讓小二送來一壺好茶，果然不出他所料，沒過多久就聽到門外傳來一個禮貌的聲音：「請問胡財東在嗎？」不用開門已經從門外沉重的腳步聲中聽出來人是劉至陽。

胡小天微笑道：「房門沒鎖，只管進來就是。」

胖乎乎的劉至陽走了進來，滿臉堆笑，一雙眼睛就快滴出蜜來。

胡小天故作驚喜起身道：「我當是誰，原來是劉公子，胡某有失遠迎，還望劉公子不要見怪。」

劉至陽嘿嘿笑道：「客氣，客氣，我和胡財東一見如故，看你的樣子比我應該長上幾歲，不見外的話，我就叫你一聲胡大哥吧。」

胡小天心中暗罵，老子哪裡長得比你老相了？我這是戴著人皮面具，他笑道：「那我就不客氣了，劉老弟來找我莫非是後悔了？想將玉扳指要回去？」

劉至陽慌忙擺手，好不容易才賣出去的便宜貨豈能要回來，當老子跟你一樣傻嗎？他正色道：「君子一言駟馬難追，胡大哥，我乃是讀聖賢書之人，豈能出爾反爾。」

胡小天笑道：「那就好，坐，快請坐！我剛剛還以為劉老弟反悔了呢。」

劉至陽坐下後，接過胡小天遞來的一杯茶水，歎了口氣道：「不瞞你說，後悔是肯定有的，可是後悔我也不能反悔。」

胡小天道：「劉老弟，我也知道這筆交易占了你的便宜，我做了那麼多年的珠寶生意，就我的眼力，一看就知道你賣給我的玉扳指要比顧公子剛剛賣給我的玉佩更加珍貴。」

「可不是嘛！」劉至陽趁機叫起屈來。

胡小天道：「劉老弟，我一看就知道你比那位顧公子厚道，不瞞你說，我是第一次來渤海國做生意，在這裡舉目無親，出門在外只能靠朋友，我看劉老弟面相忠厚為人熱誠，絕對是可以相交之人。」

劉至陽心想你可看走眼了，嘴上卻道：「那是，那是當然，我也覺得和胡大哥投緣呢。」

胡小天道：「我來渤海國為的就是做玉器珠寶生意，本來是想從聚寶齋進貨，可是聚寶齋不知為何被查封，我又怕人生地疏，被人坑騙，劉老弟，你知不知道這裡有什麼可靠的管道能夠買到真正的好貨？」

劉至陽道：「這個嘛……」他故意玩起了深沉，目的是讓胡小天鑽入他的圈套。

胡小天從懷中掏出一遝銀票往桌上一放，劉至陽望著那厚厚一遝銀票只差兩眼珠子沒蹦出來，心想這廝還真是有錢啊。

胡小天道：「只要劉老弟能夠幫我找來真品貨源，我絕對虧待不了你，而且我會以高出市價三成的價格從你那裡收購。」

劉至陽已經徹底被貪念佔據了頭腦，他點了點頭道：「不瞞胡大哥，我家裡倒是有些珍藏，若是胡大哥有興趣，我這就回去給你拿來。」

胡小天道：「快去！快去！再多錢我都出得起！」

劉至陽起身屁顛屁顛離去了，這廝是去進貨，想想這麼多銀票很快就變成自己的了，心裡就別提多美了。

劉至陽剛走，顧嘉元又來了，顧嘉元走了，他同桌喝酒的人又來了。胡小天自然是如法炮製，一來二去，從這幫人口中問出了不少的消息，聚寶齋如今已經被封，包括聚寶齋分號的掌櫃帳房全都被抓去了刑部。最近望海城內做珠寶經營的商人也不敢輕舉妄動，畢竟過去都和聚寶齋有過不少的聯繫，誰都擔心聚寶齋的事情會聯繫到自己的頭上。

胡小天就這樣一動不動坐在房間內就蒐集到了不少的情報，劉至陽顧嘉元這幫人也沒閑著，看到胡小天這麼有錢，他們紛紛出去進貨，不但把胡小天給他們的那點銀子花了，還搭進去不少錢，捨不得孩子套不得狼，都以為遇到了一個冤大頭，今天要從他身上賺取暴利。像劉至陽這種家境殷實的，就從家裡帶了兩千兩銀票去購置珠寶玉器，準備轉賣給胡小天，他也不甚貪心，兩千兩變成一萬兩就行。

至於顧嘉元這種平時就沒多少錢的，不但把胡小天給他的五百兩花了出去還四處借錢，籌來了三千兩，連高利貸都借上了，顧嘉元比起劉至陽更貪心。

傍晚的時候，這幫傢伙就陸續到來，一個個拎著大小包袱來到仙客來，這些人相遇之後，誰都明白對方是來幹什麼的，可誰也不說話，一個個只當沒看到對方。

胡小天把房門拉開，把這幫傢伙一股腦全都喊了進去。

劉至陽和顧嘉元兩人同時衝入房間內，全都累得氣喘吁吁，劉至陽道：「我先來的，胡大哥先看我的。」

顧嘉元道：「胡……大哥……我……我……」

後面有人叫起了胡大爺。

胡小天笑道：「別忙，別忙，只要是你們送來的我全部收下，來！劉老弟，你放在桌上，我先看看！」

劉至陽將包袱攤開，露出裡面的珠寶玉器，胡小天眼光一掃，只看了一眼就知道這次比上次成色強多了，不過也沒什麼真正的寶物。他向顧嘉元道：「你攤開放在地上吧。」又轉向後面的幾個人道：「全都放地上攤開，我看看！」

眾人乖乖聽話。

胡小天將懷裡的厚厚一遝銀票掏出來。

幾人的目光全都集中在他手中銀票上了。

胡小天道：「你們帶來的東西都不錯，我全要了！」

胡小天指著劉至陽的那堆東西伸出一根手指頭。

劉至陽心頭一陣狂喜，裝出有些捨不得的樣子：「一萬兩啊！有點少了！」

胡小天搖了搖頭道：「一兩！」

「什麼？」劉至陽以為自己聽錯：「你說什麼？」

胡小天來到顧嘉元的那堆東西面前：「也是一兩！」他倒是一視同仁，每人給出了一兩。

這幫人的臉都白了，這些人誰都不是傻子，只是利慾薰心，被可能到手的暴利蒙蔽了眼睛，這會兒已經全明白過來了，他們是讓人家給擺了一道，對方先利用高價收購他們手中不值錢的東西，然後再放出信號，讓他們誤以為這廝是個凱子，然後去進貨轉賣給他，結果他們花了大價錢弄來了這麼一堆東西，他卻要低價收購。

劉至陽氣得一臉肥肉直哆嗦，自己可是花了兩千兩銀子。

顧嘉元更是臉都綠了，三千兩，去除對方的五百兩，自己連高利貸加上才湊足兩千五百兩，這堆東西被珠寶商至少賺了一千兩，這意味著入不敷出，自己又不是做珠寶生意的，這堆東西拿出去賣恐怕連一千兩都賣不到了，讓他拿什麼去還錢？顧嘉元冷笑道：「胡財東，你這做還有沒有信義？」

胡小天笑道：「怎麼沒有信義？我若是不講信義，連一個銅板都不會給你，怎麼？你們弄來這堆破爛貨，當真想坑我不成？」

劉至陽上前一步，兇神惡煞般盯住胡小天道：「姓胡的，你最好看看這裡是什麼地方？這可不是你們大康。」

「那又如何？難不成你們想對我用強？渤海國也是法治之地，你們若敢強買強賣，信不信我抓你們去見官？」

「我呸！一個康人居然敢跟我們去官府？去就去，誰怕誰？」

劉至陽伸出手去試圖抓住胡小天的衣領，卻被胡小天一把擰住手腕，輕輕一推，蹬蹬蹬接連退了三步，一屁股就坐在地上了。幾人同時叫道：「你還敢打人？抓他去見官！抓他去見官！」

胡小天哈哈大笑，看到幾人逼近自己，鏘的一聲將腰間長刀抽了出來，冷森森的刀鋒抵住顧嘉元的咽喉，顧嘉元嚇得咽了口唾沫，撲通一聲就給胡小天跪下了，這貨連一點文人的風骨都沒有，顫聲道：「大爺饒命……大爺饒命……小的有眼不識泰山，不該招惹大爺……」

胡小天歎了口氣，還刀入鞘，卻聽外面傳來李明舉的聲音道：「早知如此何必當初，你們幾個早就應該明白天下沒有掉元寶的好事。」

李明舉身穿藍色儒衫緩步來到門前，胡小天其實早就聽到了他的腳步聲，微笑抱拳道：「原來是明舉兄來了，快快請進。」

李明舉一到，房內的幾人羞愧難當，一個個連話都不敢多說了，掩面就逃，胡小天笑道：「別忙著走，把你們的寶貝都帶走。」

等到一群人走了個乾乾淨淨，李明舉方才向胡小天還禮道：「胡財東請了！」

胡小天笑道：「李公子客氣了，請坐！」

李明舉坐下之後接過胡小天遞來的一盞茶，抿了口茶道：「胡財東這一手實在是妙啊！可憐了我的那幫只懂得讀死書的朋友。」

胡小天微笑道：「胡某從無害人之心，只是你那些朋友實在是太過貪心了。」

李明舉目光灼灼盯住胡小天道：「若不是胡財東主動搭訕，又焉能發生這件事呢？」

胡小天看出李明舉也是智慧超群之人，微笑道：「李公子，我只是跟他們開個玩笑，那些珠寶玉器我雖然不要，可是你那些朋友的損失包在我的身上。」

李明舉淡然道：「這個人情我可受不起，不知胡財東前來望海城的目的是什麼？」

「做生意！」

「當真？」

胡小天笑道：「李公子，不瞞你說，我來望海城原本打算和聚寶齋做生意，可是渤海國所有的聚寶齋分店突然被查封，胡某對這件事很是好奇呢。」

李明舉道：「胡財東應該不僅僅是做生意的吧？」

胡小天道：「其實生意無處不在，有人做的是珠寶生意，有人做的是皮肉生意，有人做的是吃喝生意，還有人做的是人脈生意，真正高明的生意人做的都是人脈！」

李明舉道：「胡財東在渤海國有什麼人脈？」

胡小天搖了搖頭道：「過去沒有，今天認識李公子了。」

李明舉呵呵笑了起來：「我都不知道你的底細，你怎會認定我會幫你做事？」

胡小天道：「有些事雖然說不清楚，可是感覺得到，我從第一次和李公子見面就覺得跟你彼此投緣，李公子也是至誠之人，今日在酒樓提醒我，胡某對李公子感激得很呢，其實跟貴友開這個玩笑，無非是想引起李公子的注意跟你交個朋友。」

李明舉道：「胡財東這種交友的方式可真是特別。」

胡小天道：「渤海雖然富足，可畢竟只是海中一島，國土有限，國民甚少，連渤海王都將國家的命運寄託於別國的身上，像李公子這樣有才華有抱負的青年才俊，應該不會將自己的目光拘泥於這島國之中，更不會這一輩子都故步自封不想踏出渤海半步吧？」

胡小天的這番話卻恰恰說中了李明舉的心思，其實渤海國多半的讀書人都會有抱負，誰也不想終生被困在這座島上，李明舉也是如此，他已經開始準備離開渤海國去中原看看，開闊一下眼界，即便是欣賞一下中原風光也是好事。

胡小天對渤海國知之甚少，可李明舉對中原大陸也是一樣。

李明舉道：「胡財東想知道什麼？」

胡小天道：「李公子可否安排我見見望海城聚寶齋的掌櫃？」

李明舉目光一凜：「你果然是為了聚寶齋之事前來，你到底來自大康還是大雍？」

胡小天道：「大康！我雖然不知渤海國到底發生了什麼事，可總覺得現在發生的事情未必是好事，普天之下誰人不知誰人不曉，聚寶齋乃是大雍燕王薛勝景的產業，渤海王雖然貴為一國之主，可我不認為他能夠招惹得起大雍燕王，其背後必然充滿玄機。」

李明舉顯然對胡小天的話已經產生了興趣，輕聲道：「什麼玄機？」

胡小天道：「渤海國新近發生的這件案子可以說是渤海國這二十年來最為轟動的一件案子，恰恰落在李大人的手裡，恕我直言，此事只怕凶險重重，李公子務必要提前作出準備，留好退路。」

李明舉皺了皺眉頭：「你在威脅我！」

胡小天搖了搖頭道：「我對李公子並無惡意，這件案子關係到大雍內部的博弈，而我只是一個康人，我來渤海國是為了做生意，順便還想見一個人。」

「什麼人？」

胡小天道：「我不知她現在身在何處，不過有人知道她的下落。」

李明舉道：「你是說聚寶齋的掌櫃？」

胡小天點了點頭：「所以才想請李公子幫我這個小忙。」

李明舉道：「我又有什麼好處？」

胡小天知道李明舉已經動心，他早就看出渤海國這件案子壓力最大的應該是李長興，李明舉身為李長興的兒子，肯定瞭解父親所面臨的壓力，這件案子無論發展如何，李長興都是吃力不討好的。

胡小天道：「案子雖然發生在渤海國，可真正的鬥爭卻是在大雍國內，若是燕王最終獲勝，那麼渤海國以後將如何面對於他？」

李明舉內心一沉，越發覺得對方必有圖謀。

他沉思片刻，放下茶盞站起身來，低聲道：「胡財東，此事我需要回去問問父親的意思，現在無法給你回覆。」

胡小天微笑道：「胡某就在此靜候佳音。」

李明舉離開仙客來之後直奔家中，他並沒有留意到有人跟蹤在他的身後。

胡小天跟蹤李明舉一路來到李府，夜幕已經降臨，趁著夜色深沉，翻越圍牆潛入李府中，卻見李明舉穿過花園來到花園東角的書房。

渤海國刑部尚書李長興已經回來，坐在書在內長吁短歎，聽到兒子的敲門聲，他放下書卷道：「明舉回來了？快快進來吧！」

李明舉推門進入書房內，看到父親愁雲滿面的樣子，猜到他又在為案子的事情煩心，恭敬道：「爹爹，應該用晚飯了。」

李長興道：「不想吃，明舉！我跟你楊叔叔談過，他下月初準備出海前往大康，我準備讓你隨他一起去，剛好可以去中原歷練一下。」

李明舉搖了搖頭道：「孩兒不走！」

「為何不走？」

李明舉道：「因為爹爹根本不是想孩兒去歷練，而是要讓孩兒去中原躲避風險。」

李長興被兒子說中了心思，不由得又歎了口氣道：「你既然懂得我的苦心，就應該毫不猶豫地過去，為何又不肯答應呢？」

李明舉道：「爹！既然明明知道查辦袁相國的案子風險重重，為何您要接下這個差事？您可以抱病推辭。」

李長興一臉苦笑道：「推得掉嗎？我是刑部尚書，推給誰？王上將此事交給我，必然經過深思熟慮，我若是不接下這個差事，只怕王上就會將我以袁天照的同黨論處，不但我要被問罪，連你們也全都要遭殃。」

李明舉憤然道：「王上這次興師動眾，株連甚廣，真正的用意何在？聚寶齋也被捲了進去，難道他不清楚聚寶齋是大雍燕王的產業？難道他沒有考慮過得罪燕王的後果？」

李長興聽到兒子說出這番話，心中不由得有些錯愕，他本以為兒子只是閉門讀書，對其他的事情瞭解不多，卻沒有想到兒子居然可以看得這麼深這麼遠，他低聲道：「王上必然有不得已的苦衷。」

李明舉道：「不得已的苦衷？我看未必，王上一直想滅掉心頭大患，可是他難道不明白家事無需借助外力？想要利用外人的力量來解決渤海國的內部事情無異於引狼入室，最後的結果必然是得不償失。」

李長興聞言大駭，斥道：「你這孩子胡說什麼？」他有些心驚的拉開房門向外面看了看，回來後又推開窗戶看了看周圍，確信周圍並無人在，這才放下心來，雖然他也對當今國主的做法頗有微詞，可是這些意見都放在心底，在國主面前萬萬是不敢提起的，上任渤海王顏天正為了清除可能存在的隱患，當初對他的兩個兄弟下手，在渤海國內掀起了一場血雨腥風，渤海國的國運可謂是遭遇了一次重創。現任國主顏東生又是一個缺乏霸氣和擔當的人物，雖然對臣民也算不錯，可是這對一國之主來說算不上什麼好事。

李明舉道：「爹，您不必害怕，這是在家裡，我吩咐過下人不得靠近這裡。」

李長興道：「須知隔牆有耳，禍從口出。」

李明舉道：「孩兒記下了，在外面不會亂說話。」

李長興點了點頭：「你去中原的事情……」

李明舉用力搖了搖頭道：「孩兒不會去！父母在，不遠遊，爹想讓孩兒違背聖賢的教誨嗎？」

李長興苦口婆心道：「我不是讓你違背聖賢的教誨，而是我想提早為咱們李家留一條後路。」

李明舉道：「爹，此事無需再議，孩兒有個請求，還請爹爹成全。」

「說吧！」

「孩兒最近認識了一位朋友，他是聚寶齋掌櫃的親戚，想跟掌櫃見上一面，不知是否方便……」

「不行！」李長興斷然拒絕道。

李明舉道：「只是見面都不可以？」

李長興道：「王上對聚寶齋的事情非常重視，已經有證據表明聚寶齋和袁天照、蟒蛟島之間都有聯繫，明舉，你千萬不可蹚這趟渾水。」

李明舉道：「孩兒可以不蹚這趟渾水，爹爹能置身事外嗎？」

李長興無言以對。

胡小天借著夜色的掩護悄然離開了李府，等他回到客棧，發現夏長明已經回來了，夏長明笑道：「掌櫃的去了哪裡？我還在等你吃飯呢。」

胡小天道：「閑著也是閑著，到處打聽一下消息。」

夏長明道：「收穫如何？」

胡小天笑了笑道：「先去吃飯，邊吃邊聊！」

夏長明道：「去海韻樓吧，我剛從那邊經過，看到生意好得很。」

胡小天點了點頭，兩人一起出了客棧，夏長明讓人將他剛買來的兩匹駿馬牽來，雖然不是什麼難得一見的千里良駒，可也都是威猛神駿的高頭大馬，胡小天選了匹黑馬翻身而上，夏長明騎上了另外一匹棗紅馬，兩人沿著街道並轡而行，胡小天不由得想起他的飛梟來：「長明，你說飛梟牠們在哪兒落腳？」

夏長明笑道：「掌櫃的不必擔心，牠們絕對沒事。」

海韻樓距離仙客來並不遠，只是位於通海街的南北兩端，海韻樓位於最北，等到了那裡果然看到門前車水馬龍，夏長明做事周到，已經提前在海韻樓訂了位子，不然他們現在過來肯定要撲個空。

兩人來到二樓房間坐了，胡小天拿起菜譜看了看，隨便點了幾樣特色，夏長明低聲道：「掌櫃的，有沒有留意到途中有人跟蹤咱們？」

胡小天微笑點了點頭，其實他一出仙客來的大門就已經留意到了，暗自揣測追蹤他的人十有八九是被自己擺了一道的幾個書生，應該是幾人心中不忿，所以才尾隨自己伺機報復，就憑他們幾個書呆子根本翻不起什麼風浪。

胡小天簡單將自己今天的遭遇跟夏長明說了一遍，夏長明聽到有趣之處不由得哈哈大笑起來，胡小天的手段真是高妙，換成自己是想不起這樣去整蠱人家。

夏長明道：「我今天就是去市場轉了一圈，按照掌櫃的吩咐買了幾匹馬，訂製了一輛馬車，馬車需要裝飾，最早後天才能取貨。」

胡小天端起酒杯跟他同乾了一杯酒道：「不急，反正咱們要在這裡待上一段時間。」

夏長明低聲道：「我也嘗試著打聽消息，可是望海城的人顯然對袁天照的案子都非常避諱，我打探了一天也沒聽到什麼結果。」

胡小天道：「明兒我打算去海神廟一趟，尋找那裡的主持，馬青雲曾經給過我一些暗示，那位主持應該是他們安插在這裡的一位內線。」

夏長明點了點頭，心中有些奇怪為何胡小天沒有叫他一起去。

胡小天道：「在這邊咱們最好分頭行事，我在明，你在暗。」

夏長明道：「只是目前還理不出頭緒，掌櫃的打算從何處入手？」

胡小天微笑道：「不急，閻天祿和胡中陽最近也會到望海城來，等到跟他們會合，一切就好辦了，咱們現在要做的就是先搞清楚這邊的狀況，不打無把握之仗。」

夏長明點了點頭道：「根據日程上推算，閻天祿應該已經到這裡了，只是他肯定不會公開露面，以他的身分，在渤海國必然有不少的手下，我們未必能夠聯絡得到他。」

胡小天道：「他來這邊的目的是為了營救他們的二當家凌三娘，凌三娘一直都潛伏在望海城經商，乃是一個大大有名的人物，只要沿著這個線索找到凌三娘的下屬，不愁找不到閻天祿。」

兩人很快就用完了晚飯，胡小天讓夏長明暫時另投客棧居住，夏長明乾脆就留在海韻樓旁邊的聽潮客棧居住，胡小天獨自一人離開了海韻樓，夏長明提醒他道：「掌櫃的還要多加小心。」

胡小天淡然一笑，翻身上馬緩緩向仙客來行去。

馬兒行到中途，突見一輛馬車斜刺裡衝了上來，急速奔向自己，胡小天勒住馬韁，傲立於街道正中，冷冷望著那輛馬車，驅車的大漢在距離他還有一丈處將兩匹駿馬勒住，大吼道：「娘的！不長眼睛嗎？竟敢擋住老子的去路？」

胡小天微笑道：「閣下口中留德，這街道又不是你們家的，何以你走得，我走不得？」

那大漢桀桀怪笑，車簾一動，竟然從車上跳下來六名壯漢，一個個兇神惡煞般怒視胡小天，那大漢也翻身從馬車上下來，充滿挑釁道：「小子，聽口音不像是本地人，想打架嗎？」

胡小天居然點了點頭道：「想！想得很！這兩天天氣陰鬱，心情不好，骨頭癢癢的。」他翻身從馬上下來，將坐騎繫在一旁的樹幹上。

「那好，大爺幫你鬆鬆骨！」那大漢一個箭步向胡小天衝了上去，揚起醋缽大小的拳頭照著他的面門就是狠狠一拳。

胡小天身軀一晃，虛影一閃，那大漢這一拳頓時落空，他用力眨了眨眼睛，發現眼前已經沒人，胡小天的聲音在他身後響起：「蠢材，我在這裡！」

那大漢慌忙轉過身來，與此同時他的六名同伴一起圍了上來，胡小天微微一笑，並沒有急於出手，施展躲狗十八步，穿插在七人之間，這七人卯足了力氣拳腳交加，打得那個虎虎生風，可他們費了半天力氣，竟然連胡小天的一片衣角都沒沾到，最後累得一個個站在那裡，弓腰的弓腰，捂肚子的捂肚子，為首大漢氣喘吁吁道：「你……你有種別跑……」

胡小天笑道：「我若是不跑，你們此刻只怕全都躺倒在地上了。」他的手緩緩落在刀鞘之上：「提醒你們一聲，我只要出手必然見血！」

幾名大漢多半已經累得說不出話來，明白眼前這位絕對是個高手，看到他準備拔刀，心中不由得有些害怕，為首那員大漢道：「怕他一個康人作甚，兄弟們……並……並肩子上……」

幾人正準備一擁而上的時候，卻聽到黑暗中傳來一個渾厚的聲音道：「全都住手！」卻見一名身穿灰色長衫的中年文士緩步從黑暗中走出。

胡小天的手從刀鞘上移開，其實他早就覺察到暗處還有人隱藏，這個人很可能才是幕後指使。

中年文士滿臉堆笑，來到胡小天面前，抱拳道：「這位兄台，我這幾位兄弟不懂事，得罪之處還望海涵。」

胡小天道：「的確不懂事，你若是再晚出來一刻，我就要代你好好教訓他們一頓了。」

中年文士哈哈大笑，望著幾名累成狗一樣的手下，心中唯有感歎這幾個貨色實在沒用，沉聲道：「你們幾個傢伙還不趕緊向胡財東賠罪！」

幾名大漢賠罪之後匆匆離去，胡小天笑眯眯望著那名中年文士道：「看來你對我很是瞭解呢。」

中年文士道：「在下余萬利，一直都在城東富貴窩經營。」

胡小天笑道：「富貴窩？賭坊還是青樓啊？」

余萬利微笑道：「賭坊，順便做些借人錢財的營生。」

胡小天明白了，這位原來是個賭場老闆外加放高利貸的，這種人其實就是混黑的，做的事情多半見不得光，不過這種人也有個本事，對方方面面的消息都非常靈通，只是不知此人因何找上自己？難道是那幾名書生雇來報復自己的？

余萬利道：「聽聞胡財東此次前來是為了做珠寶玉器生意，在這方面余某和胡財東或許有合作的可能。」

胡小天笑道：「余掌櫃不是做賭坊生意的嗎？」

余萬利笑道：「胡財東難道沒有聽說，多半人進了賭坊都要輸得連底褲都不剩，所以余某這些年倒是積攢了不少的玩意兒。」

胡小天目光一亮，點了點頭道：「我就住在仙客來，余掌櫃若是有心相交，就去我那邊喝杯清茶如何？」

余萬利笑道：「榮幸之至。」

余萬利跟著胡小天來到仙客來，這廝在望海城絕對是個響噹噹的人物，仙客來的掌櫃看到他過來也是表現得畢恭畢敬，特地親自泡了一壺上好的清茶送了進來。

賓主兩人在桌前坐下，余萬利打量著胡小天，微笑道：「不知胡財東想要收購些什麼？」

胡小天道：「生意人最注重的乃是利益，至於做什麼生意並不重要，你說是不是啊？」

余萬利呵呵笑道：「胡財東跟我的想法還真是一致，商者不問經營，英雄莫問出身，大善！大善！」

胡小天道：「余掌櫃因何找到我的？」他端起茶盞抿了一口茶，漫不經心道：

「不會只是街頭偶遇那麼簡單吧？」

余萬利搖了搖頭道：「今日有個書呆子從我手中支了一些銀子，說是借用一日就還，我和他是鄰居，遠親不如近鄰，看在鄰里的面子上就借給了他，沒想到這廝不久後又找到我，說錢全都被人給騙走了。」說到這裡余萬利不禁笑了起來。

胡小天也笑了，余萬利所說的必然是顧嘉元無疑，他看了余萬利一眼道：「所以你就想幫他討回公道？」

余萬利道：「本來這件事我是不想管的，可我昔日窮困潦倒之時，他家人曾經幫過我，我也知道他沒膽子騙我，也沒有能力還錢，於是就決定親自來看看，到底是哪位高人捉弄了他，今日得見胡財東也算得上是三生有幸了。」

胡小天微笑道：「余掌櫃現在還想幫他討還公道嗎？」

余萬利道：「余某在望海城經營十多年屹立不倒，靠得就是一雙招子，胡財東絕非凡人，余某只想跟您做個朋友，絕無為敵之意。」

胡小天最喜歡的就是聰明人，遇到聰明人說話辦事都要容易許多，他和余萬利雖然是初次見面，卻已經發覺此人善於察言觀色，識得大體，一個懂得審時度勢的人才可能在亂世之中生存，胡小天微笑道：「我做人的原則也一直都是先做朋友後做生意，余掌櫃既然是本地人，應該對聚寶齋的事情有所瞭解吧？」

余萬利聞言心中一怔，其實他早就猜到對方不是個普通的生意人這麼簡單，現在看來果然如此，對方乃是為了聚寶齋的事情而來。他緩緩落下茶盞道：「最近聚寶齋的事情鬧得滿城風雨，莫說是望海城，即便是整個渤海國的商家都因為此事而人心惶惶，即便是過去有密切生意來往的商人也急著撇開關係，胡財東在外面還是少提為妙。」

胡小天道：「我這次來，本來就是衝著聚寶齋而來的。」

余萬利道：「胡財東難道不知道聚寶齋已經被袁天照的案子牽連了進去，整個渤海國所有聚寶齋分號，上到掌櫃，下到雜工，已經全部入獄候審。」說到這裡，他停頓了一下，再度打量了一下胡小天道：「胡財東來自大雍？」

胡小天心中暗笑，看來自己的話已經引起了他的疑心，換成任何人也不會想到一個大康人會對聚寶齋的事情如此關心，肯定會推斷出自己來自大雍，而且很可能與燕王薛勝景有關，胡小天故意沒有回答他的問題，只是報以微微一笑。

余萬利道：「聚寶齋乃是大雍燕王的產業，胡財東莫非是受了燕王的委託而來？」

胡小天心中暗讚，這余萬利雖然出身市井，可是見識非凡，竟然能夠從他們之間的對話中推斷出自己和薛勝景的大致關係，胡小天點了點頭道：「發生了這麼大的事情，早已是天下震動了。」他從懷中掏出一張銀票落在桌上，慢慢推到余萬利的面前，對於唯利是圖的人，只要出錢，很多事就會變得容易許多。

余萬利眼角的餘光掃了一下，卻見那是一張五千兩的銀票，他心中暗歎，這個胡大富果然不是普通商人，出手如此闊綽，他並未去拿那張銀票，微笑道：「胡財東把我當成什麼人了，余某剛剛說過，想要跟胡財東做個朋友。」

胡小天也不急著將銀票收回，而是又抽出了一張，一萬兩銀票送上。

要說余萬利心中不動心那是不可能的，可是他更知道有些錢可以拿，有些錢是沒命拿的，低聲道：「胡財東想知道什麼？」

胡小天微笑道：「那要看看余掌櫃能告訴我什麼？」

余萬利道：「相國袁天照的案子乃是大王執政以後最大的一樁案子，牽連甚廣，如今因袁天照的案子被革職查辦的官員已有近四十人，牽連入獄待審者已有千人之多，據說袁天照一直都和蟒蛟島的海賊勾結，另外一方面，他還幫忙聯繫大雍燕王，為蟒蛟島的海賊架設橋樑，讓燕王在大雍說服朝廷放棄征討蟒蛟島的想法，為此蟒蛟島給了袁天照和大雍燕王不少的好處，在查抄相國府的時候，蟒蛟島的二當家凌三娘就在府中。恕我直言，這可是大王親自督辦的案子，就算燕王親自來恐怕也無能為力。」

胡小天點了點頭道：「有沒有辦法安排我和聚寶齋的掌櫃見個面？」他雖然找到了李明舉，可是李明舉那邊已經被李長興拒絕，胡小天也只是抱著試試看的態度，對余萬利也沒抱有太大的希望。

余萬利道：「此事我來安排，只是要見佟金城嗎？」

胡小天心中一怔，想不到這廝答應得如此痛快，聽他的口氣好像他的能力不僅於此，胡小天道：「當然，能見凌三娘就更好。」

余萬利道：「這一萬兩銀票我幫你安排見兩個人。」

胡小天心中將信將疑，這孫子莫不是吹牛蒙我？不過余萬利也沒有拿他的銀票：「明日午時之前，我會給你確切的消息，辦成之後我來拿銀票。」

胡小天很快就明白縣官不如現管的道理，第二天一早余萬利就讓人過來通報，事情已經落實，當天酉時余萬利會親自過來接他，前往刑部大牢探望佟金城和凌三娘。

距離酉時尚早，胡小天用完早飯之後就前往海神廟，馬青雲去東梁郡拜會他的時候曾經提起過，如果胡小天抵達望海城可以先行和海神廟的廟祝聯繫，胡小天雖然答應了薛勝景的要求，但是他對這位結拜義兄並不敢全信，對這位聯絡人抱有的希望也不大，現實比胡小天預想中更差，等他到了海神廟方才知道，廟祝已經在五天前被抓，據說也是蟒蛟島的亂黨。

胡小天無功而返，去聽潮客棧和夏長明會合，得知夏長明也是一無所獲，四處打聽，據說和凌三娘有關的物業全都被人查封，她昔日的那些手下也是樹倒猢猻

散，要麼逃之夭夭，要麼隱匿於市，想要找到跟她相關的人還真沒有那麼容易。

胡小天不由得埋怨起薛勝景來，這廝讓馬青雲找自己幫忙，可是並沒有透露太多消息給自己，胡小天本來以為來到渤海國就能夠找到霍小如，可是等到這裡才發現，想要在異國他鄉找一個人也不是那麼的容易，現在最大的希望就在余萬利的身上，只希望這廝能有些本事，夏長明對這件事的看法卻有些保守，他認為余萬利這種人並不可信，萬一設了個圈套讓胡小天去鑽，豈不是麻煩。

胡小天讓他不必擔心，他從余萬利種種表現分析這廝的心理，認為此人出賣自己的可能微乎其微，也許他們在渤海國展開行動的突破口就在這個人的身上。當然也要做好兩手準備，胡小天讓夏長明留在外面接應，以他今時今日的武功，就算是渤海國的刑部大牢也困不住自己。

當天酉時，余萬利果然準時到來，他還帶來了一身的行頭，青色儒衫還有一個藥箱，胡小天不由得有些好奇道：「不是說去見人嗎？余掌櫃這是什麼意思？」

余萬利笑道：「他們都是朝廷要犯，想見他們豈能那麼容易？只能尋個藉口，我已經安排好獄中人，他們宣稱這兩人有病，你裝扮成郎中自然可以順利進入其中，不過胡財東不可帶任何的兵器入內，入門之時他們肯定會搜身。」

胡小天點了點頭，心想這廝還真是有些辦法，看來這世上沒有辦不成的事情，只怕你找不到門路。

第四章

敏感時機

大雍長公主薛靈君來到渤海國多日，
在渤海國王后陪同下前往各處遊覽，今日返回望海城，
胡小天聽到這個消息頓時陷入沉思之中，
薛靈君此行的目的十有八九和聚寶齋的事情有關，
她出現在渤海國的時間非常敏感，
難道說是她和薛道洪聯手策劃了這一切？

按照余萬利的安排，胡小天頂著郎中的身分堂而皇之地進入了刑部大牢，他先見的自然是佟金城，佟金城衣衫襤褸，遍體鱗傷，一看就知道被折磨得不輕，聽到有人進來，竭力睜開雙眼，一雙眼睛腫得就快合縫了。

胡小天放下藥箱，裝腔作勢道：「我受了刑部的委託特地來給你治傷。」眼睛餘光所及，看到門外兩名獄卒守在那裡，寸步不離。

佟金城道：「皮外傷我還熬得住！」

胡小天心中暗讚，此人倒是一條硬漢，他打開藥箱，其中有他帶來的特製金創藥，這些金創藥都是神農社的柳玉城送給他的，藥效極為神奇，口中道：「好漢不吃眼前虧，一味逞強對你也沒有什麼好處。」說完以傳音入密道：「佟掌櫃，你聽仔細了，我受了燕王薛勝景的委託前來處理聚寶齋的事情。」

佟金城聞言心中一驚，竭力睜開雙眼，眼前人卻是一副完全陌生的面孔，他心中將信將疑。

胡小天一邊為他塗抹傷口一邊道：「我以傳音入密跟你說話，他們聽不到的，你只需點頭或搖頭即可。」

佟金城默不作聲，感覺對方塗在自己傷口上的金創藥非常靈驗，塗上去之後馬上就感到一陣陣的清涼，頓時就不疼了。

胡小天道：「馬青雲本來讓我前往海神廟和那裡的廟祝聯絡，可是我到了那裡，廟祝已經被抓起來了，所以只能找你，你知不知道霍小如在哪裡？」

佟金城聽到他這樣說，心中對他的身分確信無疑，趁著兩名獄卒不備，抓住胡小天的手掌，悄悄在他手掌上寫了三個字，一邊寫一邊配合口型，胡小天馬上領會到他所寫的是燕熙堂三個字，為他處理完傷口，胡小天收拾好藥箱，低聲道：「你放心，我會想辦法將爾等營救出去。」

佟金城又道：「大夫，我這胸口好不疼痛，你幫我看看。」

胡小天知道他還有話說，將手掌遞給他，佟金城又寫到：「大門、帳簿！」

胡小天心中一怔，佟金城所寫的大門自然是聚寶齋的大門了，難道他的意思是帳簿藏在大門之中，他以傳音入密問道：「你是說帳簿在大門中。」

佟金城點了點頭。

胡小天拎起藥箱起身道：「你自己保重吧！」

佟金城叫道：「冤枉啊！冤枉！」他這一叫，周圍所有囚犯都跟著叫了起來。

胡小天出了他的牢房，獄卒又帶他去了女監，凌三娘被關押在此，和佟金城那邊的暗無天日不同，凌三娘所在的牢房雖然談不上豪華，可是乾淨整潔，一張小木床上被褥雪白一塵不染，凌三娘靜靜坐在床上，衣著依舊光鮮，如果不是手腳都上了鐐銬，還真難看得出她是個重犯。

看到胡小天進來，凌三娘的目光充滿了警惕，冷冷道：「哪來的郎中？你會看病嗎？」

胡小天笑道：「馬馬虎虎，只要不是什麼疑難雜症，一般都能手到病除。」

「切！」凌三娘不屑一笑：「江湖郎中吧！」

胡小天以傳音入密道：「二當家好，在下受了大當家的委託特來探望。」

凌三娘聽他說話也是吃了一驚，首先向外面獄卒望去，看到外面獄卒毫無察覺，方才知道對方用上了傳音入密，掌握這門功夫的絕對都是高手，她居然也懂得這門功夫，同樣以傳音入密向胡小天道：「我怎麼從未見過你？」

胡小天笑道：「二當家常駐望海城，恐怕連蟒蛟島現在是什麼樣子都忘了吧。」

凌三娘瞪了他一眼道：「怎麼能忘？」然後又揚聲道：「你幫我看看，我這腿好痛。」

胡小天裝腔作勢地在她腿上捏了捏，低聲道：「盧青淵和羅千福聯合落櫻宮謀害島主，三當家遇害，島主多虧了大康胡小天的幫助方才扭轉乾坤反敗為勝，二當家只怕不知道吧？」

凌三娘吃了一驚，蟒蛟島出事的同時她已經被抓，所以她對蟒蛟島那邊發生的事情幾乎一無所知，聽到消息之後心中驚慌不已，小聲道：「我大哥怎樣？他有沒有事？」從凌三娘的表情，胡小天已經隱約猜到她和蟒蛟島島主閻天祿很可能有一腿，心中不由得暗笑，安慰她道：「放心吧，島主無恙，這兩天就會來到這裡，設法營救你呢。」

凌三娘聞言越發驚慌：「不可以，你務必要提醒他，千萬別不可來渤海國，顏東生那個鱉孫搞了那麼多的事情就是想害他，他若是到這裡來，萬一暴露了身分，豈不是凶險重重。」關心則亂，她對閻天祿的感情已經溢於言表。

不知為何，胡小天對凌三娘倒是生出不少的好感，他微笑道：「二當家放心，島主雄才偉略，智慧超群，豈會敗在那鱉孫的手上。」鱉孫這兩個字還真是貼切，不過顏東生若是鱉孫，那麼閻天祿這個當叔叔的豈不是也成了鱉，凌三娘等於把老閻家全都罵進去了。

凌三娘道：「你懂個屁啊！顏東生這次是有了大雍皇帝撐腰，還有斑爛門的北澤老怪已經被他聘為國師，現在又加上了落櫻宮，這些人又有哪個是好惹的？」

胡小天聽到斑爛門心中不由得一怔，他和斑爛門之間不止一次有過過節，這次若是遇上，恐怕要新仇舊恨一起算了，如果凌三娘所說的一切屬實，這次的事情只怕有些麻煩。他揚聲道：「是不是這裡痛？」手上稍稍一加力，凌三娘誇張尖叫起來，她罵道：「要死了你，用那麼大力？」

外面兩名獄卒也向裡面望來。

凌三娘當然知道胡小天是為了掩人耳目，等到獄卒回過頭去，她方才低聲道：

「你一定將我的話帶到，我的那幫兄弟死的死逃的逃，你想知道詳情，就去風記鐵匠鋪找風老刀，他是自己人，應該還沒暴露。」

胡小天默默記下，又道：「聚寶齋因何會捲進來？」

凌三娘冷笑道：「還不是顏東生被大雍皇帝當成了棋子，憑他的那點膽色又怎敢動聚寶齋，是大雍新君想要剷除燕王，所以才從渤海國這邊製造事端，這些年來咱們蟒蛟島多虧了燕王照顧，不然大雍只怕早就發兵清剿了。」她向外面看了一眼道：「燕王在渤海國不止一處產業，明的是聚寶齋，暗的是燕熙堂，我看顏東生就快對燕熙堂下手了。」

胡小天想起剛剛佟金城對自己所說的話，應該不會有錯，霍小如十有八九就在燕熙堂，他低聲告辭道：「我先走一步，等見到大當家，會把你的話全都轉告給他，二當家稍安勿躁，我們一定設法把你救出來。」

凌三娘搖了搖頭道：「算了，你只需告訴他，等我死後，每逢忌日，去海邊給我上柱香即可，我凌三娘別無他求。」說到這裡眼圈都紅了。她摘下一顆耳環遞給了胡小天，口說無憑，這就算是胡小天取信他人的信物。

胡小天暗歎，凌三娘雖然幹練，可畢竟是個女人，難免兒女情長，她對閻天祿一往情深，卻不知閻天祿對她如何？

胡小天離開刑部大牢已經是夜色深沉，今天可謂是收穫不小，拎著藥箱正準備回去的時候，卻看到兩名武士風風火火朝他跑了過來，胡小天心中暗叫不妙，自己還未走出刑部的範圍，難道說自己的身分已經不慎暴露了？他提醒自己務必要冷靜，等到那兩人來到身邊，其中一人道：「你是郎中？」

胡小天點了點頭，那人欣喜若狂，一把抓住他的手臂道：「剛好，你快跟我來。」

胡小天不知發生了什麼事情，可看兩人的樣子應該不是識破了自己的身分，他也沒必要現在就奪路而逃，當下跟著兩人向一旁走去，來到隔壁的院落，這邊乃是刑部大牢用來臨時提審犯人的地方，胡小天混過官場也待過皇宮，對這些地方的規矩清楚得很，最好不要輕易發問。

其中一名武士道：「李大人下台階的時候不慎摔到了，右臂可能斷了。」

胡小天故作迷惘道：「哪個李大人？」

「還能是哪個李大人，當然是咱們刑部的李大人。」

胡小天推測出十有八九就是刑部尚書李長興，等到了地方一看，果然就是他。李長興剛剛提審完犯人，準備離開的時候一腳從台階上踏空，用手去扶地面的時候，手臂不慎傷到了，此時正坐在房間內痛苦等待郎中到來呢，誰都沒想到兩名武士這麼快就請來了郎中。

胡小天明白了怎麼回事，這才放下心來，敢情是被自己誤打誤撞給遇上了，倒不是人家識破了他的本來身分。也幸虧他自己是學醫出身，換成別人可能就要露餡了。

胡小天來到李長興身邊，恭敬道：「李大人，我幫您看看。」

李長興點了點頭，胡小天小心托起了他的手臂，擼起他的長袖，看到李長興肘部腫起老高，初步診斷並沒有骨折，只是脫臼，頓時放下心來，胡小天道：「大人，只是脫臼罷了，我這就幫您復位，不過您要忍著點疼痛。」

李長興連連點頭，胡小天讓兩人將李長興的身體固定住，讓一人握住李長興的上臂做對抗牽引，他一手握住李長興的腕部，向手肘畸變的方向持續牽引，另外一隻手掌從李長興右肘前方向肱骨下端往後推壓，其餘四指在肘關節後將鷹嘴突向前提拉，伴隨著李長興的一聲大叫，關節復位已經成功。

胡小天又讓人找來一塊布，將李長興的肘關節屈曲九十度，用三角巾懸吊在他的胸前，畢竟李長興上了年紀，脫臼之後關節水腫明顯，需要休養半個月才能徹底恢復，其實胡小天手中也有靈丹妙藥，只是沒帶在身上。

胡小天剛剛忙完，正準備離去之時，卻聽到門外傳來一個關切的聲音：「爹，孩兒來遲了，您沒事吧？」

胡小天暗叫不妙，事情也實在是太湊巧了一些，李明舉早不來晚不來，偏偏在這個時候來了，他雖然易容，可是李明舉此前見過他易容的樣子，事情到了這種地步，已經避之不及。

更何況李長興已經主動為李明舉引見道：「明舉，剛好這位神醫在獄中治病，已經為我將手臂治好了。」

胡小天唯有硬著頭皮向李明舉拱手行禮道：「草民參見李公子！」

李明舉看到胡小天，一眼就把他給認出來了，驚得張大了嘴巴，得知他剛剛在獄中為犯人治病，馬上就明白他此行的用意何在：「你……是……」

胡小天擔心他將自己的身分道破，慌忙道：「草民乃是一個普通的郎中，公子應該沒有見過我。」這話等於是提醒李明舉，你小子千萬別把我的身分說破了。

李明舉頓時會意，笑道：「看先生有些眼熟，只是從來沒有見過面呢。」

胡小天暗自鬆了口氣，恭敬道：「李大人，李公子，草民還要出診，先行告辭了。」

李長興並沒有看出異常，他讓兒子代自己送送胡小天，又叮囑他給胡小天一些賞錢。

李明舉送胡小天來到刑部大獄外面，不由得笑道：「我都不知道現在應該稱呼你為胡財東呢，還是叫你胡神醫？」

胡小天笑道：「多謝公子成全！」

李明舉道：「我可沒有成全你什麼，也幫不上你什麼忙，反倒是我應該謝謝你，多虧你給我爹治傷。」

胡小天道：「我有些靈藥還沒有隨身帶來，可以幫助李大人儘快恢復，不如明個兒我送到府上去。」

李明舉道：「不急。」他上下打量著胡小天道：「你還真是有辦法啊！」

胡小天笑道：「李公子遲遲沒有給我答覆，胡某也是不得已而為之。」

李明舉目光炯炯盯住他道：「你該不是想劫獄吧？」

胡小天看了看周圍，確信沒有其他人留意這邊的動靜方才笑道：「公子多慮了，我對李大人絕無加害之意，李公子若是信不過在下，只管叫人過來將我抓起。」

李明舉道：「你最好沒有，為了保護我爹，我會不惜一切代價。」

胡小天道：「換成誰都會這麼做，李公子，我先告辭了，以後如有機會，我會和李公子推心置腹地談談，今晚好像不是時候，李公子還是趕快回去照顧尊父吧。」

李明舉經他提醒，這才想起父親還在裡面等著自己，他低聲道：「明天我去找你。」

胡小天微微一笑，望著李明舉的背影消失在大門後，方才取了自己的馬匹，縱馬向仙客來的方向飛馳而去。

胡小天回到仙客來，余萬利早已在那邊等得心焦，看到胡小天出來，方才長舒了一口氣，跟著胡小天來到他的房間內：「胡財東，你可擔心死我了。」

胡小天笑道：「余掌櫃擔心的是你的一萬兩銀子吧。」他掏出銀票遞了過去。

余萬利得了銀票樂得眉開眼笑，不過嘴上仍然假惺惺道：「我當你是朋友，可不是為錢才幫你做事。」

胡小天脫下長袍，舒展了一下雙臂道：「余掌櫃，還得讓你給我幫點小忙。」

余萬利點了點頭道：「胡財東只管說，只要我能夠做到，一定盡力而為。」只要胡小天肯給銀子，一切都好說。

胡小天道：「你幫查探一下，最近大雍方面有沒有什麼重要人物過來，還有我聽說渤海國新近請了一位國師，你幫我查查那國師是誰？身邊都有誰跟著，平時住在什麼地方？」

余萬利痛快地點了點頭道：「這有何難。」

胡小天又抽出一張五千兩的銀票：「余掌櫃找人打聽消息也需要銀子，這些你先用著，事成之後，胡某必有重謝。」

余萬利笑道：「算了，這件事就當我是贈送給你的，都說過把你當成朋友，我看得出，你可不是普通人，以後若是余某有求你的地方，你不要推辭就好。」

胡小天發現余萬利倒也爽氣，於是點了點頭：「好，日後若是余掌櫃有用得上兄弟的地方，兄弟必盡力相助。」

風記鐵匠鋪位於望海城西北，胡小天第二天一早就來到這裡，聽到裡面叮叮噹噹，鐵匠鋪內已經開始一天的勞作。

胡小天走入風記鐵匠鋪問過門外整理鐵塊的夥計，那夥計向裡面大聲道：「師父，有人找你！」

沒過多久，從裡面走出一名鐵塔般的漢子，卻見他身高過丈，膚色黝黑，頂著滿腦袋亂糟糟的紅色卷髮，國字臉龐，雙眼瞪得如銅鈴一般，粗聲粗氣道：「哪個找我？」此人正是鐵匠鋪的當家風老刀。

胡小天望著這廝的身板，看著他那身虯結的肌肉，心中暗讚，好一條威猛的漢子，看起來足足比自己大上一號，看他的外貌特徵，應該不是純正的渤海國人。

胡小天笑道：「你就是風老刀？」

風老刀道：「咋地？有事？小白臉，我不認識你啊！」

胡小天呵呵笑了起來，自己的這張面具也是個大黑臉，他居然叫自己小白臉，他向風老刀抱了抱拳道：「風兄，我受了一個人的委託特來相見。」

「誰？」

胡小天伸出手去，將掌心中的耳環出示給他。

風老刀看到那耳環，表情頓時變得緊張起來，他向胡小天低聲道：「跟我後院說話。」

胡小天跟著風老刀來到鐵匠鋪的後院，風老刀將院門關閉，指了指院內的方凳道：「坐！」

胡小天坐下之後，風老刀有些緊張地問道：「你見到她？」

胡小天點了點頭。

風老刀關切道：「怎樣？她還好嗎？有沒有受到委屈？有沒有人嚴刑拷打她？」

胡小天笑了起來。

風老刀明顯有些急了：「你笑個屁啊！有什麼好笑？」

胡小天心中暗忖，看風老刀如此緊張的樣子，顯然他跟凌三娘的感情非同尋常，胡小天道：「你跟她什麼關係？」這問題問得就有些八卦了。

風老刀瞪了他一眼道：「她是我姐，明白了嗎？」

胡小天點了點頭，心中卻有些不信，畢竟風老刀這幅尊容和凌三娘相差太遠，凌三娘雖然不是什麼絕世美女，可也稱得上風韻猶存，風老刀長得也忒粗線條了一點，這廝故意道：「怎麼不像？」

「同父異母！小子，你也管得忒寬了。」

胡小天總算得到了一個合理的解釋，他微笑道：「倒是沒遭受什麼折磨，目前的狀況還過得去，她讓我轉告你們不用救她了。」

風老刀道：「怎能不救？她為何要這樣說話？」

胡小天道：「你能不能和大當家他們聯繫得上？」

風老刀聽他這樣問，不由得又警惕起來，上上下下打量著他道：「你是誰？我憑什麼相信你？」

胡小天真是哭笑不得，剛剛給他看過凌三娘的耳環，還以為他已經相信自己了，胡小天又亮出掌心中的那只耳環。

風老刀一臉狡黠道：「說不定你是從她那裡搶過來的。」

胡小天瞪了他一眼道：「你愛信不信，幫我聯絡大當家，就說我姓胡，是他的朋友。」

風老刀的表情顯得有些不屑，在他看來天下間有資格當閻天祿朋友的並不多，胡小天雖然易容後年齡顯得大了一些，可看起來仍然不過三十左右，風老刀可不記得島主有這樣的朋友。

胡小天也懶得跟他多說，反正意思已經轉達到了，風老刀應該是凌三娘和蟒蛟島之間的聯絡員，這風記鐵匠鋪十有八九就是他們的聯絡站之一，相信他可以將消息傳到閻天祿那裡。

胡小天起身要走的時候，風老刀又問道：「我如何聯絡你？」

胡小天道：「我就住在仙客來天字一號房，你需要聯繫我的時候，只管去那裡找我。」

夏長明給胡小天帶來了一個消息，大雍長公主薛靈君已來到渤海國多日，此前在渤海國王後的陪同下前往各處遊覽，今日已返回望海城。胡小天聽到這個消息頓時陷入沉思之中，薛靈君此行的目的十有八九和聚寶齋的事情有關，她出現在渤海國的時間非常敏感，難道說是她和薛道洪聯手策劃了這一切？回想起薛靈君此前出使東梁郡的經歷，這位長公主和大雍新君之間似乎也並不是那麼的默契。可是皇家的事情實在很難說，即便是不共戴天的仇人，同樣可以為共同的利益暫時聯手。

當然也不能排除另外一種可能，薛道洪會不會故意在這個敏感時期將薛靈君派來渤海國出使，從而藉機將她推入麻煩之中，一石二鳥，將這兩位長輩同時除去？如果是後者，那麼自己和薛靈君之間就有了聯手的可能。

夏長明道：「掌櫃的有什麼收穫？」

胡小天笑道：「算是跟蟒蛟島的人搭上線了，估計這兩天閻天祿就會來跟我聯絡。」

夏長明點了點頭：「對了，您讓我去打聽燕熙堂的事，目前未聽說渤海王有對燕熙堂下手的消息，燕熙堂的主要經營還是海運業務，至少表面上看一切如常。」

「有沒有查清燕熙堂的老闆是誰？」

夏長明道：「據說是姓向，叫向山聰。」

胡小天皺了皺眉頭，本以為燕熙堂的老闆就是霍小如，現在卻變成了一個老頭子，薛勝景做事藏得還真是夠深，雖然主動向自己求助，可是對真實的狀況卻做了太多的隱瞞，看來他早已做出兩手準備，如果渤海國方面無法查到燕熙堂當然最好不過，如果查到，也料定胡小天衝著霍小如的份上不會坐視不理。

想起霍小如，胡小天心中頓時有些失落，自從大雍一別，小如再也沒有和自己聯絡過，不知自己在她心中到底佔有怎樣的位置？若說她心中無我，為何當初在大雍對自己如此情意綿綿，若說她心中有我，卻又為何離去之後，杳如黃鶴，再也沒有傳來任何消息？

胡小天乃是豁達之人，這些失落於他只是天空中的浮雲，輕輕一揮便飄然遠去，他今次前來渤海國起因雖然是薛勝景，為的雖然是霍小如，然而他還擁有一個更重要的使命，他要利用這次前來渤海國的機會，在渤海國擴展自身的影響力，幫助薛勝景其實就是在幫助自己，他要在大雍國內為薛道洪樹立一個強大的對手，想要在短期內征服強大的大雍單憑實力是不夠的，唯有大雍從內部出現分裂，他才能有機可乘。

夏長明又道：「燕熙堂在望海城並沒有分號，總堂在濟州，距離這邊還有兩百多里呢。」

胡小天點了點頭道：「長明，你還是親自去一趟濟州，幫我查查那邊的狀況。」

夏長明道：「我這就準備出發。」

胡小天從行囊中找出一副畫遞給夏長明道：「到了那邊，你將這幅畫交給向山聰，他見到這幅畫應該會明白。」這幅畫是胡小天親筆手繪的一張畫像，畫像的主人公當然就是霍小如。

余萬利當天晚些時候也給胡小天帶來了兩個消息，一是大雍長公主薛靈君來了，二是大雍特使李沉舟也於今日抵達了望海城。

胡小天不禁有些迷惘，薛靈君此次前來打著促進兩國友好的旗號，而李沉舟到來又是為何？想起李沉舟和大雍新君薛道洪的關係，不難揣測得出，李沉舟此來應該是為了執行薛道洪的旨意，從這一點來看，薛靈君並非是代表薛道洪的利益而來，也就是說薛靈君出現在渤海國很可能是薛道洪有意為之。

胡小天問明薛靈君現在所住的地點，余萬利的確很有能力，將薛靈君的下榻之處調查得清清楚楚，不過薛靈君所住的地方防守嚴密，外人想要潛入其中應該並不容易。

余萬利離去之後，店小二給胡小天送來了一封信，卻是風老刀托人送來的，上面歪歪扭扭寫著幾個大字——今晚在黃驊港等你，落款處寫著老刀兩個字。

這封信實在是有些沒頭沒腦，胡小天啞然失笑，也沒說具體時間，舉目看了看窗外，已經是夜幕降臨，胡小天於是讓人牽來自己的馬匹，問明黃驊港的位置，縱馬行去。

黃驊港乃是渤海國內河航道富貴河上最大的一座港口，富貴河乃是一條貫通渤海國南北的運河，來自南北海岸的貨物在兩側登岸之後，通過這條運河源源不斷被送到渤海國的國都望海城。

因為黃驊港重要的地理位置決定了這裡成為望海城最為忙碌的地方，雖然已經是夜幕降臨，這裡仍然車水馬龍，運送貨物的馬車絡繹不絕，碼頭裝卸貨物的民工們仍然揮汗如雨挑燈夜幹。

胡小天望著貨船林立的黃驊港，不禁一陣頭大，這風老刀真是個沒頭沒腦的二貨，弄了一封不明不白的信給自己，想要在這裡找到他無異於大海撈針，正在胡小天四處張望之時，卻看到一個挎著竹籃的男童來到自己面前，揚聲道：「你是胡大爺嗎？」

胡小天微微一怔，望著那男童烏溜溜的一雙眼睛道：「你認識我？」

那男童笑道：「不認識，可是有人認識你。」他指了指一艘停在港口的小船道：「人在裡面等你呢。」

胡小天轉身向周圍看了看，他估計自己從仙客來出門的時候就已經被人釘梢了，這次居然沒有發覺，畢竟自己在明，人家在暗，老虎也有打盹的時候，更何況這邊人潮湧動，想要第一時間發現跟蹤者很難。

胡小天翻身下馬，那男童道：「胡大爺將馬交給我就是，我幫您看著。」

胡小天笑了笑，拋給他一塊碎銀，那男童接過碎銀，用牙齒咬了咬，頓時笑顏逐開。

胡小天已經健步如飛來到那小船前方，輕輕一躍登上小船，來到船艙門外，恭敬道：「不知哪位老友相約？可否現身相見？」

裡面無人回應，胡小天回頭看了看，看到那男童牽著自己的坐騎將牠栓在旗桿之上。胡小天傾耳聽去，聽到船艙內傳來輕柔的呼吸聲，應該是有人在，他推開艙門，卻見艙內紅燭搖曳，一位光彩照人的美麗女子正端坐在那裡，俏臉之上帶著幾分欣喜幾分期待，正是閻怒嬌。

胡小天也沒有料到她居然會在這裡出現，微笑道：「怒嬌，居然是你！」

閻怒嬌道：「怎麼？不想見到我嗎？」

胡小天哈哈笑了起來，他走了過去。

自從蟒蛟島一別，閻怒嬌無時無刻都在思念著他，可是真正見到他時，心中卻又有些羞赧難當，指著他的面龐道：「取下來！」

胡小天笑道：「怕我是冒牌貨嗎？」他將面具摘下。

閻怒嬌看到胡小天英俊堅毅的面龐，閻怒嬌芳心一陣激蕩，胡小天微笑張開雙臂，閻怒嬌咬了咬櫻唇，終於鼓足勇氣，投身入懷，兩人擁抱良久方才分開，閻怒嬌小聲道：「我還以為再也見不到你了。」言語之中流露出對胡小天不辭而別的不滿。

胡小天撫摸她的秀髮，在她額前輕吻了一記道：「遇到了一些麻煩事，所以不得不去處理，又怕你為我擔心，所以只能選擇不辭而別了。」

閻怒嬌點了點頭：「沒想到你會來望海城。」

胡小天道：「我也沒想到你會來，咱們大概就是常說的千里姻緣一線牽吧。」

閻怒嬌紅著俏臉不好意思承認，卻早已芳心暗許。

胡小天道：「你叔叔來了嗎？」

閻怒嬌這才想起自己前來的主要任務，有些不好意思地笑了：「我險些忘了。」正所謂女兒家天生向外，還未嫁過去都已經將親叔叔丟到了九霄雲外。

她走出艙門，輕輕揮了揮手，馬上有人從旁邊的漁船上過來，操起船槳將小船向港口深處划去，小船在鱗次櫛比的大船中穿行，黃驊港上大船數千，船和船之間將水道分隔開來，行走其中猶如迷宮。如果無人指引，十有八九會迷失其中。

閻怒嬌陪著胡小天坐在船艙內，螓首靠在他的肩頭，傾聽著船槳划水的聲音，就算是不言不語，也感覺到一種無法形容的溫馨和踏實。

胡小天道：「為何要到這裡來冒險？」其實他已經猜到閻怒嬌來渤海國的原因十有八九是為了她的哥哥閻伯光，看來閻天祿已經得到了閻伯光的消息，應該是閻天祿無法阻止閻怒嬌前來。

閻怒嬌的回答果然證實了這件事，根據種種跡象表明閻伯光目前就在渤海國，這才是她堅持要一起過來的原因。

他們乘坐的小船來到了一艘巨型商船旁，船上早已放下繩梯，閻怒嬌在前方引路，沿著繩梯來到甲板之上。

胡小天剛剛登上甲板，就聽到上方傳來一陣粗豪的大笑聲：「小子，居然這麼快？莫非是騎鳥兒過來的？」胡小天抬頭望去，卻見商船的二層，閻天祿雙手扶著憑欄正向他看來。

胡小天笑道：「老人家別來無恙，身體是否依然硬朗？」

閻天祿呸了一聲，大步走下舷梯，胡小天迎了上去，抱拳施禮。閻天祿笑著抓住他的臂膀道：「你答應我的事情可沒幫我辦好。」他所指的是送他兒子顏宣明返回蟒蛟島的事情。

胡小天微笑道：「腿長在他的身上，他不肯認你這個老子，我總不能把他綁了押過去。」

閻天祿笑著拍了拍他的肩膀道：「留在你那裡也好，我放心！」當下和胡小天攜手進入二層船艙，艙內已經擺好酒菜，兩人落座之後，閻怒嬌為他們斟滿美酒。

閻天祿端起酒杯道：「看來你我緣分不淺，剛剛在蟒蛟島分別，此番又在望海城相聚，來來來！咱們先乾了這一杯。」

胡小天跟他碰了碰酒杯一飲而盡。

閻天祿道：「胡老弟此番前來渤海國所為何事？」

胡小天暗笑他揣著明白裝糊塗，他之所以主動相見，還不是因為從風老刀那裡得到了消息，想必已經知道自己見過凌三娘的事情，現在見面居然又繞起了彎子，這老傢伙實在是老奸巨猾，胡小天緩緩落下酒杯道：「也沒什麼大事，就是隨便走走。」

閻天祿笑道：「胡老弟不夠坦誠啊！」

胡小天微笑道：「那要看對誰，將心比心，島主不如先說說你來這裡又是為了什麼？」

閻天祿知道這小子沒那麼容易對付，這次雖然是胡小天主動找上了自己，可看起來他應該是已經掌握了不少的情報，此次想要在渤海國順順利利把人救了然後全身而退，恐怕不和他聯手是不可能的，既然聯手就得拿出些許誠意，想到這裡，閻天祿道：「實不相瞞，凌三娘乃是蟒蛟島二當家，我此次前來為了兩件事，一是救凌三娘，二是將找到伯光，並將他救出。」

胡小天將凌三娘的耳環放在桌上，用一根手指推到閻天祿的面前，閻天祿撚起那只耳環，虎目之中閃過一絲擔憂，胡小天越發斷定他和凌三娘之間必有私情。

胡小天輕聲道：「凌三娘讓我轉告你們，無需救她，此案牽涉甚廣，顏東生已經請了斑斕門的北澤老怪做渤海國國師，落櫻宮的唐九成也被他請來對付你，你以為能夠對付他們其中的任何一個嗎？」

閻天祿表情凝重，並沒有因為胡小天的這句話而感到震怒，歎了口氣道：「單論武功，我敵不過他們中的任何一個，可這是在渤海國。」強龍不壓地頭蛇，自古以來都是這個道理，他雖然盤踞蟒蛟島，可是在渤海國的地下經營也從未停息過，這些年來積累的人脈和勢力不容小覷，如果說顏東生是渤海王，那麼他就是渤海國的地下皇帝。

胡小天道：「袁天照一案表面上看起來簡單，可是其背後卻暗藏著許多的玄機，顏東生一心想要清剿蟒蛟島，不惜借助外力，可是他卻在不知不覺中已經淪為別人利用的工具。」

閻天祿靜靜望著胡小天，胡小天對此事的瞭解比他想像中更多，他忽然哈哈大笑起來，好半天方才止住笑聲：「只是我不明白，為何你要介入這件事？」

胡小天道：「袁天照的事情不但牽涉到蟒蛟島，還將聚寶齋牽連進去，聚寶齋乃是燕王薛勝景的產業，說句不客氣的話，島主只是渤海王眼中的大老虎罷了，在背後策劃之人真正的目的還是劍指他人。」

閻天祿目光一亮：「薛勝景！你來渤海國是為了幫助薛勝景！」

胡小天不置可否地笑了笑：「一個團結的大雍對我而言並無任何好處，若是薛道洪通過這次的事情剷除了薛勝景，那麼他穩定統治之後下一步就會對我下手，恕我直言，區區一個蟒蛟島更不在話下，甚至連渤海國也岌岌可危了。」

閻天祿歎了口氣道：「只可惜顏東生那個白癡看不透局勢，還傻呵呵地幫人做事。」

胡小天道：「看來咱們這次又有了一致的目標。」

閻天祿微笑道：「你願意幫我救人？」

胡小天道：「都說過事情沒那麼簡單，衝進去救人誰都會，可就算你救人之後全身而退，返回你的蟒蛟島，也無法解除危機。」

閻天祿瞇起雙目道：「你有什麼好主意？」

胡小天道：「你想當一個逍遙自在的島主，就必須要回到昔日平衡的狀態，想要別人不攻打你的最好辦法，就是讓他們自顧不暇，如果薛道洪連大雍內部的事情都搞不定，他哪還有心思去管渤海國的閒事？」

閻天祿點了點頭，不得不承認胡小天想得更遠。

胡小天道：「渤海國的這件事薛道洪應該籌謀已久，湊巧的是大雍長公主薛靈君剛好也來到了這裡。」

閻天祿對薛靈君並不熟悉，皺了皺眉頭道：「一個女人又能翻起什麼風浪？」

胡小天道：「這個女人可不簡單，薛勝康生前最信任的人就是她。」

「你是說薛靈君和薛道洪聯手策劃了這次的事情？」

胡小天搖了搖頭道：「從目前的跡象來看，薛靈君應該和這件事無關，她之所以出現在渤海國，很可能是薛道洪連她也算計在其中了。」

閻天祿低聲道：「敵人的敵人就是咱們的朋友，你是不是想聯合她一起挫敗薛道洪的陰謀？」

胡小天道：「薛靈君為人機警，想要利用她，恐怕沒那麼容易。」

閻天祿道：「別人沒辦法，你還能沒辦法？」

胡小天道：「我雖然有了一個初步的計畫，可是我在這望海城舉目無親。」

閻天祿聽出了他的言外之意，笑道：「你想怎樣？只要我能夠辦到，我就儘量滿足你。」

胡小天道：「首先我想正大光明地和薛靈君見面，我還要一個經得起盤查的身分。」

閻天祿想都不想就笑道：「這有何難，交給我就是。」

胡小天道：「薛靈君方面我負責解決，至於渤海國的內部事情閻島主還是多多費心，相信你比我更清楚應該怎樣做。」

閻天祿道：「看來這次我們不但要挫敗顏東生的陰謀，還要連帶著一起將薛道洪的陰謀粉碎，說起來那薛勝景也不是什麼好鳥，這些年來不知從我這裡勒索了多少東西。」

胡小天道：「兩害相權取其輕。」

閻天祿重重點了點頭道：「不錯！兩害相權取其輕！現在看來還是薛勝景得勢對咱們更加有利一些。」

胡小天又道：「對了，島主有沒有聽說李沉舟前來渤海國的消息？」

閻天祿並非消息閉塞，而是他對這些事情並不關注，聽胡小天一說方才引起重視，胡小天又委託他派人嚴密監視李沉舟的一舉一動，兩人聊了近兩個時辰，彼此坦誠相對，就在這商船之上定下大計達成同盟。

胡小天返回仙客來已經臨近午夜，第二天清晨就被門外的敲門聲驚醒，拉開房門一看，卻見小二站在門外，有些驚慌道：「胡財東……您……您夫人找來了！」

胡小天聽得雲裡霧裡，夫人？自己哪來的夫人？七七？不可能，老皇帝怎麼可能放她離開康都？他舉目望去，卻見從長廊盡頭婷婷嫋嫋走來了一位美貌女郎，正是閻怒嬌，閻怒嬌看到他笑靨如花，胡小天不由得有些糊塗了，這妮子大清早玩什麼花樣？昨晚自己叫她同來開房，怎麼都不答應，今兒一早卻來打擾自己的好夢，他咧嘴笑道：「夫人，你怎麼找到這裡來了？」

閻怒嬌嬌聲道：「賤妾不知何處得罪了夫君，你一聲不吭就離家出走，卻原來住在了這裡，是不是房內藏了一隻騷蹄子？」她的演技倒也不錯，看似醋意盎然。不等胡小天的邀請就闖入房間內，小二目瞪口呆地站在門外，閻怒嬌瞪了他一眼道：「看什麼看？沒見過兩夫妻吵架？」蓬的一聲把門給關上了。

胡小天一把將她的纖腰摟住勾入懷中，在她吹彈得破的俏臉上用力吻了一記，低聲道：「昨晚叫你跟我來你偏不來，大清早的驚擾我的好夢，是你主動送上門來的，我可不客氣了。」俯身將閻怒嬌橫抱而起向臥榻走去。

閻怒嬌嚶嚀了一聲，嬌聲道：「別胡鬧，有正事兒！」

胡小天道：「我這不就辦正事兒。」

閻怒嬌紅著俏臉擰住他的耳朵道：「放我下來，車馬都在外面等著呢。」

胡小天微微一怔：「你帶了多少人過來？」

閻怒嬌從他懷中跳了下來，笑道：「叔叔在城內給咱們物色了一套宅子，所有事情都已經安排妥當，就差你這個男主人了。」

胡小天道：「你就是安排給我的老婆？」

閻怒嬌點了點頭。

胡小天道：「有幾房小妾啊？」

「呵！你好貪心啊！」

胡小天笑道：「我不是富商嗎？哪個富商不是三妻四妾，就一個老婆，嘿嘿那生意做得肯定不怎麼樣。」

閻怒嬌輕輕擰住他的耳朵道：「你老婆是個醋罈子，你不敢。」

胡小天道：「我的身分是……」

「珠寶商人！想要通過關係買下已經被查封的聚寶齋。」

胡小天眨了眨眼睛，原來閻天祿那個老狐狸早就有了全盤計畫，看來昨晚還是沒把所有的底都跟自己交出來。

閻怒嬌道：「走吧！看看咱們的宅院你滿不滿意！」

胡小天樂呵呵點了點頭：「夫人先請！」

閻怒嬌還禮道：「相公先請！」

兩人相視而笑。

胡小天來到仙客來大堂，那邊已經有人將這幾日的房錢幫忙結清了。門外停了三輛豪華馬車，連帶三名車夫在內十多名僕從全都恭恭敬敬站在車旁，這排場一看就非同尋常。

胡小天低聲向閻怒嬌道：「夫人，今日這陣仗好像有些大呢。」

閻怒嬌微笑道：「相公見慣了大場面，這陣仗對你來說算不上什麼。」

兩人上車之後，馬車緩緩啟動，胡小天望著閻怒嬌綠寶石般的美眸道：「你該不是想把我給賣了吧？」

閻怒嬌小聲道：「那可說不準！」和胡小天獨處一間車廂，頓時感覺侷促起來。

胡小天伸出手去攬住她的纖腰，心滿意足道：「香車美女，告訴我，這不是在做夢？」

閻怒嬌忍不住笑了起來，附在他耳邊小聲道：「今晚鏡水行苑會有一場宴會，大雍長公主薛靈君會前往出席，從現在起，你就是胡大富，我就是你的妻子，咱們住在海天大街的知春園。」

說話間已經到了知春園，胡小天率先下了馬車，抬頭望去，卻見前方高門大院，門前兩尊銅獅子雄壯威武，大門旁立著兩名護院，也是高大威猛儀表堂堂。

看到胡小天來了，那兩名護院迎上來躬身行禮道：「老爺回來了，夫人回來了！」

胡小天自從來到這個時代，做過衙內，當過縣丞，做過太監，客串過醫生，當過特使，做過城主，唯獨沒有正兒八經當過一方土豪，也沒有娶過老婆，想不到睡了一覺之後，居然有家有業有老婆有家奴，別人辛苦奮鬥一輩子未必能夠達到的目標，他一覺就全都實現了。不由得樂得哈哈大笑，連連點頭道：「好！好！」

牽著閻怒嬌的小手大搖大擺進入了知春園，一幫家奴僕婦在身後跟著亦步亦趨，胡小天擺了擺手道：「都別跟著了，這是在我家又不是在外面，擺那個排場作甚？」

閻怒嬌笑著擺了擺手，那群人這才散了。

胡小天笑瞇瞇道：「夫人，咱們的臥房在哪裡啊？」

閻怒嬌紅著俏臉撅起櫻唇，薄怒輕嗔煞是可愛，以沉默對抗胡小天的騷擾和輕薄。

胡小天指了指前方的小樓道：「你不說我也知道！」

閻怒嬌跺了跺腳道：「壞人！」

胡小天道：「既然是兩口子，就得同床共寢，不然別人肯定會有疑心。」

閻怒嬌道：「光天化日你居然說這種話。」

胡小天道：「兩口子才不管什麼光天化日還是黑天昏地呢，做什麼事情都是天經地義。」

閻怒嬌聽他越說越不像話，哼了一聲道：「你要是再胡說，我就不跟你說接下來怎麼做。」

這一招果然立竿見影，胡小天不再逗她，指了指前方小樓道：「咱們回房再說。」

這對假夫妻來到房間內，胡小天進了房間就躺在床上：「真是舒服，夫人，要不要感受一下？」

閻怒嬌取了一張地圖出來，在圓桌上展開：「相公，你不看，我就燒了！」

胡小天起身來到桌旁，目光落在那地圖之上：「咦？什麼地方？莫不是知春園的結構圖？」

閻怒嬌搖了搖頭道：「這是鏡水行苑的結構圖，你仔細看清楚了，今晚做東的人是渤海國首富鄒庸，此人和渤海王室關係頗為密切，是渤海國最大的船運商人，同時也擁有渤海國海鹽的獨家經營權。」

胡小天驚歎道：「如此厲害？他到底什麼背景？」

閻怒嬌明顯有些羞於啟齒，猶豫了一下方才道：「他和渤海國王太后的關係很好，被王太后收為義子。」

胡小天道：「乾兒子那麼簡單？」這貨從閻怒嬌的表情上看出了端倪。

閻怒嬌皺了皺鼻翼，嗔道：「你這人腦子裡全都是壞東西，其實鄒庸是王太后的面首。」

胡小天早就已經猜到，若非如此，一個乾兒子在渤海國斷然拉風不到如此的地步。

閻怒嬌道：「此乃宮闈醜事，外人也沒什麼證據，我也是聽說，你在外面千萬不可胡說。」

胡小天不由得笑了起來，說起來當今渤海國的王太后應該是閻怒嬌的嬸娘，家醜不可外揚，閻怒嬌顯然也不想這樁醜事過度張揚，他低聲道：「其實這也算不上什麼醜事，男歡女愛原本是天下最正常的事情，就比如咱們兩個，真情所至，水到渠成。」

閻怒嬌啐道：「誰跟你真情所至？誰又跟你水到渠成？」

「那就是天雷遇地火。」胡小天抓住閻怒嬌的皓腕，閻怒嬌嬌軀顫抖，小聲道：「你就會欺負人家。」

胡小天道：「你自己送上門的，可不是我欺負你。」乍一用力將閻怒嬌拉倒在床上。

春宵苦短，白天尤其感到短暫，從溫柔鄉中爬起，對胡小天來說是件極其殘忍的事情，他穿好衣袍，閻怒嬌鬢髮烏雲般散亂在枕邊，雙手拉著被子遮住半邊俏臉，只露出一雙綠寶石般的美眸，雙眸中流露出春水般的柔情。

胡小天笑了笑道：「夫人留在家裡等我，蓄精養銳，等我赴宴回來再陪你共赴巫山。」

閻怒嬌柔聲道：「你小心些，請柬已經放在桌上，今晚知春園會有許多重要人物登場，據我們掌握到的情況，大雍長公主薛靈君也會前往那裡，你要小心！」

胡小天點了點頭，來到床邊坐下，掀開被褥一角，在閻怒嬌雪般潔白的香肩之上輕吻一記：「放心！」

閻怒嬌搖了搖頭小聲道：「就是不放心你，薛靈君嫵媚妖嬈，你見到她肯定要被她將魂勾走了。」

胡小天哈哈大笑，他本以為閻怒嬌是擔心自己的安危，卻沒有想到已經提前開始吃醋，他為閻怒嬌蓋好被子：「你若是擔心我被她勾引，乾脆跟我一起同去，有如此美貌的夫人在一旁監視，那些狂蜂浪蝶自然不敢上前。」

閻怒嬌笑道：「我才懶得管你，算了，我還是在家中等你，不妨礙你們老情人敘舊，不過，你今晚一定要回來。」

胡小天握住她嫩白的柔荑道：「一定！」他起身離開，來到門前卻又想起了一件事，轉過身道：「我不在家的時候你可修煉一下內力，對你肯定大有裨益。」

閻怒嬌眨了眨眼睛，並不明白胡小天的意思，她又怎知道剛才胡小天已經利用射日真經輸了不少內力給她。

第五章

半路殺出一個程咬金

鄒庸望著顏東晴，此前她還讓自己設法迷住薛靈君，
都知道大雍長公主豔名遠播，裙下臣服者無數，
鄒庸向來自命風流，只要略施手段必讓薛靈君神魂顛倒，
沒想到半路殺出一個程咬金，把自己的計畫全盤打亂，
甚至連自己的主角光彩也被他搶了個乾乾淨淨。

當日黃昏，數十輛裝飾豪華的車馬出現在知春園的大門前，其中就有胡小天所乘的馬車，他已經戴上了面具，大搖大擺來到門前，將手中的請柬出示給守門武士，大搖大擺走入了知春園，全程沒有受到任何人的阻攔，當日到場的賓客很多，其中有不少人都是相互認識的，三五成群，彼此寒暄，胡小天放眼望去，裡面壓根就沒有一個相熟的，不過這廝從來都是個自來熟，目光所及，看到一名落單的胖子，剛才有人給他打招呼，叫了聲黃兄，胡小天笑著向那胖子走去：「哈哈，黃兄，你還記得我嗎？」

那胖子明顯一怔，看到眼前這位黑臉男子，無論如何都想不起在哪裡見過，他撓了撓頭道：「你是……吳……兄？」

胡小天笑道：「我姓胡不是姓吳。」

那胖子也是個自來熟，滿臉堆笑道：「是啊，是啊，你看我這記性，胡兄，胡兄！呃……只是不記得咱們在哪裡見過？」

胡小天道：「黃兄真是貴人多忘事啊！」

那胖子道：「莫非是在海州？」

胡小天連連點頭道：「是啊，是啊！」

胖子道：「你看我這記性，上次我去海州經商，咱們一見如故，當時是酒逢知己千杯少，我喝多了，喝多了。」

胡小天一邊跟他說著話，一邊目光四處搜索，找尋長公主薛靈君的身影，可看了一圈並未見到她的影子，看來薛靈君應該還沒有到來。

王胖子道：「胡兄，招呼咱們去宴會廳了。」

胡小天舉目望去，果然看到知春園的管家過來為眾人引路。諸位賓客跟隨其後，相互攀談，不亦樂乎，胡小天也找到了隊伍，他和王胖子一聊，不一會兒又有人主動加入，這些商人大都是能言善辯之輩，沒過多久就打成一片，看起來跟多年老友似的。

知春園的建築大有江南之風，精巧雅致，一步一景，園內古木參天，奇石秀美，飛泉流瀑，賞心悅目，今天前來的賓客之中很多都是第一次進入知春圓，藉此機會剛好可以大飽眼福。

王胖子雖然和胡小天寒暄了半天，可腦子裡仍然記不起這廝是做什麼營生的，湊了個空子問道：「胡兄現在做什麼生意？」

胡小天笑瞇瞇道：「珠寶！」

王胖子有些誇張地拍了拍腦袋：「對的，對的，珠寶生意，你看看我這記性。」

胡小天心中暗笑，閻天祿為他想得非常周到，將他的身分編造得天衣無縫，胡小天只需按照閻天祿的安排說就不會有太大的紕漏。

眾人來到百花台，進入宴會廳，卻見廳外站著一人白衣勝雪，丰神玉朗，端得是難得一見的美男子，此人正是知春園的主人鄒庸，胡小天看鄒庸的時候吃了一驚，因為此人的外貌竟然和落櫻宮少主唐驚羽有七分相似，可仔細一看，比起唐驚羽，鄒庸更多出了幾分儒雅之氣。胡小天心中暗忖，不知唐驚羽和鄒庸是什麼關係？雖然天下間相似的人有不少，可是因為落櫻宮此前襲擊蟒蛟島，所以胡小天自然會將兩人的關係聯想在一起。

鄒庸逐一抱拳迎賓，等到胡小天來到面前，目光不由得現出幾分錯愕，胡小天道：「在下乃是萬昌隆喬家的女婿胡敬字大福，今天是代表喬家過來的。」

鄒庸哈哈大笑道：「原來是喬老爺子的乘龍快婿，久聞大名，今日方才得見，失敬失敬。」

胡小天跟他抱了抱拳，先行走入宴會廳，王胖子緊跟著他就過來了，呵呵笑道：「胡兄，我記起來了，咱們不是在海州見的，明明是在海陵郡，我去過你們府上，專程拜訪過喬老爺子。」

胡小天呵呵笑道：「你總算想起來了。」

王胖子挨著胡小天坐下，笑道：「胡兄，以後大雍那邊的生意還望多多關照。」

胡小天道：「彼此彼此，初到貴地，還望王兄多多照顧。」

「一定一定！」鄒庸在門外迎賓，表面上看禮數極其周到，其實他卻是在等待最為重要的賓客，宴會開始前，大雍長公主薛靈君在渤海國長公主顏東晴的陪伴下來到現場。她們兩個似乎在事先約好，全都穿上了男裝，薛靈君即便是穿上男裝仍然掩飾不住她嫵媚妖嬈的風姿，顏東晴也是不可多得的美女，舉止之間英姿颯爽。

鄒庸笑瞇瞇向兩人躬身行禮道：「兩位長公主大駕光臨讓知春園蓬蓽生輝。」

顏東晴一雙妙目朝鄒庸瞟了一眼，兩人目光交會，難掩其中的曖昧之色，要說鄒庸之所以成為王太后的乾兒子還多虧了她的推薦。渤海國民風開放，男女之間原本就比中原隨意得多，顏東晴雖有駙馬，可是仍然不守婦道，其放蕩之名朝野皆知，在這一點上她和薛靈君倒是有些類似。

顏東晴道：「本來約好了君姐去宮中玩耍，若不是你誠懇相邀，我才不肯來。」

薛靈君笑道：「不是你推薦知春園建得精巧幽奇，讓我過來欣賞嗎？鄒公子，聽說你收藏了不少的奇珍異寶，今天過來想開開眼界，你可不能讓我失望。」

鄒庸笑道：「鄒某那點東西哪敢在班門弄斧，不過只要長公主喜歡，鄒某絕不藏私。」

他陪著兩位長公主走入宴會廳，眾人看到正主兒到來，一個個都起身相迎，胡小天也站了起來，目光直視薛靈君，薛靈君身分高貴，當然沒把這些渤海國的商賈文人看在眼裡，神情頗為倨傲。

胡小天試圖在第一時間就引起她注意的目的自然落空，眼看著薛靈君走上了主位落座，身邊王胖子嘖嘖讚道：「娘的，這大雍長公主生得可真是美豔動人，若是能跟她春宵一刻，便是傾家蕩產都值得。」

胡小天不由得看了這廝一眼，剛才這句話若是被薛靈君聽到，只怕連閹了他的心思都有了。胡小天道：「王兄，你知不知道今天宴會主題是什麼？」

王胖子嘿嘿一笑：「鄒公子新得了幾件稀世珍寶，所以特地請咱們過來開開眼，你真當我不知道啊？」他還以為胡小天在考校自己。

胡小天心中暗忖，寶物？卻不知到底有什麼寶物，值得宴請這麼多人，這鄒庸看來也是一個喜好虛榮之人，不過即便是從男性的觀點來看，鄒庸也是一位當世罕有的美男子，胡小天向前方望去，卻見鄒庸和薛靈君相談甚歡，他心中不由得一動，難不成渤海國想對薛靈君使用美男計？實在是看不透他們的用意何在？王太后居然捨得出動她自己的面首，看來背後大有玄機。

鄒庸端起身道：「今日鄒某在知春園設宴，誠邀各位新朋老友齊聚一堂，在此鄒某先謝過諸位的到來，鄒某還要隆重介紹一位貴賓，來自大雍的長公主殿下！」

眾人掌聲雷動，大雍在渤海國人心中的地位極其尊崇，事實上自渤海國建國以來一直都處於附庸的地位，最早是依靠大康庇護，後來大康衰敗，渤海國又轉而依靠大雍，現在和大雍的屬國根本沒有什麼分別。

鄒庸道：「我們請遠道而來的長公主殿下說幾句好不好？」自然又引來一片附和。

薛靈君微微一笑，她見慣風浪，對這樣的場面早已駕輕就熟，端起酒杯站起身道：「本宮自從踏上渤海國的土地，就感受到渤海國朝野上下對大雍的友好之情，願渤海和大雍兩國永為友邦，世代交好，咱們同乾了這一杯。」

眾人在她的提議下同乾了這一杯酒，其實在場的渤海國人心中大都明白，兩國根本就是從屬的關係，一直以來渤海國都向大雍年年朝貢，大雍不知從他們這裡撈到了多少的好處。

渤海國長公主顏東晴道：「今日大家濟濟一堂，大可各抒己見，暢談兩國之未來。」渤海國自從顏東生登基之後，就提倡禮治為先，而且重文輕武，在這樣的社會環境下造就了一幫誇誇其談的辯士，朝野上下，無論王侯將相還是販夫走卒都可議論天下事，多以此為榮，談論得大都是誇誇其談的大道理。

席間站起一人，他乃是渤海國有名的學士李國源，他拱了拱手道：「李某不才，願拋磚引玉。」

顏東晴微笑道：「李先生乃是我國飽學大儒，您的高見一定要洗耳恭聽了。」

李國源道：「渤海大雍乃是兄弟之邦，彼此有手足之情，唇齒相依，唇亡齒寒，竊以為兩國的國運興衰早已同氣連枝，渤海疆域所限，發展已達瓶頸，想要繼續壯大國力需開拓海上版圖，北方乃是突刺和魔黎，其族人生性冷血彪悍，近十年來國力不斷壯大，向北發展必然面臨層層阻礙，南方大片海域為大康所有，昔日大康強盛之時仗著國力侵佔了不少本屬於渤海的疆域，現在我等剛好可以與大雍聯手將我們的海域拿回來，大雍得其陸地，我們拿回海域，兩全其美，相得益彰。」

眾人齊齊稱妙。

薛靈君淡然一笑，她才不會將這種紙上談兵誇誇其談的所謂大儒放在眼裡，渤海和大雍乃是兄弟之邦？真是笑話，渤海這樣的小國何時可以與大雍相提並論了？不過從李國源的這番話中也能夠看出而今大康已經衰落到了何種的地步，已經是人人喊打，連渤海國都敢打她的主意了。

一片讚譽聲中有一人出聲道：「李先生眼光遠大運籌帷幄令人佩服，只是先生忘了考慮蟒蛟島了，想要從大康奪回屬於我們的海域，首先就要拔除蟒蛟島這根毒刺，蟒蛟島不除，國無寧日。」

李國源不屑道：「區區一個蟒蛟島何足道哉，皆因大王乃是一代仁君，念在親情份上不忍對逆賊下手，逆賊非但不知感恩，反而囂張跋扈，賄賂朝臣，掠奪國民，如今王上痛定思痛，聯合大雍大展宏圖，必可如秋風掃落葉般清剿蟒蛟島，此事不值一提。」

又有不少人交口稱讚，胡小天聽著這幫迂腐學子空口白話的爭論，一個個自我感覺良好，不禁感到一陣好笑，禁不住哈哈笑了起來，他的笑聲在一片阿諛奉承之中顯得格外刺耳，這下成功吸引了眾人的注意力。

王胖子看到眾人都朝這邊看來，胡小天卻還渾然不覺，心頭不由得有些為他著急，偷偷推了他的手臂一把，低聲道：「胡老弟失禮了。」

鄒庸和兩位長公主距離胡小天較遠並沒有聽清，反倒是李國源聽得清清楚楚，充滿不悅地望向胡小天道：「這位小兄弟笑什麼？難道你有什麼不同見解？」

胡小天笑瞇瞇道：「李先生高見，李先生高見，在下聽到有趣之處一時間難以自禁，先生千萬不要怪我。」

李國源道：「難以自禁？老夫的話難道就這麼好笑？」他焉能聽不出胡小天的話中充滿嘲諷。

胡小天道：「王上向來講究以德服人，以禮治國，李先生剛才的話明顯和王上的做法相左啊！」

李國源一張老臉沉了下來，渤海王顏東生重文輕武是出了名的，這些年來一直沒有發展軍隊，所以才導致兵力不斷削弱，如果他注重軍事也不會淪落到征討蟒蛟島都要求助於大雍的份上，李國源辯解道：「你難道沒有聽清楚，老夫在開始就說過，渤海國和大雍之間守望相助，只要王上修書一封，大雍自然會幫忙滅掉蟒蛟島的賊寇。」

胡小天哈哈笑了起來，這次笑得比上次還要大聲，李國源被他氣得臉都青了，不過在眾人面前還要維持飽學大儒的形象，重重拂了拂袖，以此來表明心中不滿。

胡小天道：「一個人想要在世上生存要靠自己，同樣一個國家想要自強自立還得依靠自己，這世上沒有永遠的朋友只有永遠的利益，人和人之間如此，國與國之間依然如此，李先生該不會看不透這個道理吧？」

李國源聽他出聲與自己辯駁，頓時激起了好勝心，他向前一步走近胡小天道：「你知不知道什麼是骨肉親情，什麼是肝膽相照？這個世界上不僅有利益二字。」

胡小天搖了搖頭道：「大雍和渤海國不是兄弟，兩者的實力和地位從來都不在一個級數上，其實這個道理你明白，我明白，在場的所有人都明白，為何要自欺欺人，說這些不著邊際的話，什麼大雍得其陸地，我們拿回海域？渤海國水軍的實力連區區一個蟒蛟島都不能拿下，又拿什麼去征服大康？紙上談兵誰都會說，可你的想法在現實之中簡直一竅不通。」胡小天沒說他狗屁不通就已經算客氣了。

李國源氣得臉色鐵青，怒道：「你簡直是信口雌黃！看低我渤海國……」

胡小天笑道：「非是看低，而是就事論事，紙上談兵終究還是不切實際，若是李先生當真為國著想，就應當多想些切合實際的謀略，而不是只知道逞口舌之利，在人前誇誇其談。」

胡小天的這番話絲毫沒有給李國源留情面，可是李國源本來就沒有什麼官職，更談不上什麼地位，渤海國讀書人之間的時政辯論十分常見，所以眾人雖然聽得逆耳，也沒有覺得胡小天大逆不道，在場的多半讀書人沒有懷疑胡小天的身分和來歷，反倒是苦思冥想如何辯駁他的說辭。

鄒庸微笑道：「胡財東，看來你對天下大勢必有自己的見解，不如將你的高見說出來讓大家參詳一下！」

胡小天淡然笑道：「我只是一個商人，只懂得就事論事，談不上什麼高見，既然鄒公子想我說，那麼我就斗膽說上幾句，希望不要貽笑大方。」他戴上這張面具只是一個皮膚粗糙黝黑的普通人，外表毫無特色，沒說話的時候無人關注，可是當他開始說話時，仿若身上煥發出異樣神采，一舉一動之間都帶著說不出的吸引力。

薛靈君和顏東晴的注意力都被他吸引了過去，薛靈君靜靜盯住胡小天的雙目，只覺得這目光有些熟悉，一時間又想不起在哪裡見過，所以看得越發全神貫注，想要通過他細微的表情推斷出他的身分。

胡小天道：「商者以逐利為先，在我看來列國紛爭也是如此，商場之上弱肉強食，爾虞我詐，實力強者可以欺行霸市，可以壟斷經營，實力弱小者就只能夾縫求生，勉強維持，即便是兩個商家合夥做生意，也是親兄弟明算帳，投入多者必然索求大半利益，而投入少者只能從鍋中分一杯羹。」

眾人都沉默了下去，胡小天看似在說經營，實際上是在說大雍和渤海兩國之間的關係，大雍就是那個大商家，現在的實力已經可以欺行霸市，而渤海卻是那個小商家一心想和大雍合作，到最後只能分到一杯羹。

鄒庸低聲道：「若是這大商家有實力做這筆買賣，那麼就沒必要叫上小商家合作，最後小商家或許連一杯羹都分不到呢。」

胡小天微笑道：「鄒公子果然看得透徹。」

薛靈君道：「本宮可不懂什麼生意經營，這位胡財東……」說到胡字的時候她明顯加重了語氣，還在關鍵時刻故意停頓了一下，她終於想起這目光她曾經在哪裡見過，可是她仍然無法斷定，胡小天應該不會有那麼大的膽子前來渤海國，更何況根據她所掌握的情報，胡小天三天前還在東梁郡，沒可能這麼短的時間內就抵達望海城。可如果不是胡小天，為何此人的目光和他如此類似，而且說話的語氣節奏也是如此接近？薛靈君內心中不由得籠上了一層迷霧。她輕聲道：「胡財東對中原形勢怎麼看？」

胡小天笑道：「天下大勢，合久必分，分久必合，依我看，中原距離統一已經不遠了。」

鄒庸笑道：「胡財東的這個觀點我認同，以大雍今時今日的實力，統一中原也是早晚的事情。」

胡小天卻搖了搖頭道：「我說中原統一未必一定是大雍。」此言一出又是舉座皆驚。

李國源剛才被胡小天懟得半天沒緩過氣來，現在總算得到了機會，哂笑道：「胡財東真是會嘩眾取寵，放眼中原除了大雍，還有誰有一統中原的實力？」

胡小天微笑道：「李先生讀書應該不少，可惜道理懂得不多。」

「你……」李國源被他氣得張口結舌，臉青一塊紫一塊。

胡小天心中暗罵，是你這老東西自取其辱，我本來都不想搭理你了，他今天前來的目的主要是為了引起薛靈君的注意力，現在看來這個目的應該已經達到了，他笑道：「這世上萬事萬物都逃不了盛極必衰的規律，大康當年何其強大，氣吞萬里如虎，最終仍然逃脫不了盛極必衰的命運。大雍雖然強盛，但是比起全盛時期的大康無論疆域還是實力都還差上不少，當年全盛時期的大康都沒有達成一統中原的大計，你以為今日之大雍就可以做到？」

李國源張口結舌，他多半時間都是信口開河，雖有飽學大儒的名號，可是這輩子連渤海國這個小小島國都未曾走出去過一次，論眼光論眼界又豈是胡小天這個兩世為人傢伙的對手。

胡小天道：「大康雖然衰敗，可是其版圖和實力在中原列國之中仍然可以排得上次席，若是他們能夠選出一位英明的君主，勵精圖治，大刀闊斧的進行變法改革，未嘗不可以重振社稷，大康南部的天香國，多年來戰火都未曾波及到他們的國度，這些年來在幾任國君的刻苦經營下已經是國強民富，其水師的力量已經超越大康，最近蠢蠢欲動，意圖染指中原，西川李天衡割據自立，其人本身就是驍勇善戰的猛將，再加上大康的饑荒並未波及到西川，這兩年招兵買馬，野心勃勃早有東擴之意，反觀大雍雖然強大，可是最近國內卻是新舊君主交替之際，新君上位對治國必然會有一個熟悉的過程，而且臣民在經歷這種朝堂更迭之時，內心難安，大雍內部想要達到昔日上下一心眾志成城的地步還需時日。恰恰在此時北方黑胡厲兵秣馬，意圖趁著新君權柄未穩之時揮師南下。」

李國源不知如何反駁，可是薛靈君已經格格笑了起來，一雙美眸盯住胡小天道：「這位胡財東對大雍的狀況還真是費了不少的心思。」

胡小天微笑道：「表面上的事兒何必要費心，連販夫走卒都能看透的道理，我們這些擅長察言觀色的商人自然也看得出來。」

薛靈君道：「胡財東是哪裡人氏？」不等胡小天回答，她已經率先說道：「你是康人！」臉上的笑容倏然收斂，一雙鳳目不怒自威。

胡小天依舊一副笑瞇瞇的樣子：「小人的祖上的確是康人，其實追根溯源，長公主的祖上也是康人呢。」

薛靈君聽到這裡，心中已認定這廝是胡小天無疑，可是這句話當眾說出來也實在大膽，薛靈君怒道：「混帳！大膽，來人，把這個膽大妄為的傢伙給我拿下！」

薛靈君突如其來的過激反應，把鄒庸和顏東晴都弄得一怔，滿座嘉賓更是被她的衝冠一怒嚇得鴉雀無聲。

鄒庸雖然也覺得胡小天說話過分，可是薛靈君在這裡公然發作，還要拿人，實在是沒把她自己當成外人，這裡畢竟是在渤海國，又不是大雍。

胡小天不慌不忙道：「長公主還在生我的氣？是怪胡某上次不辭而別嗎？」

眾人聽到這裡心中越發糊塗，原來薛靈君跟這個胡大富認識，他們兩人到底是什麼關係？

薛靈君此時卻又變了一副面孔，格格嬌笑起來：「胡財東，你早就看到了我，居然對本宮視而不見，信不信本宮回去就要了你的腦袋？」

胡小天笑道：「死在長公主手中，胡某絕無遺憾。」他端起面前的酒杯道：「借著鄒公子的這杯酒給長公主殿下陪個不是，這次胡某絕不敢再得罪殿下了！」

眾人一個個瞋目結舌，這兩人分明是在當眾打情罵俏啊！

鄒庸哭笑不得地望著顏東晴，此前她還讓自己設法迷住薛靈君，都知道這位大雍長公主豔名遠播，裙下臣服者無數，鄒庸向來自命風流，認為只要自己略施手段必然能讓薛靈君神魂顛倒，卻沒有想到半路殺出一個程咬金，把自己的計畫全盤打亂，甚至連自己的主角光彩也被他搶了個乾乾淨淨，單從薛靈君看胡小天的眼神就能夠發覺很不對頭，若說這兩人之間沒有私情，打死他都不信。

顏東晴也是吃驚不小，過去她也是知道薛靈君在大雍名聲不好，卻沒有想到來到渤海國還能遇到她的老情人，只是這位長公主挑選情人的眼光也太差了一些，論到樣貌，這個胡大富哪裡比得上鄒庸？可是公平地說，這位胡大富還是有些吸引人的地方，至少在剛才的辯論之中就表現出他伶牙俐齒的一面，此人雖然其貌不揚，可是頭腦非常的精明。

薛靈君此時站起身來主動來到胡小天的身邊，原本坐在胡小天身邊的王胖子識趣地站起身來讓到了一邊。位子本身沒有什麼不同，可是不同的人坐在那裡就產生了分別。

馬上有人為薛靈君重新換上了碗筷，又將王胖子引領到了別的地方，王胖子走路的時候明顯是渾身上下打著哆嗦，禍從口出，他也看出胡大富和薛靈君之間的關係非同尋常，

一想到剛才在胡大富面前說過的輕狂話語，王胖子嚇得連頭都不敢回，灰溜溜跟著侍女來到了一個較為偏僻的所在，只想著儘快逃走。

薛靈君向身邊侍女使了個眼色，主動接過了酒壺，為胡小天將面前酒杯斟滿，這一來在場賓客更覺得兩人的關係非同尋常，薛靈君何等身分？不但屈尊來到胡小天身邊落座，而且親自為他斟酒，即便是此間的主人鄒庸也沒有這個面子。

鄒庸原本還想請胡小天來到主席就坐，可看到眼前的情景也唯有苦笑了，想不到這位大雍長公主居然不顧別人的看法，大庭廣眾之下就對這個商人表現得如此親切，難道她不怕別人的流言蜚語？轉念一想，若是薛靈君當真在意別人的想法，那麼她也不會在大雍鬧得聲名狼藉。

薛靈君和胡小天共飲了一杯酒，鄒庸趁此機會正琢磨著進行下一活動之時，卻見薛靈君起身道：「本宮不勝酒力，得先行一步。」

鄒庸不免有些錯愕，這酒宴才剛剛開始薛靈君就要告辭，難不成遇到老相好，就迫不及待地離開敘舊了。鄒庸本想挽留，可心中又知道挽留也沒什麼作用，只能悄悄向顏東晴使了個眼色，顏東晴笑道：「君姐，怎麼剛來就要走？」

薛靈君道：「頭暈腦脹，的確是不能再喝了。」她向胡小天道：「老胡，你送我！」

胡小天笑瞇瞇站起身道：「不勝榮幸！」

眾人望著薛靈君和胡小天一前一後離去，這其中有錯愕不解，有羨慕嫉妒，鄒庸看到事已至此也不能強留，只能將他們送出門外。

胡小天一出門，在外面等候的僕從就迎了上來，胡小天擺了擺手示意他們退下，遠處薛靈君的坐車已經到來，駕車之人居然是金鱗衛副統領郭震海，在薛靈君出使東梁郡之時，胡小天曾經震傷郭震海，報了昔日在西州被他所傷的一箭之仇，因為胡小天已易容，郭震海並沒有認出他。看郭震海的狀況，應該內傷已經恢復。

薛靈君也沒有點破胡小天的身分，輕聲道：「送我們去福清樓。」

福清樓距離知春園並不遠，兩地相距三里左右，來到福清樓外，可以看到門外守衛的武士，這裡正是薛靈君的下榻之處，一路之上兩人並未交談，來到福清樓內，薛靈君摒退眾人，一雙妙目望定了胡小天道：「想不到你還真是千變萬化，我本以為你還在東梁郡，卻想不到你已經來到了望海城，果然是個閒不住的人，哪兒有熱鬧就往哪裡去湊。」

胡小天笑道：「君姐也是如此啊，從雍都到這裡好像比我的路程更加遠一些，君姐長途跋涉而來，想必有重要的事情。」

薛靈君道：「走了這麼遠的確累了，只是比起身體上的疲憊，心裡更累，如果不是皇上委託，我才懶得大老遠跑到這個小小的島國來。」

胡小天笑道：「君姐為了大雍真是操碎了心，你的大侄子必然對你感恩戴德吧？」

薛靈君焉能聽不出他話裡有話，瞥了他一眼道：「有話快說，有屁快放，別在這兒跟我兜圈子。」

胡小天哈哈笑了起來：「君姐的脾氣何時變得那麼暴躁，在我的印象中，君姐一直都是溫文爾雅、風情萬種呢。」

薛靈君惡狠狠瞪著他道：「那得分對誰！你到了哪裡，哪兒準保沒有好事，說！這次來渤海國又是為了做什麼壞事？」

胡小天笑道：「君姐冤枉我了，我來渤海國其實是因為一位好友的委託，幫他處理一些他不方便出手的事情。」

薛靈君幾乎在第一時間就想到了聚寶齋，可是她又覺得不可思議，二哥雖然做事常常出人意料，可是遇到大事的時候他應該並不糊塗，怎麼可能求助於一個大雍的對頭？就算他們是結拜兄弟的關係，可他們這種關係又有幾分友情在內呢？薛靈君冷笑道：「滿口謊言！」

胡小天道：「我對君姐向來坦誠一片，可君姐對我卻是遮遮掩掩，君姐不信便罷，小弟心中倒是有些迷惑，聽聞李沉舟也到了渤海，為何沒有和你一起前來？」

薛靈君微微一怔，連她都沒有聽說李沉舟前來渤海國的消息，芳心中不由得一沉，秀眉微顰道：「你從何處聽來的消息？」

胡小天道：「就是感覺有些好奇，我還以為君姐是前來處理聚寶齋的事情，可李沉舟接踵而來，於是我又覺得這件事沒有表面上看起來那麼簡單。」

薛靈君道：「我來渤海國乃是為了談兩國的經貿，順便遊覽一下異國景色，和其他的事情無關。而且，我來渤海國的時候，聚寶齋的事情尚未發生。」

胡小天道：「天下人都知道聚寶齋乃是我大哥開的，渤海王這麼做顯然是沒有顧及他的感受。」

薛靈君對此事看得很透，在聚寶齋事發後，她根本沒有主動過問過，因為她清楚這是新君和燕王之間的一場博弈，自己不方便表明立場，她輕聲道：「此事我倒也聽說了一些，乃是因為渤海相國袁天照被抓，牽涉出一樁大案，至於聚寶齋，此地的掌櫃和袁天照、蟒蛟島之間都有著密切聯繫，我相信二皇兄對此也不知情。」

胡小天道：「要是貴國新君也這麼想倒也是好事，至少燕王少了一場麻煩。」

薛靈君抿了抿嘴唇：「你好像話裡有話？」

胡小天笑道：「大雍並不如看起來那樣強大，區區一個渤海國都敢不給大雍燕王面子。」

薛靈君道：「事情乃是發生在渤海國內，大雍豈可干涉渤海內政？」

胡小天道：「君姐一直都是個明白人，渤海國對大雍年年來朝歲歲進貢，事實上早已是大雍屬國，那顏東生吃了雄心豹子膽才敢這麼做，背後必有人支持。」

薛靈君充滿嘲諷道：「你為大雍還真是操碎了心。」

胡小天道：「不僅為大雍操心，更是為了君姐操心。」

薛靈君一雙美眸流露出柔媚的目光，宛如千絲萬縷將胡小天困住，盯著他看了好半天，方才細聲慢語道：「你找我就是為了這些？」

胡小天道：「飛鳥盡良弓藏，自古以來都逃脫不了這個道理，我看你的那位乖侄子未必懂得知恩圖報，搞不好就是恩將仇報。」

「你在故意挑唆我們之間的關係，若是大雍朝廷內部出現分裂，自然無暇兼顧你的事情，這樣你就能有更多的時間圖謀發展，胡小天啊胡小天，你果然打得一手如意算盤。」

胡小天微笑道：「知我心者君姐也，我當然有我的私心，可是拋開我的私心不言，就算我不出手，你們大雍的朝廷內部也不會太平，天下人都看得清清楚楚，顏東生這次查封聚寶齋，真正的用意還是劍指燕王，他的背後是誰咱們都心知肚明，當初薛道洪之所以能夠順利繼位，得益於你和燕王的聯手相助，可現在他自以為已經坐穩了皇位，就開始著手清除你們了。」

薛靈君道：「你休要危言聳聽，有我母后在，他不會對我們不利。」

胡小天哈哈大笑：「其實不用我多說，君姐應該明白為何現在會被派來渤海，君姐在蔣太后面前或許有相當的影響力，可是君姐有沒有想過，若是你在渤海國萬一發生了什麼意外？」

薛靈君皺了皺眉頭，這臭小子居然詛咒自己。

胡小天看出她的不悅，仍然繼續道：「就拿今天這場宴會來說，渤海國長公主顏東晴明擺著是要將鄒庸介紹給你認識呢，你知不知道鄒庸是什麼人？他乃是渤海國王太后的面首。」

薛靈君俏臉發熱，啐道：「他還不至於被我看在眼裡。」

胡小天道：「我當然知道君姐的眼光不至於如此差勁，可是渤海國的諸般動機著實可疑，害人之心不可有，防人之心不可無，君姐若是認為我是在有意挑唆，權當兄弟我沒有來過，告辭！」他起身作勢要走。

薛靈君慌忙起身將他一把拉住道：「我何時這樣認為，你這小子給我坐下！」

胡小天重新坐了下去：「說得口乾舌燥呢。」

薛靈君瞪了他一眼，叫人送入茶水，親自斟茶送到胡小天手中，低聲道：「你有什麼主意？」

胡小天道：「君姐想要知道他們是不是想對你不利，一試就知，明日你就提出離開渤海返回大雍，看看他們會不會順順利利送你離去。」

薛靈君淡然道：「我就不信他們敢攔著我。」

胡小天道：「縱然送你離去，可途中說不定會派人冒充蟒蛟島的海盜對你進行阻殺，反正到最後也可以將這筆帳賴到蟒蛟島的海盜身上。」

薛靈君倒吸了一口冷氣，胡小天並不是危言聳聽，她低聲道：「其實我也已經發現，自從我踏足渤海國之後，就有人在悄悄跟蹤。」

胡小天道：「我聽說新君即位後，蔣太后特地囑託你們兩人多多介入朝政？」

薛靈君咬了咬櫻唇，母后原本是出於好意，擔心薛道洪身邊無人相助，可現在看來十有八九是好心做壞事，非但沒有得到薛道洪的感激，反而讓他心生警惕，對她和薛勝景生出了殺心。

鏡水行苑內，鄒庸送走了賓客之後，獨自來到清風樓，顏東晴就在樓內等著他，關上房門，顏東晴已經快步上前主動投身入懷，鄒庸將她擁住熱吻一番，上下其手，撫弄得顏東晴嬌噓喘喘，宛如夢囈般道：「真是想死人家了。」

鄒庸笑道：「實在不知公主殿下哪句是真哪句是假？」

顏東晴摟住他的脖子，一雙明眸盯住他的面孔道：「我對你的心意，難道你現在仍然不明白嗎？」

鄒庸道：「你若是真心對我好，為何捨得將我推向他人？」

顏東晴美眸之中流露出些許憂傷，放開了鄒庸，幽然歎了口氣道：「庸哥，情非得已，東晴豈可因自己的感情而忽略國家的前途命運。」

鄒庸心中暗自冷笑，何時自己變得如此重要了？這顏東晴也是一個傻子，居然以為用男色就可以主宰一個國家的前途命運。看來她不僅僅是遇到男人沒有腦子，在政治上依然沒有腦子。

顏東晴道：「再說薛靈君本身也是美貌出眾，算得上不可多得的尤物，你難道一點都不心動？」

鄒庸在椅子上坐下，故意裝出不悅的樣子，皺了皺眉頭道：「我只是不喜歡被人當成工具利用罷了，讓我去迷惑薛靈君到底是誰的意思？」

顏東晴道：「你只需去做，其他的事情不必刨根問底，總之我不會害你。」

鄒庸道：「那薛靈君心中早已有人了，我看她和那個胡大富有些不清不楚，說不定早就有了苟且之事。」

顏東晴道：「我也沒料到，怎麼會突然冒出了一個胡大富，有沒有查過這個人的底細？」

鄒庸點了點頭道：「已經查過了，他是萬昌隆喬老爺子的倒插門女婿，這次是跟著喬家大小姐喬香蓮一起過來的，目前就住在知春園，應該沒什麼問題，不過這位喬家小姐據說是個醋罈子。」

顏東晴笑道：「如此說來胡大富膽子倒是不小，家有悍妻居然還敢跟大雍長公主公然打情罵俏，此事若是讓他妻子知道，豈不是麻煩？」

鄒庸一臉壞笑道：「只怕此時已經知道了！」

胡小天和薛靈君正在密談，卻聽到外面傳來吵鬧之聲，隱隱聽到一個女子憤怒的聲音道：「胡大富，你給我滾出來！」

胡小天內心一怔，馬上聽出來人是閻怒嬌，真沒有想到自己前腳剛到薛靈君這裡，她後腳就尋了過來，聽聲音也是來者不善。

薛靈君有些錯愕地看了胡小天一眼，不清楚外面究竟來的是誰。

胡小天笑道：「看來有人一直在跟蹤著咱們，生怕咱們之間做出什麼逾越雷池的事情。」

薛靈君嬌笑道：「好像來者不善呢！不如出去看看！」

胡小天已經拉門走了出去，卻見大門外亮起了百餘支火炬，卻是閻怒嬌將知春園的護院僕人全都帶了出來，郭震海那幫金鱗衛對此也頗為頭疼，只能閉門不出，畢竟這裡還是渤海國的地盤，而且對方氣勢洶洶過來是找男人的，長公主薛靈君向來名聲不好，她的手下也親眼看到她帶了一個男人進去，不過所有人心中都在暗自腹誹薛靈君的品味，這男人的長相也實在普通了一些。

薛靈君和胡小天兩人走下小樓，閻怒嬌仍然帶人在門外叫罵。薛靈君示意郭震海打開大門，卻見閻怒嬌等人魚貫而入。

薛靈君此前是見過閻怒嬌的，一看她就馬上明白對方是在配合做戲，心中暗自好笑，閻怒嬌衝上來一把就擰住了胡小天的耳朵：「胡大富，你這個王八蛋，吃我的喝我的用我的，居然還背著我勾引別的女人！」小妮子演起戲來也是辣味十足，居然將一個醋罈子演繹得活靈活現。

胡小天作勢哎呦呦慘叫：「你放開，你放開，再不放開我打你啊！」心中猜到一定是有人悄悄將他前來福清樓的消息密報給了閻怒嬌，唯恐天下不亂。

「你敢！」

胡小天馬上又換了一副面孔，苦苦哀求道：「老婆，夫人，這位是大雍長公主，千萬別失了禮數。」

「長公主怎麼著？這裡是渤海國不是大雍，長公主也不能勾引別人老公！」閻怒嬌怒視薛靈君，任誰都能看出她目光中的怒火，到底有幾分真幾分假只有她自己知道了。

薛靈君呵呵冷笑道：「他自己有手有腳，我可沒把他綁過來，是他自己要來，你有本事就看好自己的男人。」

閻怒嬌怒道：「呵，搶人老公還那麼理直氣壯，我這就教訓你！」她作勢向薛靈君衝去，被胡小天一把給抱住，心想你演戲差不多就得了，卻想不到閻怒嬌揚起手來照著他臉上就是一個嘴巴子，打得雖然不重，可清脆響亮。

胡小天被這一巴掌打懵了，心想玩真的啊？居然敢打我臉。還沒回過神來，這邊薛靈君也衝上來照著他的臉上就是一巴掌，怒斥道：「胡大富，本宮命令你馬上把你老婆給休了！不然你以後就別來見我！」打臉誰不會，被薛靈君打過臉的男人不計其數，也不差多你胡小天一個。

郭震海那幫金鱗衛都覺得臊得慌，頭都抬不起來了，丟人啊，長公主居然跟人家搶老公，原來還以為沒有的事情，可現在看來八九不離十了。這幫人也不方便出手，畢竟理虧，雙方相互勸說，總算把兩邊給分開。

胡小天灰溜溜離開了福清樓，被閻怒嬌揪著耳朵一路上了馬車，剛一進入馬車內，閻怒嬌貓兒般撲入他的懷中，附在他耳邊柔聲道：「人家是故意做戲給外人看，你千萬不可生我的氣。」

胡小天手捂著假臉，老子是招誰惹誰了，做戲也不至於打我耳光吧？幸虧沒有把我這張面具給抽下來，一把將閻怒嬌摁住，讓她趴在自己的膝蓋上，在玉臀上輕輕打了兩下。

閻怒嬌嬌滴滴道：「相公消氣了？」

胡小天咬牙切齒道：「沒有，等回到家裡，我脫光了打，恨恨地打！」

閻怒嬌媚眼如絲，望著胡小天嬌噓喘喘道：「你想怎樣就怎樣……」

喬香蓮和薛靈君爭夫之事一夜之間傳遍整個望江城，一時間淪為街頭巷尾的笑談，喬香蓮吃醋打上門去還在其次，畢竟人家是兩口子，薛靈君這位大雍長公主變得被千夫所指，很多人開始議論起她的品行。

薛靈君才不會顧忌外人的閒話，反正也沒有人敢當著她的面說，於是趁機提出離開渤海的想法，果然不出胡小天所料，她剛說要走，渤海國方面就盛情挽留，所有一切跡象都表明事情正在朝著自己不利的方向發展，如果說在胡小天最初提出要跟她合作的時候薛靈君仍然心存顧慮，可是現在她卻產生了深重的危機感，此番的出使必然是薛道洪的陰謀，他或許要利用這次的機會將自己剷除。

翌日上午，鄒庸前往知春園拜謁胡大富，聽聞他前來，胡小天親自來到門外相迎，鄒庸不提昨天發生的事情，笑道：「鄒某冒昧登門，還望胡兄不要嫌我唐突。」

胡小天笑道：「鄒公子請進，鄒公子快請進。」

鄒庸將手中的禮物呈上道：「略備薄禮，有一份是嫂夫人的。」

胡小天聽他提到夫人，故意歎了口氣。

鄒庸當然聽說了昨天的事，心中暗自好笑，故意問道：「胡兄因何歎氣？」

胡小天又歎了口氣道：「昨日我送長公主回去，在她住處談了幾句，怎料到那母老虎不知從何處得來訊息，尋上門去鬧得天昏地暗，弄得我是顏面無光，回來我多說了她兩句，一怒之下竟然不辭而別！」這是胡小天和閻怒嬌定下的計策，借機讓閻怒嬌避開，不但可避免洩露身分，還給胡小天創造了接近薛靈君的大好時機。

鄒庸愕然道：「嫂夫人走了？」

「走了！」

「去了哪裡？」

胡小天搖了搖頭道：「我怎會知道？女人從來都是這個樣子，發起瘋來六親不認，懶得管她，死在外面才好。」

鄒庸呵呵笑道：「夫妻向來都是床頭打架床尾和，胡兄也不必太過介懷了。」

胡小天將他請到花廳，賓主坐下之後，胡小天問道：「鄒公子這次來找我，所為何事？」

鄒庸道：「只是想和胡兄隨便聊聊，順便問問胡兄此次前來渤海，萬昌隆又想做什麼生意？」

胡小天笑瞇瞇道：「不瞞鄒公子，我這次來是想在渤海做珠寶生意。」

鄒庸哦了一聲道：「珠寶生意可不好做，胡兄難道沒聽說聚寶齋的事？」

胡小天壓低聲音道：「正是因為聚寶齋被封，所以我才認為有了機會。」

鄒庸心中一動，卻依然不動聲色道：「萬昌隆雖然是天下數得著的商行，可是在大雍論到背景好像還比不上燕王吧？」他的意思非常明顯，連有燕王做後台的聚寶齋都淪落到被查封的地步，更不用說萬昌隆了。雖說富貴險中求，可是想在刀口浪尖上搶錢，承擔得風險必然奇大。

胡小天道：「天下不止大雍一個國家，有人的地方就有生意，低買高賣，奇貨可居，聚寶齋雖然被封，可是其中的東西應該還在吧。」

鄒庸聽出他是動了聚寶齋那些珠寶的心思，輕聲道：「全都要收繳國庫的。」

胡小天道：「王上要的只是帳目清楚吧？」

鄒庸靜靜望著他沒有說話，胡小天轉身走到屏風後，拿出一個木匣，當著鄒庸的面打開木匣，裡面是厚厚一疊銀票，鄒庸隨意掃了一眼，卻見最上面一張就是興隆行十萬兩一張的銀票，心中暗歎，此人果然是有備而來。

薛靈君這一日都待在住處，黃昏時分，郭震海前來通報，說是昨日那個商人胡大富又來了，薛靈君毫不猶豫地讓他請進來，郭震海看到薛靈君如此表示，臉上表情顯得有些為難，猶豫了一會兒終於還是忍不住道：「殿下，屬下有一句話不知當講還是不當講？」

薛靈君道：「既然覺得不當講，那就別說了。」

郭震海道：「屬下認為那個胡大富形跡可疑，殿下應該遠離此人……」

話未說完已經遭遇薛靈君冷如刀鋒的目光，郭震海內心不由得一顫，垂下頭去，低聲道：「屬下冒犯！」

薛靈君冷哼一聲道：「本宮的事何時輪到你來過問？郭震海你要搞清楚自己的身分，你來渤海為的是保護我，不是為了監視我，本宮更不需要你來教訓我！」

郭震海沉聲道：「屬下絕無冒犯長公主的意思，只是為了殿下的安危著想。還請殿下三思，有些事處理不當，非但會讓殿下陷入危險，還會影響到大雍聲譽。」

薛靈君柳眉倒豎鳳目圓睜，怒斥道：「混帳！你說什麼？你在說本宮影響到大雍的聲譽嗎？給我滾出去！」她強行抑制住衝上去抽郭震海一個耳光的衝動，披上斗篷，看都不向郭震海看上一眼就離開了房間。

郭震海仍然沒有忘記自己的防護之責，趕緊跟在身後，一直跟到院落中薛靈君停下腳步，霍然轉過身去，望著身後隨行的幾名金鱗衛道：「你們給我聽著，今個兒誰敢跟上來，我便親手殺了他！」

向來風情萬種的薛靈君很少流露出這樣凜冽的殺氣，連郭震海都不禁內心一顫，他使了個眼色，示意其他人退下。

薛靈君滿腔憤怒地來到門外，看到胡小天仍然站在外面候著，她的這幫手下居然連大門都沒讓他進去，顯然對這廝的戒心很重。

胡小天笑瞇瞇躬身行禮道：「胡大富參見長公主殿下！」

薛靈君指了指胡小天的馬車道：「上你的車，陪我出去散散心！」

郭震海那幫金鱗衛也不敢跟上來，只能眼睜睜看著薛靈君上了胡小天的馬車揚長而去。

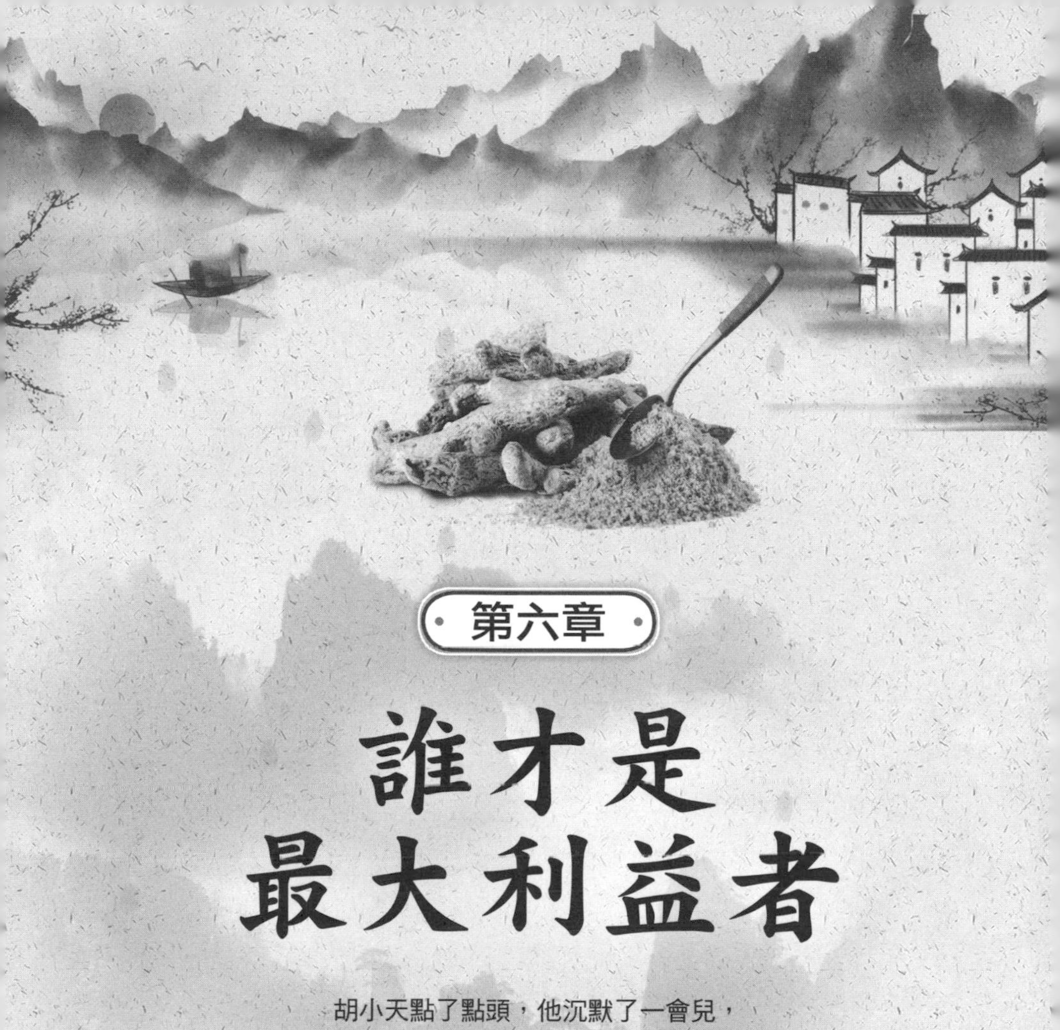

第六章

誰才是最大利益者

胡小天點了點頭，他沉默了一會兒，
拚命想要從這一個個紛亂的線索中理出規律，
理出頭緒，渤海王想要除掉閻天祿，
薛道洪想要剷除薛勝景和薛靈君，
彼此利益交換，誰才是最大利益的獲得者！

胡小天陪著薛靈君來到了海神廟，自從這裡的廟祝被抓之後，海神廟也變得冷清了許多，廟裡並沒有多少香客，薛靈君看來心情不好，上香的時候也沒有讓胡小天陪同，胡小天獨自一人站在大殿外，欣賞著這海神廟的建築。

薛靈君上香出來的時候，看到胡小天正歪著腦袋看著長亭內的碑刻，輕輕咳嗽了一聲來到他的身後，胡小天並沒有回頭，有些驚奇道：「這裡居然有大康高宗的題字。」

薛靈君掃了一眼，不屑道：「有什麼稀奇，渤海之前一直都向大康俯首稱臣，也就是在大雍崛起之後方才棄暗投明。」

胡小天笑了起來。

薛靈君瞪了他一眼道：「你笑什麼？有什麼好笑？」

「君姐棄暗投明這個詞用得真是妥當，貼切，小弟佩服佩服！」

薛靈君道：「良禽擇木而棲，渤海國主若是沒有這點本事，一個小小島國也不會存活至今。」言語中流露出對渤海國的不屑。

胡小天道：「君姐的心情似乎受到了影響？」

薛靈君歎了口氣道：「還不是被你害的？你居然能夠想出這一手幫助那妮子脫身。」

胡小天笑道：「那醋罈子若是不走，我豈能有接近君姐的機會？」

薛靈君道：「只是這樣一來，我豈不是要被你連累得聲名狼藉，勾引有夫之婦，現在已經成了天下人的笑柄。」

胡小天道：「君姐勿怪，昨晚的事情也非我可以安排，而是有人故意將消息透露給我家的母老虎，挑唆她登門鬧事，若是她全無表示，豈不會讓人生疑？」

薛靈君點了點頭道：「我心中明白。」

胡小天又道：「我來之前鄒庸去找過我。」

「他找你幹什麼？難道是懷疑你的身分？」

胡小天笑道：「鄒庸那個人很不簡單，渤海國王太后，渤海國長公主跟他全都不清不楚，不過此人應該不是一個普通的面首，昨天顏東晴安排那場局，顯然是要引你入局。」

薛靈君道：「你的身分應該禁不起推敲，難道你不怕他們查出你的破綻？」

胡小天道：「我就是要他們查出我的破綻，君姐，有一點我能夠斷定，他們必然想方設法阻攔你重返大雍，你現在應該是最危險的時候。」

薛靈君道：「渤海國還沒那個膽子動我！」

李沉舟站在金戈台上靜靜望著黃驊港的方向，天邊的雲層壓得很低，一場風雨就要來臨，身後響起沉穩的腳步聲，一名帶著斗笠的男子出現在他的身後，抱拳道：「將軍！」

李沉舟點了點頭，轉過身去，對方取下斗笠，竟然是負責保護薛靈君安全的金鱗衛副統領郭震海。

郭震海道：「長公主和胡大富一起出去了，我派人跟蹤，可是那胡大富極其機警，竟然將我們的人擺脫了。」

李沉舟道：「好好查查這個人。」

郭震海道：「已經查過，此人的身分並無可疑之處，乃是萬昌隆喬老爺子的女婿，妻子乃是喬香蓮，昨日她居然跑到福清樓去鬧事。」

李沉舟並無表示，只是將身上的白色貂裘裹緊了一些。

郭震海壓低聲音道：「長公主實在是太不顧及大雍形象了，竟公然和那個胡大富眉來眼去，現在還被人家的老婆鬧上門來，大雍皇家顏面掃地啊！」

李沉舟淡然道：「你並不瞭解長公主，先皇之所以對她如此信任，絕不是因為她是嫡親妹子的關係，而是因為長公主深謀遠慮，心機過人，你所看到的只不過是假像罷了，那個胡大富絕不簡單，以長公主的智慧，她應該是覺察到了什麼，胡大富可能是她的援軍。」

郭震海低聲道：「李將軍，長公主提出要離開，可是渤海王室卻拚命挽留。」

李沉舟道：「現在還不是她離開的時候，不過應該不會太久了。」他的目光審視著郭震海道：「你務必要記住，決不可暴露自己的身分，下次不要親自過來，我來渤海國的消息，長公主肯定已經知道了，如果被人發現你和我見面，那麼她就會洞悉一切。」

「是！」

「你去吧！」

李沉舟和郭震海分手之後，登上馬車，徑直來到了鏡水行苑，車夫輕車熟路，直接從側門而入，李沉舟下了馬車，鄒庸已經在那裡等待，抱拳道：「李兄！」

李沉舟點了點頭：「裡面說話！」

鄒庸引領李沉舟來到書齋內，裡面還有一人，卻是落櫻宮的少宮主唐驚羽。

唐驚羽見到李沉舟進來，也慌忙站起身來，抱拳參見道：「李將軍來了！」

李沉舟微笑道：「坐！」他宛如主人一樣直接在書桌後坐下，唐驚羽和鄒庸兩人等到他入座之後方才敢坐下，李沉舟道：「鄒庸，刑部那邊情況怎麼樣？」

鄒庸道：「李長興那個人做事拘泥古板，冥頑不化。」

李沉舟冷冷道：「區區一個案子審了這麼久都沒有審出結果，渤海真是朝中無人！」

鄒庸道：「李長興這個人還是有些能力的，只是他凡事都講究按律辦事，就拿袁天照的案子來說，他儘量做到事必躬親，幾乎重要證人都要親自聞訊。」

李沉舟道：「夜長夢多。」他向唐驚羽看了一眼道：「你沒有殺掉閻天祿，閻天祿應該已經到了渤海國，說不定就潛伏在附近，等待反擊之機。」

唐驚羽道：「將軍放心，只要他敢來，我絕不會放他活著離開。」

李沉舟道：「陛下已經答應，此次成功之後，渤海國相國之位絕不會旁落他人。」說這番話的時候他望著鄒庸，顯然是針對鄒庸而言。

鄒庸喜形於色，恭敬道：「多謝李兄提攜。」

李沉舟道：「這次的計畫只需成功不許失敗，決不允許任何人拖慢我們的進程，李長興方面必須馬上解決。」

鄒庸道：「我知道應該怎麼做，他有個寶貝兒子李明舉，只要控制住李明舉，就不愁他不乖乖聽話。」

李沉舟微笑道：「鄒兄智慧超群，只要肯想，總能找出解決的辦法。」

唐驚羽道：「閻伯光目前就在我們的手中，要不要放出消息將閻天祿及其同黨吸引過來一網打盡？」

李沉舟道：「現在還不是時候，閻天祿只不過是一個跳樑小丑罷了，除掉他是早晚的事情，既然顏東生一心想要他的性命，那麼我們就在適當的時機幫助他完成這個心願，但是一切要做得合情合理，不可讓人找到破綻。」

鄒庸道：「對了，今日我前往知春園去拜謁胡大富，他流露出想要從聚寶齋牟利的意思，還想讓我幫忙牽線，我看此人非常可疑。」

李沉舟道：「那就給他點甜頭，讓他露出更大的破綻。」

胡小天離開海神廟的時候，開始下起雨來，車夫送來雨傘，胡小天撐著傘將薛靈君送入車內，本想送薛靈君回去，薛靈君卻提出去知春園看看，胡小天心中暗笑，老婆這邊生氣才離家出走，長公主就主動登門，只怕傳出去又會是一樁驚天動地的緋聞了，不過他也沒有什麼好顧忌的。

陪著薛靈君來到知春園，胡小天讓人準備晚飯，薛靈君卻笑道：「不必忙著張羅，我只是過來坐坐，看看這座聞名遐邇的園子，晚上咱們去海韻樓去吃，我已經讓人在那邊訂了位子。」

胡小天聽說她已經安排好了也只好作罷，於是帶著薛靈君在知春園內轉了轉，雨中漫步在園林之中，身邊多了位美人相伴，倒也是一件心曠神怡的事情。

在知春園內轉了一圈，夜色不知不覺就已經籠罩了整個天地，薛靈君提議兩人前往海韻樓吃飯，胡小天準備離開之時，總管悄然來到他的身邊，低聲道：「老爺，小的有事稟報。」

胡小天點了點頭，和總管走到了一邊，那總管乃是蟒蛟島閻天祿的心腹之一，一直潛伏在渤海國負責情報收集，有個稱號叫萬里追風肖力志，不但形容此人的腳程快捷，也特指他的消息靈通。

肖力志壓低聲音道：「今日跟蹤郭震海，發現他去了金戈台。」他停頓了一下，接下來的半句話讓胡小天心中一驚：「李沉舟在那裡等他！」

胡小天一直以為郭震海乃是薛靈君身邊值得相信的人物，可是從這件事來看，郭震海很可能是李沉舟埋在薛靈君身邊的一顆棋子，由此可以推斷，薛靈君在渤海國的處境越發兇險，胡小天不露聲色道：「有沒有繼續跟蹤李沉舟？」

肖力志搖了搖頭道：「只是查到他的住處，他的身邊有不少高手，我們不敢跟得太近。」

胡小天道：「島主知不知道？」

肖力志道：「已經通報島主。」

胡小天道：「李沉舟那個人我非常瞭解，他武功高強為人機警，你們最好不要接近他，以免打草驚蛇。」

「是！」

遠處傳來薛靈君的催促聲，胡小天應了一聲，又向肖力志道：「幫我聯繫島主，如有可能我要和他儘快見上一面。」

肖力志笑道：「島主也是這個意思，今晚子夜，他會來和你相見。」他向不遠處的馬車看了一眼，意味深長道：「老爺別忘了早點回來。」

胡小天因他的這句話不禁笑了起來，難不成肖力志擔心自己會跟著薛靈君此去共度良宵夜不歸宿？

回到馬車之上，薛靈君有些不耐煩道：「怎麼去了這麼久？」

胡小天笑道：「說些事情！」

馬車向海韻樓的方向行去，胡小天看似漫不經心地問道：「君姐，郭震海這個人你瞭解多少？」

薛靈君聞言一怔，馬上就明白了胡小天的意思：「他乃是金鱗衛副統領，應該信得過。」說完之後，馬上又問道：「你懷疑他？」

胡小天道：「他今天去見了李沉舟。」

薛靈君沉默了下去，輕輕咬著櫻唇，美眸中光芒忽明忽暗，從她此刻的反應不難看出她內心的波動，薛靈君雖然決定和胡小天合作，可是並不代表她對胡小天完全信任，她對郭震海的信任是經歷了許多事情方才建立起來的，僅靠胡小天的一面之詞，她並不能完全相信。

胡小天看出了薛靈君的猶豫：「恕我直言，現在雖然還是一片祥和，可君姐卻已經到了最危險的關頭，任何的猶豫都可能造成無法挽回的失敗。」

薛靈君望向胡小天，低聲道：「你在勸我將他剷除嗎？」

胡小天道：「如果他是李沉舟的人，那麼你的一舉一動全都在他的監視之下，只要李沉舟下令，他隨時都會對你不利，有他在你的身邊，君姐能夠安寢嗎？」

薛靈君深深吸了一口氣閉上雙目，內心中翻騰起伏，仍然無法做出決定，雖然她並不是一個優柔寡斷的人，可是她無法確定胡小天所說的就是事實，假如胡小天另有圖謀呢？假如他想利用這件事一石二鳥，不但打擊李沉舟，而且對付自己呢？薛靈君忽然意識到自己對胡小天從未有真正的信任。之所以選擇跟他合作，完全是因為眼前的形勢所迫，有一點她能夠確定，新君薛道洪肯定要利用這次的機會將白己剷除了，也許她真的已經沒有了退路，燕王薛勝景身在大雍，現在是自身難保，其實就算他願意跟自己聯手應對眼前的局面，也鞭長莫及，無法兼顧渤海這邊的狀況。

剩下的只有胡小天了，眼前也只有他了，雖然此子動機不純，但是為了度過眼前的難關，又只能選擇跟他合作，想到這裡，薛靈君緩緩睜開了雙目：「除掉他又有什麼意義？況且你並沒有確實的證據。」

胡小天道：「先下手為強，根本無需君姐動手，殺掉他，君姐就可借著這個理由向渤海國興師問罪，既然已經是暗潮湧動，我們不妨率先掀起風浪。」

馬車此時停了下來，他們已經到了海韻樓。

薛靈君卻已經沒有了吃飯的心情，胡小天率先走下馬車撐起雨傘，看到海韻樓前已經有五名金鱗衛候在那裡，卻是郭震海等人知道長公主薛靈君晚上會來此吃飯，提前就到了這裡恭候大駕。

薛靈君下了馬車，看到郭震海等人，不禁皺了皺眉頭，她忽然道：「本宮忽然不想吃飯了，胡財東，我先走了！」她舉步向郭震海的方向走去，上了為她準備的馬車，連話都不多說一句，已經讓人驅車遠去。

郭震海翻身上馬，在馬背之上轉身向胡小天冷冷看了一眼，目光充滿了敵意。

胡小天心中暗歎，薛靈君如何強悍畢竟還是一個女人，當斷不斷必受其亂，郭震海根本就是李沉舟布在她身邊的一顆棋子，如果不儘早剷除，必然為禍不淺。

胡小天無端端被薛靈君放了鴿子，正在考慮是不是應當回去，卻聽到遠處一個聲音道：「胡財東，這麼巧？」

胡小天循聲望去，卻見李明舉從一旁的馬車上下來，他也是受了好友的邀請前來赴宴，沒想到在這裡會遇到胡小天。胡小天上次冒充郎中前往戶部之時曾經出手為他的父親進行脫臼復位，李明舉也投桃報李，並沒有當場揭穿胡小天的冒牌身分，自從那次以後兩人就沒有見過面，當然胡小天事後還讓人專門把傷藥送到了李府，等於讓李明舉又承受了他一個人情。

眼看著李明舉向自己微笑走來，胡小天也笑著迎了上去，就在此時胡小天忽然臉色一變，厲聲喝道：「趴下！」

暗夜之中，一道深沉的閃光猶如追風逐電一般向李明舉的咽喉直奔而去。

李明舉對即將到來的死亡威脅仍然一無所知，胡小天宛如獵豹般竄了出去，在衝出去的同時，他腰間佩刀出鞘，這把從蟒蛟島島主閻天祿私人藏兵庫中順手牽羊而來的寶刀已經被他命名為斬風，以胡小天今時今日的出刀速度完全可以斬斷寒風，可是面對這追風逐電的一箭胡小天仍然沒有十足的把握，內息在丹田氣海中螺旋彙聚，聚集到頂峰隨著他揮刀的動作磅礴而出，凜冽霸道的刀氣猶如一堵無形的護盾封住李明舉前方的位置。

羽箭的鏃尖隨之而至，鏃尖撞擊在刀氣編制而成的無形護盾之上，波的一聲，蘊含強大內力的一箭和刀氣碰撞發出震耳欲聾的氣爆聲，氣爆之後，刀氣形成的護盾中心出現了一個缺口，羽箭竟然突破無形護盾繼續向前前進，撞擊在李明舉的咽喉之上。

胡小天目眥欲裂，他敢斷定，這凝聚內息的一箭必然是落櫻宮高手所發，自己的出手終究太晚，竟然無法挽救李明舉的性命。再看李明舉仍然好端端地站在那裡，整個人都嚇傻了，這一箭雖然射中了他，可是羽箭的鏃尖卻在突破刀氣護盾的時候被震碎成為齏粉，對方以氣御箭，箭身上凝聚的強大內力也被胡小天揮出的刀氣盡數抵消，所以這一箭雖然僥倖突破了刀氣護盾，卻已經衰減無力，只是堪堪碰到了李明舉咽喉的肌膚，對他並沒有造成太大的傷害。

胡小天已經衝到了李明舉的身邊，抓住他帶著他一起衝入了海韻樓的大門，咻！咻！身後又是連續兩箭射來，卻全都錯失了目標，深深釘入海韻樓的大門之上，箭桿的尾羽猶然在燈火下顫抖不停。

李明舉嚇得面色慘白，渾身顫抖猶如抖篩，過了好一會兒方才平復下來，顫聲道：「為什麼要殺我……？」他驚魂未定地望著胡小天，他當然明白，想殺他的絕不是胡小天，而是另有其人。

胡小天的表情變得異常嚴峻，能夠在剛才的那一箭下挽回李明舉的性命純屬僥倖，前來刺殺李明舉的殺手必然是落櫻宮的高手，或許就是唐驚羽本人。他拍了拍李明舉的肩膀道：「放心，有我在，你不會有事。」目光投向海韻樓上，低聲道：「今晚什麼人請你赴宴？」

李明舉道：「顧嘉元……」

「帶我去！」

李明舉帶著胡小天來到事先約好的房間，胡小天伸手將房門推開，卻見房間內顧嘉元歪著腦袋躺在那裡，胸膛之上一支羽箭深深貫入心口，胡小天搖了搖頭，示意李明舉在外面等待，又讓他的隨從貼身防護，這才小心來到顧嘉元的身邊，在顧嘉元對面的窗格之上有一個破洞，應該是有人從對側的房頂施射冷箭，直接穿透窗格將顧嘉元射死。

胡小天伸手在顧嘉元衣襟內摸索了一下，從中找出一張一萬兩的銀票，以他對顧嘉元的瞭解，此子根本沒有多少錢，不然就不會淪落到向余萬利借高利貸的地步，看來是有人買通他將李明舉誘到這裡，然後進行射殺。為了區區一萬兩，出賣兄弟，此人死有餘辜。

胡小天仔細觀察著那支箭桿，箭桿之上並無任何特殊的標記，外面傳來馬嗚之聲，卻是聽到消息的捕快趕來了。

胡小天悄然退出房間，來的是有渤海國第一神捕之稱的簡鐵手，李明舉乃是刑部尚書的公子，身分非凡，所以才驚動了這位國內第一神捕的到來，簡鐵手對李明舉也相當的客氣，畢竟刑部尚書李長興就是他的頂頭上司。

李明舉顯然還沒有從這接連的驚嚇中穩定下來，哆哆嗦嗦，詞不達意，簡鐵手看到他這番模樣，讓人先將他請到樓下坐了休息，來到胡小天的面前詳詢事發經過，胡小天將事情從頭到尾說了一遍。

簡鐵手聽完也是表情凝重，從現場的情況來看，殺手根本就沒想留下活口，本來從顧嘉元嘴裡或許能夠問出一些線索，可是他現在也死了，剩下的線索除了那些箭矢就是銀票，箭矢全都用的是普通箭矢，所有箭矢上方都沒有特殊的標記，銀票也是渤海國通行的那種，想要從這些證物上面找到線索很難。證物是一方面，證詞是另外一方面，在證物意義不大的前提下，胡小天的所見就變得極為重要，畢竟是他從箭下救出了李明舉。

「胡財東，你可看清了殺手的樣貌？」

胡小天搖了搖頭道：「外面下著雨，天又那麼黑，他躲藏在暗處，我不可能看到他。」

簡鐵手明顯有些失望：「胡財東有沒有什麼發現？」

胡小天道：「殺手武功很強，箭法出眾，已經到了以氣御箭的地步。」

簡鐵手聽到以氣御箭不禁暗暗心驚，天下間能夠達到以氣御箭這種水準的只怕不多。

胡小天對他的提醒也適可而止，向不遠處的李明舉看了一眼道：「我以一個局外人的眼光來看，此事未必一定是針對李公子。」

「你的意思是？」

胡小天微笑道：「我乃是一介商賈，對於國家大事不敢妄論，只是李公子的安全需要小心了。」

簡鐵手點了點頭道：「多謝胡財東提醒，胡財東最近不會離開望海城吧？」

胡小天知道簡鐵手肯定連自己也懷疑上了，淡然一笑道：「最近都不會離開，簡捕頭如果有什麼想要瞭解的事情，隨時都可以來知春園找我。」

胡小天對這幫捕快的水準根本信不過，決定親自護送李明舉回家，殺手的箭法實在過於厲害，如果不是自己湊巧在場，恐怕李明舉此刻已經死了。

簡鐵手對這位尚書公子的安危也表現得相當關注，專門安排了十名捕快隨行，一行人將膽戰心驚的李明舉送到了李府，可是剛剛來到李府大門，就聽到裡面哭聲震天，胡小天心中一沉，頓時就明白李府出事了。

鄒庸用手中柳葉般大小的金刀不慌不忙修剪著指甲，他的手長得很好看，手指修長，肌膚雪白，富有光澤，找不到一絲一毫的瑕疵。

唐驚羽就坐在他的對面，臉上籠罩著一層厚重的陰雲：「我殺了李長興！」

「哦？」鄒庸漫不經心道，伸出手在燭火前翻來覆去地看了看，然後重新修剪起不滿意的地方：「本來不是說殺掉李明舉嗎？」殺掉李明舉，李長興就會方寸大亂，就可以找出藉口讓渤海王將之從主審的位置上撤下，任何接替這個位子的人看到李明舉的下場，肯定會引以為戒，鄒庸考慮再三方才做出了這樣的決定。

唐驚羽低聲道：「大哥，小弟無用，刺殺李明舉的時候遇到了一位高手。」

「高手？什麼樣的人能被你稱為高手？」鄒庸的目光仍然沒有望向自己的兄弟。

唐驚羽道：「他已經到了刀氣外放的境界！」

鄒庸這才抬起頭來，深邃的雙目中掠過一絲驚奇的神色，刀氣外放，的確已經到了一流高手的境界，而且可以用刀氣擋住唐驚羽偷襲的一箭，那麼此人的武功可能還要在唐驚羽之上。

唐驚羽道：「胡大富！」

鄒庸皺起了眉頭，胡大富居然是個高手，看來這廝果然是有備而來，自己雖然已經提起了足夠的重視，可仍然沒有充分估計到他的實力，現在看來薛靈君對他青眼有加果然事出有因，其人外貌雖然平凡，可卻是身懷絕藝之人。

「是不是蟒蛟島的人？」

唐驚羽搖了搖頭，斷然否決道：「不可能，蟒蛟島絕對沒有這樣的用刀高手，此人的武功就算比不上閻天祿，也相差不遠。我看，他很可能是薛靈君的人。」

鄒庸道：「薛靈君的身邊應該沒有這樣的高手，薛勝景就不一樣了。」他站起身來，雙手負在身後緩緩踱了幾步道：「自從聚寶齋被查封之後，身為幕後老闆的薛勝景始終沒有任何的動作，這件事本來就很不尋常，他或許是考慮到如果主動過問此事，會被抓住把柄，可是他不親自過問，並不代表著他會無動於衷，可以另找他人來解決這邊的麻煩。」

唐驚羽道：「大哥，為什麼不對燕熙堂下手？」

鄒庸笑了起來，他低聲道：「我們落櫻宮現在只是被別人利用的工具罷了，李沉舟雖然對我們做出承諾，可是他的承諾未必算數，燕熙堂才是薛勝景的根基所在，如果我們現在動了燕熙堂，等於白白便宜了顏東生那個廢物，我們總要留一兩張底牌給自己用。」

唐驚羽道：「可是只憑著一個聚寶齋，恐怕扳不倒薛勝景。」

「欲加之罪何患無辭？薛道洪鐵了心要將燕王和長公主除去，李沉舟這次就是為了此事而來，薛靈君已經是俎上魚肉，想要除掉她易如反掌，李沉舟之所以現在還沒有動手對付她，無非是在等待良機。」

唐驚羽道：「小弟愚昧，有些不懂了。」

鄒庸道：「單憑聚寶齋最多可以證明薛勝景貪婪，就算加上燕熙堂還是一樣，李沉舟所做的一切表面上看是要將薛靈君牽涉到這件案子中，可真正的用意卻是要將她牽連進去之後然後剷除。」

唐驚羽道：「既然牽連進去，為何又要將她剷除？」

鄒庸道：「唯有剷除她，才能將所有的罪過都推給薛勝景，燕王的身分雖然尊貴，中飽私囊，大不了將他的財富收繳國庫，有蔣太后這個親娘在，薛道洪還不至於殺他，可是如果燕王為了保住自身秘密，殺人滅口，而被殺的這個人恰恰是他的嫡親妹子，你說還有什麼人能夠保住他？」

唐驚羽倒吸了一口冷氣，如果真是要像大哥分析的那樣，薛道洪此人實在歹毒。

鄒庸道：「每個人都有自己的盤算，我看李沅舟的動機也不單純，薛道洪登基不久，他便唆使薛道洪將親叔叔親姑母剷除，短期內或許可以起到震懾朝野的作用，可是焉知不會讓那些皇族子弟人人自危？」

唐驚羽道：「大雍的事情咱們不管，只要這次幫他做成，大哥順利取代袁天照登上相位，這渤海國就在我們的掌握之中。」

鄒庸微笑道：「顏東生那個廢物，被人利用還渾然不覺，渤海若是在他手裡，必然斷送！」

唐驚羽道：「李長興的事情會不會引起太大的風浪？」

鄒庸緩緩搖了搖頭道：「以顏東生的頭腦首先懷疑的必然是蟒蛟島，此事既然已經發生，無法改變，李長興死了也是好事，我倒要看看，到底是誰來接手袁天照的案子。」

李長興一動不動端坐在書齋內，額頭中了一箭，鏃尖穿透了他的頭顱，從後腦露出，遍佈面孔的鮮血已經凝固，整個書齋內彌散著一股刺鼻的血腥味道。李明舉看到眼前一幕，撕心裂肺地叫了一聲：「爹……」眼前一黑，仰頭向地上倒去。

胡小天跟在他身後，慌忙伸出手去將李明舉扶住，捏住他的人中將他從暈厥中喚醒，李明舉悠然醒轉，看到父親慘死在自己面前，涕淚直下，撲倒在父親的屍體面前，抓住父親的膝蓋，悲呼道：「爹！爹……您醒醒……您醒醒……」

胡小天看到眼前一幕也是不忍卒看，從李長興的死狀來看，應該是被人一箭射殺，射死李長興的殺手很可能和在海韻樓大門前伏擊李明舉的是同一個人，胡小天不敢大意，來到書齋外面檢查周圍的狀況，夜雨雖然不大卻延綿無盡，可見度變得更差。

護送李明舉前來的捕快趕緊去向簡鐵手稟報，簡鐵手在海韻樓調查現場還沒有結束，馬上又匆匆趕到李府，渤海國刑部尚書被殺絕非小事，對這些捕快的震動也是極大。

胡小天在李府待了一個多時辰，他必須配合簡鐵手進行調查，畢竟今晚他湊巧兩次都出現在案發現場，李明舉哭得天昏地暗，他自小母親就去世了，父親終身未娶，父子兩人相依為命，沒想到父親最後仍然落到這樣的下場，當真是悲不自勝，甚至連胡小天告辭離去，他都渾渾噩噩沒有覺察。

胡小天回到知春園，還好沒有耽擱和閻天祿見面的時間。肖力志看到他回來，恭敬道：「還以為老爺今晚不回來了呢。」

胡小天笑道：「時間尚早，肖總管不必擔心我會失約。」

肖力志提著燈籠在前方為他引路，將他送到小樓內，指了指二樓道：「島主已經等候多時了。」

胡小天心中一怔，想不到閻天祿來得如此之快，估計知春園內部應該有通道聯通外界，他可以神不知鬼不覺地潛入其中，不然知春園內耳目眾多，讓人看到他隨便出入豈不是麻煩。

胡小天點了點頭，拾級而上，二樓果然亮著燈光，蟒蛟島主閻天祿就坐在那裡，一邊品茶一邊靜靜等候胡小天的到來。看到胡小天出現在自己面前，閻天祿微微一笑道：「有美人相伴，胡老弟樂不思蜀了？」

胡小天笑道：「現在這個時候，美人也比不上您老人家更有吸引力。」

閻天祿呵呵笑了起來，笑聲並沒有昔日那般張狂，明顯收斂了許多，他在景泰藍茶盞內倒滿了茶水，推向對面。胡小天在對面坐下，端起茶盞一飲而盡，低聲道：「今晚的這場雨下得真是愁人！」

閻天祿深邃的雙目注視著胡小天的面龐：「因何會這樣說？」

胡小天道：「本來約好了和薛靈君去海韻樓吃飯，可是到了那裡她卻改了主意放了我的鴿子。」

「女人心海底針，原本就不好捉摸。」閻天祿意味深長道。

胡小天道：「我本來準備回來早早在家裡恭候你的大駕，可是卻遇到了刑部尚書公子李明舉，有人想要在海韻樓門前射殺他！」

閻天祿的一雙瞳孔驟然收縮，他還未聽說這一消息，內心感到震驚不已。

胡小天道：「我救了他，可是送他返回家中之後方才知道，刑部尚書李長興已經被人射殺了！」

閻天祿兩道濃眉凝結在一起：「什麼人幹的？」

胡小天道：「我在海韻樓門前為李明舉擋住了那一箭，那一箭完全到了以氣御箭的地步，我對這樣的箭法非常熟悉，我敢斷定殺手是落櫻宮的人，箭術絕不在唐驚羽之下，或許就是唐驚羽本人也未必可知。」

閻天祿雙拳握緊，手指關節發出一陣爆竹般的脆響：「落櫻宮居然如此大膽，竟敢誅殺朝廷重臣。」

胡小天慢悠悠倒了一杯茶，又喝了一口方才道：「很可能這只是第一步，落櫻宮、斑斕門他們已經聯手，也許他們和李沉舟之間也有聯絡。」

閻天祿道：「我來找你是想告訴你，伯光被北澤老怪控制，此事已經查實。」

胡小天點了點頭，他沉默了一會兒，拚命想要從這一個個紛亂的線索中理出規律，理出頭緒，渤海王想要除掉閻天祿，薛道洪想要剷除薛勝景和薛靈君，彼此利益交換，誰才是最大利益的獲得者，今晚李明舉的遇襲並非偶然，敵人應該是想要通過射殺李明舉重挫刑部尚書李長興，在刺殺無果的前提下，馬上選擇殺死李長興。

李長興之死完全是因為袁天照的案子，李長興向來剛正不阿大公無私，或許他在此案的處理上無法讓敵人滿意，所以對方才做出了將之剷除的決定。

閻天祿低聲道：「李長興是個忠臣，看來他已經成為有些人的眼中釘。」

胡小天道：「不是顏東生，就算他對李長興不滿，他也沒必要採用這樣的手段。」

閻天祿點了點頭道：「有人擔心夜長夢多，終於忍不住要出手了，他們想儘快了結袁天照的案子，將袁天照定罪，讓聚寶齋勾結袁天照和蟒蛟島的事情落實，從而將火燒到燕王薛勝景的身上。」他停頓了一下道：「不是顏東生又是什麼人？」

胡小天道：「可能是李沉舟，也可能……」他抬起頭來望著閻天祿道：「袁天照落罪之後，什麼人最有希望登上他的位子？」

閻天祿經他一問，忽然有種豁然開朗的感覺，他驚聲道：「鄒庸！」

胡小天站起身來，在室內走了幾步，低聲道：「我總感覺鄒庸這個人很不簡單，而且他的外貌像極了一個人。」

「誰？」

「落櫻宮少主唐驚羽！」

閻天祿道：「我會讓人調查他們之間的關係，這次會將鄒庸的背景查得清清楚楚。」

胡小天道：「可是他們已經出手了，如果我們仍然無所動作，恐怕局面會變得更加不利。」

閻天祿低聲道：「你想怎麼做？」

胡小天道：「該出手時就出手，索性將這池水徹底攪亂。」

「從何處入手？」

胡小天道：「郭震海！」

細雨如酥密密麻麻擊打在福清樓的屋頂，這細小的聲音在暗夜中被不斷放大，薛靈君躺在床上輾轉難眠，她聽到細雨聲，聽到屋簷水滴落下的聲音，夜雨如同灑落在她的心田一樣，拍打得她心亂如麻，胡小天臨別時的那番話仍然讓她記憶猶新，郭震海和李沉舟見過面，如果連郭震海都被李沉舟收買，那麼她在渤海的處境已經凶險非常。

外面忽然傳來了一聲怒叱聲，薛靈君霍然從床上坐起，厲聲道：「什麼人？」在外面守衛的武士恭敬道：「回殿下，有蟊賊潛入。」

薛靈君心中莫名惶恐起來，她迅速從床上爬了起來穿好了衣服，推開格窗向外面望去，密集的細雨讓她看不清外面的景物，只是聽到兵刃交加的聲音。

郭震海率領六名金鱗衛正在圍攻一名黑衣人，那黑衣人身法極其靈活，騰空越過福清樓的圍牆，向外面亡命逃去。郭震海怒道：「哪裡逃？」提步欲追，可是身後風聲颯然，轉身望去，卻見一名身材魁梧的蒙面人猶如神兵天降，凌空飛掠而下，揮拳向他攻來。

郭震海冷哼一聲，他在拳法上浸淫多年，在拳法方面頗為自信，雙拳相撞的剎那，郭震海身軀一陣，只覺得一股龐大無匹的內力從對方拳頭襲來，他竭盡全力仍然無法和對方抗衡，腳步連續後退，與此同時，剛剛被他追趕逃離的那名黑衣人折返回頭，手中長刀一晃，從後方封住他的去路。

郭震海此時方知那名潛入福清樓的蟊賊只不過是一個誘餌罷了，他大呼道：「來人……」話未說完，聲音卻是一窒，被對面蒙面人強勁的拳風壓迫得說不出話來，郭震海唯有再次硬碰硬接了一拳，蓬的一聲，這一拳對方方才用盡全力，郭震海雖然是金鱗衛副統領，可是他的武功仍然沒有躋身頂級高手之列，更何況此前他前往東梁郡之時被胡小天所傷，內傷並未痊癒，被蒙面人這一拳震得胸口劇痛，一口熱血衝喉而出，就在他後退之時。握刀的黑衣人已經連續擊倒兩名前來接應的金鱗衛，他下手毫不容情，手中刀連續刺殺，將兩名金鱗衛穿胸而過刺殺當場。

郭震海面對兩大高手的夾擊，場面凶險，剛才他和蒙面人兩次交手，知道對方的實力遠在自己之上，他心中一橫，選擇那名握刀的黑衣人決定殊死一搏，抽出腰間佩劍，怒吼一聲，劈向那名黑衣人。

黑衣人出刀的速度比郭震海更快，手中刀後發先至，徑直砍在郭震海的劍鋒之上，鏘！的一聲，郭震海手中佩劍一分為二，後方蒙面人覷準時機，一拳重擊在郭震海的後心，蓬的一聲巨響，拳頭的內力送入郭震海的體內，彙聚在他心口的位置內力全部吐出，強大的內力將郭震海的心臟震得四分五裂，郭震海慘叫一聲，身軀直挺挺向前方倒去。

黑衣人和蒙面人交遞了一下目光，兩人縱身躍上一旁屋頂，屋頂之上兔起鶻落，轉瞬之間已經消失在夜幕之中。

血腥在細雨和夜幕中蔓延，清晨時分，雨終於停了，望海城被洗刷一新，一草一木都變得異常新鮮，空氣中彌散著雨後的清新味道，可是這味道並不單純，只要仔細品味就能夠嗅到其中的血腥。

渤海國王宮之中眾臣鴉雀無聲，渤海王顏東生臉色陰鬱，他的心情很差，一早就被人從美夢中叫醒，先是聽到刑部尚書李長興被人刺殺的消息，緊接著又聽說大雍長公主薛靈君的身邊親衛被殺的消息，前者倒還罷了，可是後者卻讓顏東生內心忐忑不已，薛靈君身分尊貴，即便是她身邊的親衛也要比渤海國一個普通臣子重要得多，如果她在這件事上大做文章，恐怕很難應付。

顏東生怒道：「你們一個個都啞巴了？鄭陽奇！你負責王城治安，你給朕一個解釋！」

禁軍首領鄭陽奇耷拉著腦袋猶如一隻瘟雞一般：「王上……臣……臣知罪……」

「混帳，朕不是要問罪，朕是要你給我徹查清楚，儘快給朕一個交代！」

一名太監總管匆匆步入王宮之中，來到顏東生身邊，附在他耳旁低聲說了句什麼，顏東生聞言色變，沉吟了一下道：「退朝，你們先商量對策，朕有些事情要去處理，一個時辰之後朕會回來詢問結果。」

顏東生匆匆離開了海福殿，跟隨那名太監來到了景雲宮，大雍長公主薛靈君在渤海國長公主顏東晴的陪伴下正在那裡等待，顏東晴始終在那裡安慰薛靈君，薛靈君看起來情緒非常激動，看到顏東生進來，霍然站起身來，她起身可不是要向顏東生行禮，一個小國之王還沒有被她放在眼裡。

顏東生當然明白薛靈君今次前來的目的，可是這廝仍然揣著明白裝糊塗道：「長公主殿下，不知這麼早過來所為何事？」

薛靈君冷笑道：「敢問大王，大雍有何處對不起渤海國？」

顏東生尷尬道：「殿下何出此言？大雍於渤海，乃是手足之情，骨肉相連，大雍於我猶如水之於魚也！」

薛靈君呵呵笑道：「那就是本宮有對不起你們的地方！」

顏東晴在一旁向王兄不停使眼色，示意他薛靈君正在盛怒之中，說話務必要注意把握分寸。

顏東生道：「殿下言重了，本王對長公主向來只有尊重絕無任何不敬之意。」

「那你們為何殺了我的親衛？還要置本宮於死地？」

顏東生叫苦不迭道：「殿下誤會了，此事本王也是剛剛知曉，剛才正在召集群臣議事，務必要在最短的時間內查到兇手，給殿下一個滿意的交代。」

薛靈君道：「多久？」

顏東生在她凌厲眼神的逼視下，不由自主低下頭去，歎了口氣道：「本王必盡全力而為之。」凡事都要給自己留有幾分餘地，顏東生也不是傻子，真要是承諾了具體的日期，萬一做不到，恐怕薛靈君也不會善罷甘休。

薛靈君道：「好！我給你三天，如果三天內找不到兇手，休怪我翻臉無情！」說完之後她甩手就走。

顏東生氣得臉色鐵青，唇角的肌肉不住抽搐，顏東晴看到他被氣成這個樣子，慌忙勸道：「王兄，你千萬不要生氣，氣壞了龍體可就麻煩了。」

顏東生怒道：「龍體？朕可不是什麼真龍天子？就算是也是庶出！」龍生九

子，九子各不相同，國小免不了被人欺凌的命運，薛靈君剛才咄咄逼人的表現，從根本上表明人家壓根沒有把他這個島國之主看在眼裡。

顏東晴道：「王兄，我聽說李長興也被人殺了？」

顏東生餘怒未消道：「朝廷的事情你無需過問。」

顏東晴撅起櫻唇道：「東晴當然知道不該過問王兄的事情，可是看到王兄被這些事情困擾，身為您的妹妹當然想為您分憂解難，王兄，東晴雖然是個不問世事的女子，可是也知道李長興在審袁天照的案子，殺他的人一定是不想他繼續審理下去，想要阻止他查出真相。」

顏東生明顯有些不耐煩了：「夠了，朕都說過，這些事不要你管！」

薛靈君在離開福清樓之後做了一件讓周圍人感到震驚的事情，她居然搬離了福清樓，收拾行李細軟，帶著手下的金鱗衛直接搬到了知春園去住。原本她和胡大富的事情還處於捕風捉影的階段，現在胡大富的老婆前腳剛走，她後腳就公然前往知春園去住，這下等於將兩人的關係徹底挑明。

不過現在望海城臣民的注意力多半都集中在李長興被殺的事情上，少有人關注這些花邊小事，更何況薛靈君再風騷也是她自己的事情，她又不是渤海國長公主，丟面子的是大雍，和渤海無關。

知春園很大，有的是住處，胡小天為薛靈君安排了一座清雅的院落，趁著眾人收拾的空隙，薛靈君和胡小天一起來到院落前方的水榭，望著一泓綠水，薛靈君的表情陰晴不定，雙目猶如水波變換不停。

胡小天輕聲道：「福清樓的事情我聽說了。」

薛靈君望著他那張故作無辜的面孔，心中忽然有種想將他的面具扯下來的衝動，可最終並未付諸實施，咬了咬櫻唇道：「你居然沒有事先告訴我！」

胡小天微笑道：「既然君姐不想捲進來，兄弟我也只能獨自完成，當然我所做的一切全都是為了君姐考慮。」

薛靈君歎了口氣，在長椅上坐下，目光盯著水面道：「人都已經死了，我也不好再說什麼，下一步你打算怎麼做？」

胡小天道：「本來還想安排一次刺殺長公主的好戲，可是君姐已經到了這裡，我總不能再做搬起石頭砸自己腳的事情。」

薛靈君道：「李沉舟那個人很精明，他未必不會懷疑到你的身上，所以我才決定搬到這裡來，他若是敢對你有任何不利的舉動，外人就認為是在針對我，我就有了向渤海王室問罪的理由。」

胡小天道：「君姐對我還真是用心良苦。」

薛靈君白了他一眼道：「你知道就好，因為你的事情，我現在已經是聲名狼藉了。」

胡小天笑道：「名聲算個屁，只要我知道君姐對我一心一意就好，就算天下人都當你是蕩婦，在我心中君姐始終是最純潔專情的那一個。」

「放屁！你才是蕩婦！」薛靈君紅著臉罵道，可是芳心中卻並不生氣，反而感到一陣暖流經過，也許這就是常說的打情罵俏，這小子說話做事真是讓人又愛又恨，薛靈君在心底提醒自己，胡小天才不會輕易動情，這廝對自己始終都是利用罷了，自己對他也是一樣。

胡小天在薛靈君身邊坐下，伸出手臂想要勾住她的纖腰，薛靈君卻如驚弓之鳥般站起身來，指著他道：「小子，別以為我不知道你打得什麼主意。」

胡小天笑道：「兄弟我的確沒有什麼機心，而是因為面對君姐絕代風華，一時間情難自禁。」

薛靈君道：「昨晚襲擊郭震海的是兩個人，兩人都是高手，一個是你，另外一個是誰？」

胡小天道：「閻天祿！」既然已經決定要和薛靈君聯手應對眼前的局面，胡小天當然就沒有隱瞞的必要。

薛靈君對這個答案表示滿意，她知道閻天祿不僅僅是蟒蛟島主，還是渤海王的親叔叔，其人在渤海國內的影響力非常之大，胡小天有了他的幫助，難怪敢於深入望海城。

胡小天吐露實情的另外一個原因是要增強薛靈君對他的信心，從薛靈君的神情來看，他的目的已經達到。

薛靈君道：「你下面準備怎麼辦？」

胡小天故意道：「下面？」說話的時候他還故意低頭看了看。

薛靈君饒是見慣場面，此時也不僅被這廝臊了個大紅臉，咬牙切齒地罵道：「不要臉的東西，我跟你說正事，你再跟我插科打諢，惹惱了我，就將你和閻天祿勾結的事情全都張揚出去。」

胡小天笑道：「君姐想到哪裡去了，小弟可向來是個守禮君子。」

薛靈君嗤之以鼻。

胡小天道：「李長興被殺的原因只有一個，他辦案太講原則，對方可能考慮到其中充滿變數，所以才決心將他剷除，這件事不可能是渤海王顏東生做的，我仔細考慮，做這件事的人可能是李沉舟，也可能是鄒庸。」

「鄒庸？」如果是李沉舟，薛靈君當然不會意外，可是鄒庸她卻想不到，畢竟在她認為，鄒庸只不過是一個犧牲色相謀取利益的面首罷了。

胡小天道：「據我所知，最可能接替袁天照位子的人就是鄒庸。」

薛靈君道：「僅憑著這件事未必能夠確定。」

胡小天微笑道：「君姐，我們現在想做的是扭轉局面，而不是要將事情查個水落石出，渾水好摸魚，只有將這池水徹底攪混了，咱們才好尋找機會，他們敢出手殺了李長興，我們就能動手做別的事情。」

薛靈君道：「所以你們殺了郭震海？」

胡小天笑道：「只是一個開始！」

第七章

輿論的力量

輿論在任何時代都可以充當戰鬥的先鋒，
只要利用適當，絕對可以當得上千萬雄兵。
渤海王顏東生的面前就擺著這樣一份小報，
他氣得臉色鐵青，身軀不停顫抖著，
一幫宮人看到他如此模樣，誰也不敢輕易靠近。

薛靈君道：「為何不將這些所謂的證人全都殺了，沒有了關鍵證人，他們拿什麼繼續作怪？」

胡小天搖了搖頭，別人他不知道，可是閻天祿是絕不會對凌三娘下手的，剷除證人固然是一個直接了斷的方式，可是這樣做隱患無窮，非但會造成他們和閻天祿陣營的破裂，而且就算殺掉凌三娘和佟金城，焉知他們不會循著其他的線索挖出燕熙堂。

薛靈君道：「當斷不斷必受其亂，這話可是你說的。」

胡小天道：「與其殺掉他們，不如幹掉李長興的繼任者。」

薛靈君眨了眨眼睛道：「那不是要濫殺無辜？」

胡小天道：「絕不是什麼無辜之人，接替李長興的人必然有利於敵方陣營，所以就是我們的敵人。」

薛靈君道：「接下來我們應當怎麼做？」

胡小天道：「你負責繼續勾引鄒庸，我負責吃醋！」

薛靈君歎了口氣道：「沒正行的東西。」

胡小天道：「既然我們在明處，就不妨把事情做得更招搖一點，反正一時半會兒也沒人敢動你，鄒庸那個人就算看出你的破綻，仍然會想將計就計引你入局，你不妨就讓他利用，我會讓人到處散佈鄒庸穢亂宮廷的事情，然後會藉機向他發出挑戰！」

薛靈君愕然道：「因何要挑戰鄒庸？」

胡小天道：「他勾引我的女人，我當然饒不了他，是可忍孰不可忍，我若對付他，藏在他背後的人物就會登場，到時候我們就可以將之殲滅。」

薛靈君媚眼如絲望著胡小天道：「你剛說什麼？」

「我說要挑戰鄒庸。」

「下一句！」

「他勾引我的女人！」

薛靈君咬了咬櫻唇：「我可不想做任何人的女人，你也不會是例外……」

鄒庸將今日前往知春園的事情從頭到尾向李沉舟講了一遍，李沉舟聽完，劍眉緊鎖，沉思良久方才道：「此事大有蹊蹺。」

鄒庸點了點頭道：「我也懷疑薛靈君和胡大富聯手做戲，不過薛靈君應該已經意識到有人想要殺她。」

李沉舟道：「郭震海也是一流高手，能夠在短短幾招之內就將他擊殺的人並不多見。」

鄒庸道：「如果不是他，或許薛靈君已經死了。」

李沉舟搖了搖頭道：「目標本來就是他，根本不是薛靈君。」

鄒庸道：「你的意思是……」

李沉舟臉色陰沉：「郭震海是我的人！」

鄒庸倒吸了一口冷氣，如果郭震海是李沉舟的人，那麼剷除郭震海的人很可能就是薛靈君，他想到了胡大富從唐驚羽箭下救出李明舉的事情，胡大富應該有斬殺郭震海的實力。他低聲道：「會不會是胡大富？」

李沉舟道：「不好說。」

「那晚還有一名高手出現，兩人的武功級數應該在一個水準。」

李沉舟道：「薛靈君應該已經知道我們在佈局，既然她想和我見面，那好，最近你安排一個合適的機會。」

鄒庸道：「胡大富那個人怎麼辦？」

李沉舟道：「他既然敢讓薛靈君住在知春園，就證明他有足夠的實力保護薛靈君，此事可以先放一放，畢竟你對他出手，就等於現在對薛靈君出手，刑部那邊的事情定下來沒有？」

鄒庸道：「已經定下來了，刑部侍郎寇子勝臨危受命，他是我們的人。」

李沉舟點點頭道：「此事務必要做到萬無一失，袁天照的案子不能再拖了。」

鄒庸和渤海王室兩個女人糾纏不清的事情早已是渤海國臣民共知的事實，可是卻少有人敢主動提起這件事，可是自從李長興遇刺之後，關於鄒庸穢亂宮廷的事情就變得愈演愈烈，街頭巷尾隨處都可以見到關於鄒庸和王太后、長公主私通的告示，這應該算得上是渤海國建國以來歷史上的第一份報紙，而且還是緋聞小報，報上還附有插圖，雖然做不到人手一份，可是也已經能夠做到街知巷聞滿城風雨。

胡小天利用自己的先知先覺手寫了一份報紙，閻天祿手下並不缺少謄寫報紙的人，儘管如此還是讓胡小天感到活字印刷術的必要性，看來自己回去要推行一下黑科技，自己放著那麼多的資源不去利用，等於一個躺在金山銀山上不懂得去揮霍的二傻子一樣。

輿論在任何時代都可以充當戰鬥的先鋒，而且只要利用適當絕對可以當得上千萬雄兵。

渤海王顏東生的面前就擺著這樣一份小報，他氣得臉色鐵青，嘴唇也失去了血色，身軀不停顫抖著，一幫宮人看到他如此模樣，誰也不敢輕易靠近。

顏東晴忐忑不安地步入福臨宮，身為小報嘲諷的主人公之一，她已經提前得知了這個消息，聽聞王兄召見自己，為的應該就是這件事，來到福臨宮內，顏東生擺了擺手，閒雜宮人全都悄悄退下，顏東生正想發作，顏東晴已經哭著跪倒在了地上：「王兄，求您賜我去死吧！東晴唯有一死才能自證清白，保全王室的顏面。」

顏東生聽她這樣說，心中怒火更熾，霍然站起身來，將那份小報扔到了她的面前，怒吼道：「你死了就能保全王室的顏面嗎？空穴來風未必無因，你敢說這上面所寫的事情全都是謊言？」對於顏東晴和鄒庸之間的關係他早已風聞已久，只不過顏東生也不好說什麼，只要這樁醜聞沒有公開，他也只當什麼都不知道，睜一隻眼閉一隻眼就是，更何況這其中還涉及到他的母后。

顏東晴含淚道：「王兄息怒，其實這些捕風捉影的流言針對的並非是東晴，而是王兄你啊！」

顏東生怒道：「朕不管什麼流言，你惹出來的事情，你打算怎麼解決？」

顏東晴淚光漣漣道：「不瞞王兄，東晴和鄒庸之間的確兩情相悅，心心相映，可是母后是無辜的，和此事絕無關係。」

顏東生感到心頭如同刀割，感覺自己身為君主的尊嚴被人狠狠撕裂下來，踐踏在腳下，他咬牙切齒道：「賤人，朕要親手殺了鄒庸，以雪王室之恥！」

顏東晴驚慌失措道：「不可！王兄若是這麼做，豈不是等於向天下人證明這張紙上寫的東西都是真的？」

顏東生怒吼道：「還不是你做的好事？」

顏東晴含淚道：「王兄……」

顏東生怒道：「你閉嘴！」

外面忽然傳來太監的通報聲：「王太后到！」

顏東晴含淚的美眸中流露出一絲欣慰，顏東生惡狠狠瞪了她一眼，母后在這個時候到來，十有八九是她的主意。

顏東生猜得不錯，顏東晴自知此事非同小可，王兄暴怒之下說不定會遷怒於鄒庸，所以她才提前讓人通知母后。

太后走入福臨宮的大門，冷冷道：「都出去！」不但是陪同她前來的宮人，連顏東晴也如釋重負般站起身退了出去。

顏東生雖然貴為渤海國之王，可是在母后面前仍然表現得非常敬畏，他強行抑制住心頭的憤怒，恭敬道：「母后怎麼來了？」

太后冷冷看了他一眼道：「哀家參見王上，難道哀家來不得王宮了？」她平日裡並不住在王宮內，而是選擇了風景優美的西山養老。

顏東生道：「孩兒不是這個意思。」

太后向他走近了一步，靜靜打量著自己撫養長大，並一手扶植成為渤海王的兒子，最後目光落在地上的小報上，輕聲歎了口氣道：「外面的流言，你相信嗎？」

顏東生沒有馬上回答，抿了抿嘴唇道：「孩兒決不允許這些有損王室清譽的事情發生……」

話未說完，太后已經伸出手去，狠狠給了他一記響亮的耳光，這一巴掌打得顏東生整個人都愣在那裡，然後太后厲聲喝道：「逆子！你在侮辱哀家嗎？」

顏東生的頭顱低垂下去：「孩兒不敢……」他的確不敢，他雖然是一國之君，但是只要太后願意，隨時可以剝奪他所擁有的一切權利，將他從王位上趕下來。

太后搖了搖頭：「哀家含辛茹苦將你養大，不知忍受多少屈辱方才將你扶上今日之位，你……你竟然不信自己的母親！」

顏東生雙膝一軟跪倒在太后面前：「母后，孩兒絕無懷疑母后的意思，母后息怒，母后息怒！」

太后點了點頭道：「你雖然不是哀家親生，可是在哀家心中，你早已是我生命的一部分，你捫心自問，從小到大，哀家可曾委屈過你一分？」

顏東生含淚道：「孩兒錯了！」

太后也跪了下去，伸手撫摸他的面孔：「兒啊！我知道你心中不好受，可是人活在這世上又有那一刻能夠躲得開流言蜚語，別人散播這些流言蜚語的目的是什麼？無非是想讓你內心煩亂，親人離散，真要是如此，你就中了別人的奸計！」

顏東生點了點頭，知道母后說得有些道理，可是這些理由又無法完全讓他接受。

太后道：「鄒庸和東晴的事情哀家早就知曉，既然兩情相悅，你不妨就成全了他們。」

「什麼？」顏東生目瞪口呆。

「阻礙在他們之間的無非只是駙馬罷了，鄒庸若是能夠和東晴成為眷侶，以他的智慧和能力必將成為渤海的棟樑之才。」

李沉舟看完那張小報，心中也不禁暗讚，無論這個潛藏在背後的對手是誰，都讓人感到驚豔，殺郭震海只是第一步，緊接著就片刻不停地出手在渤海王室的醜事上大做文章，其目標直指鄒庸，對方顯然已經開始宣戰，李沉舟敢斷言，眼前的一切只是開始，對方一定會接連不斷地製造麻煩。他基本上能夠斷定長公主薛靈君和胡大富應該和此事有關，以薛靈君的智慧已經意識到了自身危險的處境，而那位突然出現在望海城的商人胡大富，就是她在這裡的強援。

只是這個胡大富究竟是代表何人而來？是蟒蛟島還是薛勝景？李沉舟認定胡大富必然是隸屬於其中之一，即便是以他卓絕的智慧也沒有想到此人竟然是胡小天，畢竟胡小天在表面上看來和這件事毫無關係。

門外響起輕輕的敲門聲，武士通報道：「啟稟將軍，盧先生來了。」

「請他進來！」

前來拜會李沉舟的乃是盧青淵，這個蟒蛟島昔日的六當家帶著恭敬的表情走入了李沉舟的書房內。

李沉舟微笑道：「盧兄來了，快請坐！」

盧青淵在李沉舟的對面坐下，目光落在書案上的那張小報上，唇角露出一絲淡然笑意：「李將軍也得到了一份？」

李沉舟點了點頭道：「整個望海城散佈了幾千張，別小看這張紙的威力，恐怕渤海王現在已經是惱羞成怒了。」

盧青淵呵呵笑了起來：「鄒庸會不會有事？」

李沉舟搖了搖頭，沉聲道：「對方散佈謠言的目的就是要讓渤海王對鄒庸不利，想不到他們出手如此果斷。」他不由得想起被兩名高手擊殺的郭震海。

盧青淵道：「我已經查驗過郭震海的屍體，致命一擊乃是摧心拳所致，從拳法和殺傷力來看，出手的人十有八九就是閻天祿。」

「閻天祿還真是囂張啊！」

盧青淵道：「他的侄子閻伯光在我的手中，他的情人凌三娘被關押在刑部大牢裡，這兩人對他來說都極其重要，閻天祿不會坐視不理的，來到望海城也是意料中的事情。」

李沉舟道：「如此看來，閻天祿和薛靈君已經聯手。」

盧青淵點了點頭道：「應該是，不然他不會出手幫助薛靈君解決這個麻煩，另外一名高手應該是胡大富。」

李沉舟道：「很有可能，這個胡大富可能是燕王派來的高手。」

盧青淵道：「要不要對他們動手？」

李沉舟沉思片刻搖了搖頭道：「胡大富雖然在明處，但是長公主目前住在他那裡，兩人公然出雙入對，我們若是出手對付胡大富，在別人看來就是對付長公主，容易落人口舌，在目前時機還不成熟的時候，渤海王一定不會坐視不理，也許他們就是想逼迫咱們出手，從而將矛頭引向我們，讓渤海王介入這件事。」

盧青淵點了點頭。

李沉舟道：「刑部那邊的案情一旦有了結果，他們的所有優勢就不復存在，對他們兩人可以先放一放。反倒是閻天祿，他既然冒險過來救人，那麼不妨利用好閻伯光這張牌。」

盧青淵道：「只要我們放出要殺閻伯光的消息，閻天祿十有八九就會冒險來救。」

李沉舟道：「無論是胡大富還是長公主都不足為慮，無論他們如何厲害，在渤海都沒有太大的勢力，反倒是閻天祿這幾十年來從未放棄過在渤海的經營，唯有先剷除閻天祿，我們才能將他們的聯盟摧毀，再對付他們兩個就會易如反掌。」他停頓了一下：「把閻伯光交給渤海王，給他出個主意，讓他將閻伯光公開問斬，閻天祿必然會籌謀在公開問斬之前救出他侄子，不妨給他一些線索，等他救人之時，將他一網打盡。」

盧青淵道：「此事我來親自操辦。」

李沉舟道：「閻天祿不好對付，而且他此番救人必集結最強大的力量，這次恐怕要老爺子出山。」

盧青淵點了點頭道：「我會向師父稟明這件事！」他的師父正是斑斕門門主北澤老怪，北澤老怪門下共有十大弟子，大弟子水火無情杜天火已經被胡小天於西川所殺，李一水、彭一江、顧三娘三名弟子也在雍都死於夕顏和胡小天的聯手之下。現在北澤老怪的親傳弟子只剩下六個，而盧青淵恰恰是他最為得意的弟子，也是關門弟子。

胡小天出門之時，向肖力志問道：「長公主呢？」

肖力志低聲道：「一早就跟鄒庸出去了，說是去遊覽望海城的風景名勝。」

胡小天唇角露出一絲笑意，薛靈君做事倒也兢兢業業，正按照他們的計畫有目的地和鄒庸走近。他向肖力志道：「有沒有派人盯著？」

肖力志笑道：「老爺放心，萬無一失。」

胡小天道：「我去港口一趟。」

肖力志道：「這就為老爺備車。」

胡小天搖了搖頭道：「我騎馬過去！」

黃蟀港在任何時候都無比繁忙，即便是有人跟蹤，來到這裡也會應接不暇，胡小天和閻天祿約好了在港口相見，確信無人跟蹤，方才登上早已在那裡等待他的小船，沿著迷宮般的水道穿梭行進，最終抵達閻天祿所在的商船旁。

閻怒嬌就在甲板上等候，看到胡小天過來，美眸之中洋溢著熱切的情意，如果不是為了大局考慮，她才不願離開胡小天身邊。胡小天笑瞇瞇道：「一日不見如隔三秋，老婆好像又漂亮了呢！」

閻怒嬌瞪了他一眼道：「有些人現在心中恐怕只想著長公主，早就把我這個苦命的丫頭忘了個一乾二淨吧。」

胡小天知道她吃醋了，笑道：「不敢忘，不敢忘，我是倒插門，你是母老虎。」

閻怒嬌忍不住笑了起來，小聲道：「快去吧，我叔叔在船頭等你呢。」

胡小天來到船頭，閻天祿雙手負在身後迎著朝陽站立在船頭，宛如鐵塔般佇立，金色的朝陽勾勒出他雄壯的輪廓更顯得威猛猶如天神下凡。胡小天也學著他的樣子負起雙手和他並肩而立，閻天祿看了他一眼，沉聲道：「顏東生那個混帳，三天後要公開斬首伯光。」

胡小天皺了皺眉頭，這一消息實在是太突然，此前並沒有閻伯光落在渤海王手中的消息，他小聲道：「會不會有詐？」

閻天祿道：「應該是想要利用這件事逼我現身，如今伯光被關押在天星苑。」

胡小天道：「故意放出消息，逼你去天星苑救人，那邊必然設下了圈套。」

閻天祿轉身向遠處的閻怒嬌看了一眼，壓低聲音道：「怒嬌還不知道，此事千萬不要讓她知道。」

胡小天點了點頭：「你打算怎麼做？」

閻天祿瞇起雙目望著河水中冉冉升起的那一輪朝陽，歎了口氣道：「伯光是在蟒蛟島出事，我若是不救他，有何顏面去面對我的大哥。」

胡小天道：「你明知這是一個圈套也要去？」

閻天祿道：「不去，伯光必死無疑，我去了他還有一線生機。」

胡小天過去對閻伯光的死活並不在乎，可是現在他和閻怒嬌已經有了夫妻之實，閻伯光在事實上就是他的大舅子，如果坐視不理心中也過意不去。可是明明知道是個圈套，卻要鑽入其中，豈不是和送死無異？

閻天祿望著胡小天道：「你肯不肯助我一臂之力？」

胡小天道：「就算我答應幫你，也不能硬闖天星苑。」

閻天祿低聲道：「你有什麼主意？」

胡小天道：「必須將主動權把握在我們自己的手中，他們想要用閻伯光要脅我們，我們也可以其人之道還治其人之身，抓住一個同樣重要的人物用來和他們交換。」

閻天祿道：「抓什麼人才夠份量？」

胡小天道：「最好是渤海王室成員。」

閻天祿點了點頭，胡小天的這番話讓他豁然開朗，這廝果然智慧超群，原本以為陷入死局之中，可是聽他一言卻又重新現出機會，三天時間，足夠他們來解決這件事了。

閻天祿低聲道：「只是抓王室的成員未必那麼容易，搞不好還會打草驚蛇。」

胡小天微笑道：「別忘了薛靈君站在咱們這一邊，就算我們抓不住渤海王室成員，可以假裝抓住薛靈君，利用她和渤海王室交換人質，大雍長公主的份量只怕還要更重要一些。」

閻天祿目光一亮，經胡小天點撥，他頓時有種山窮水復疑無路，柳暗花明又一村的感覺，不由得哈哈大笑道：「胡老弟，果然是大才，佩服佩服！」

胡小天道：「咱們有三天時間，最好就是抓住薛靈君，然後再拿住一名渤海王室成員，到時候咱們就有了跟他們叫板的資本。」

閻天祿笑道：「娘的！我怎麼就沒想到這個辦法，好！好！好！這次不但要將伯光救出來，還要連三娘他們一起救出來。」

胡小天道：「刑部那邊有什麼消息？」

「刑部侍郎寇子勝接替李長興的職位，此人應該是他們的人！」

胡小天道：「幹掉寇子勝，決不能讓他們儘快結案的目的達成！」

前往濟州的夏長明已經回來，此番他選擇仙客來入住，因為海韻樓發生了暗殺事件，最近都在渤海國的嚴密管控之中，裡面所有的住客都已經搬空。

夏長明的濟州之旅並沒有什麼結果，他雖然完成了胡小天交給他的任務，但是並沒有見到霍小如，甚至連燕熙堂的掌櫃向山聰也只是說了一句話。

胡小天聽聞燕熙堂目前一切正常就放下心來，至少現在渤海國方面還沒有追查到燕熙堂，也就是說霍小如短時間內不會有風險。

夏長明道：「就是不知道他們會不會猜到你來了。」

胡小天道：「一定會猜到。」只要那幅畫送到霍小如的手中，她就會從獨特的畫法中猜到是自己來到渤海國。

夏長明道：「掌櫃的有什麼打算？」

胡小天道：「你幫我查查天星苑，不必接近，只需將天星苑的鳥瞰圖繪製出來。」

夏長明點了點頭道：「沒問題！」他低聲道：「我聽說掌櫃的如今和薛靈君住在一起？」

胡小天不禁笑了起來：「人言可畏，她在福清樓遭遇刺殺，所以擔心自身的安全受到威脅，於是到知春園借住，我們之間沒什麼的。」

夏長明也笑了：「掌櫃的就是逢場作戲也無傷大雅，我擔心的是，這樣一來，掌櫃的豈不是等於被推上了眾所矚目的風口浪尖？」

胡小天道：「現在的局勢我在明處反倒更為安全，畢竟渤海方面目前還對薛靈君有所顧忌，對我下手就是對她不利。」

夏長明道：「要提防對方狗急跳牆。」

胡小天充滿信心道：「我自保還是沒有任何問題的。」

鄒庸今天心情不錯，薛靈君邀請他陪同前往清平湖觀光，同行的還有長公主顏東晴，鄒庸本想前往知春園去接薛靈君，可薛靈君卻婉言謝絕，在鄒庸看來這也是理所當然的事情，畢竟薛靈君這兩天和自己走得太近已經激起了胡大富的醋意，如果自己貿然登門，恐怕會引起不必要的麻煩。

在薛靈君的事情上，鄒庸並沒有太大的自信，薛靈君顯然要比同為長公主的顏東晴高明許多，她或許是意識到了自身危險的處境，所以才選擇接近自己，這個女人的出發點絕沒有表面看上去那麼簡單，越是察覺到事情的複雜，鄒庸越是感到興致盎然，若是能夠征服薛靈君這樣的美女，那該是一種怎樣的成就感。即便是薛靈君和胡大富相互串通，故意設局讓自己去鑽，自己也有信心讓他們血本無歸，賠了夫人又折兵。

想到得意之處，鄒庸不禁笑了起來。

已經到了約定的時間，伊人卻仍然不見蹤影，鄒庸搖了搖頭，女人總是這樣，越是漂亮的女人越是喜歡讓男人等待。只是薛靈君未到，顏東晴也沒到，難道她們兩個約好了要趁機考驗一下自己的耐性？

鄒庸的耐性一向很好，尤其是對女人方面，時間一分一秒地過去，轉瞬間半個時辰已經過去了，鄒庸開始有些不耐煩了，對薛靈君他並不瞭解，可是顏東晴他卻從頭到腳每一部分都瞭解得清清楚楚，這個女人向來守時，很少有過失約的事情。鄒庸終於忍不住向手下武士招了招手，讓他們分頭去迎接一下兩位長公主。

一個時辰在等待中度過，兩位長公主仍然杳如黃鶴，毫無蹤影。鄒庸終於不耐煩了，他首先想到的就是她們在聯手戲弄自己，這樣的做法未免太孩子氣，也太無禮了一些，鄒庸正在猶豫是不是還要繼續等下去。

一名武士匆匆來到他的面前，附在他耳邊低聲道：「公子，大事不好了，刑部侍郎寇子勝寇大人剛剛在前往刑部公幹的途中遇刺，已經身故了！」

「什麼？」鄒庸幾乎不能相信自己的耳朵，李長興剛死，正是因為除掉李長興，寇子勝方才得以登上刑部尚書之位，可今天才是他正式上任的第一日，居然就被人刺殺，此事絕非偶然，鄒庸並沒有想到對方的報復來得如此之快，他咬了咬嘴唇，再也顧不上薛靈君和顏東晴失約的事情，沉聲道：「儘快回去。」

顏東晴雙目被蒙著黑布，口中被塞著一團破布，雖然她看不清周圍的景物，卻能夠憑感覺判斷出自己所處的地方潮濕而腥臭。顏東晴自小養尊處優，何時受過這等驚嚇和委屈，她不停流淚，可惜發不出任何的聲息。

不知過了多少時候，耳邊傳來一聲歎息，有人為她拽出口中的破布，顏東晴馬上就大叫起來：「救命！救命！」叫了半天，連喉嚨都痛了，她開始意識到自己這樣叫下去根本毫無作用，厲聲道：「放我出去，你們知不知道我是誰？我乃是當朝長公主，你們竟敢劫持於我，簡直是大膽包天，知不知道這是抄家滅族之罪？」

有人將蒙住她雙眼的黑布扯掉，借著微弱的燈光，顏東晴看到一個面部輪廓宛如大理石雕刻般分明的老者就站在自己的面前，望著這張面孔，她竟然感覺到幾分熟悉，一時間忘記了叫喊。

閻天祿微笑望著自己的侄女，輕聲道：「東晴，你比小時候更加漂亮了。」

顏東晴瞪大了雙眼，她已經猜到了對方的身分，顫聲道：「你是……」聲音因為發自內心的恐懼而顫抖起來，因為她知道落在此人手中的後果。

閻天祿點了點頭道：「是我。」

顏東晴道：「你為何要這樣對我？我們畢竟是同宗同族。」

閻天祿道：「你是我的侄女，伯光是我的侄子，在我的心中你們同樣重要。」

「我不認識什麼伯光，我和他的事情也毫無關係。」

閻天祿笑道：「你自然不認得，你們乃是高貴的渤海王室，又怎麼會認這些賊寇當親人？」

顏東晴顫聲道：「你放了我，總之我答應你，我會說服我王兄放了他。」她已經猜到了這位叔叔的用意。

閻天祿道：「你們的話做不得數，我就算相信你，也信不過顏東生，總之伯光沒事，你就會沒事。」

顏東晴眼淚在眼眶裡打轉：「我只是一個女人，我從來不過問朝中的事情。」

「你不用害怕，也不必責怪我，怪只怪你生在帝王之家，你並無選擇。」

顏東晴被劫之時，胡小天正在李府弔唁。李明舉披麻戴孝，眼淚已經流乾，雙目已經紅腫，在靈堂之上懸掛著王上御賜的匾額——剛正不阿，可是人都已經死了，即便是給更重十倍的榮譽也不能死而復生。

正是因為李長興的剛正不阿，在渤海國內得罪了不少的人，當然他也有不少的朋友，可是多半人都明白李長興因何而死，所以誰也不敢在這個敏感時期過多露面，更何況李長興已經死了，李家在渤海國內再也不復昔日的地位，人往往就是那麼現實，官場之中尤為如此。

胡小天的到來讓李明舉頗為感動，胡小天望著渤海王顏東生御賜的匾額心中暗歎，這渤海王無論做君主成功與否，字寫得的確不錯。

李明舉道：「多謝胡財東了。」

胡小天道：「李兄不必客氣。」

李明舉道：「胡財東請隨我來。」

胡小天看到他表情凝重，顯然有重要事情要說，馬上點了點頭，隨同李明舉來到靈堂旁邊的小屋內，李明舉望著胡小天道：「胡財東能否明告，你到底是為了何事前來？」

胡小天道：「此前不是已經跟李兄說過了？」

李明舉低聲道：「胡財東乃是我的救命恩人，明舉本不該冒昧想問，可是明舉心中實在有太多的迷惑，如鯁在喉不吐不快。」

胡小天點了點頭，仔細傾聽周圍的動靜，確信無人潛伏在周圍，方才道：「李兄請問。」

李明舉道：「那晚我在海韻樓遇襲，胡兄此前是否知曉？」

胡小天搖了搖頭道：「我那天晚上乃是和大雍長公主薛靈君相約前往海韻樓用餐，只是湊巧遇到李兄，對李兄即將遭遇之事毫無覺察。」

李明舉道：「你知不知道是何人想要刺殺我？」

胡小天沉吟了一下方才道：「我雖然不知到底是誰刺殺你，可是我能斷定，刺殺你的和刺殺令尊的乃是來自同一陣營，從出箭的手法來看十有八九就是同一人所為，他們殺你的目的是為了干擾李大人辦案，在刺殺失敗之後，馬上決定刺殺李大人，因為李大人做事認真，凡事追求真憑實據，已經影響到他們的計畫。」

李明舉紅著眼睛道：「你是說袁天照的案子？」

胡小天沒說是，也沒說不是，低聲道：「絕非仇殺，李大人之死的背後乃是一個龐大的政治陰謀。」

李明舉道：「有人想要利用袁天照一案將大雍燕王薛勝景拖下水，表面上是查袁天照，可真正的目的卻是要落實袁天照、蟒蛟島和燕王薛勝景之間的聯繫，只要證實三者間的關係，燕王薛勝景就會被落實損公肥私，欺君瞞上的罪名。背後想要促成這件事的人是大雍皇帝，而大王之所以答應在這件事上予以配合，是因為他想通過這件事換取大雍的支持，幫忙蕩平蟒蛟島對不對？」

胡小天有些同情地望著李明舉，從胡小天第一次見到李明舉，就知道此人是個聰明人，他的推斷已經接近了事實真相，如果李長興不是刑部尚書，如果不是渤海王將這件案子交給他，如果他做事不是那麼的認真，或許不會落到現在這種境地，李長興沒有什麼仇人，也沒有做錯，錯只是錯在他所處的位置不對。

李明舉充滿感傷道：「我爹忠君愛國，克己奉公，兩袖清風，想不到最後竟落到如此收場，幾天前他就安排我離開渤海，他已經預料到有人會對他不利……這昏君竟然如此狠毒！」

胡小天搖了搖頭道：「他雖然不會在乎你爹的死活，但是絕非親自下手之人，根據我掌握的情況，李大人的死並非是他直接造成。」

李明舉英俊的面龐因為痛苦而變得扭曲，殺父之仇，不共戴天，他要為父報仇，他要向所有仇人討還這筆血債，可是單憑他自己的力量根本不可能辦到，李明舉的目光投向胡小天，他的直覺告訴自己，眼前的這個人可以幫他實現這個願望，李明舉道：「你來渤海國，是不是為了挫敗他們的陰謀？」

胡小天道：「李兄，你現在最明智的選擇就是儘快離開渤海，李大人已經遇害，你對他們暫時也不會有什麼威脅，相信李大人九泉之下也希望你能夠平安度過一生。」

李明舉的情緒卻突然變得激動起來：「為人子，若是連殺父之仇都能不聞不問，那麼連畜生都不如，我李明舉還有什麼資格活在這個世上？」他的胸膛劇烈起伏著，雙目燃燒著憤怒的火焰。

胡小天平靜望著李明舉，他能夠理解李明舉此時的心情。

他的目光卻更加觸怒了李明舉，李明舉低吼道：「我知道，在你們的眼中，我只是一個手無縛雞之力的書生，我只是一個廢物，沒有任何利用的價值！」

胡小天道：「李兄誤會了，我欣賞李兄的人品，也明白你的心情，只是報仇之時必須從長計議，決不可衝動，不然只能是無辜送命。」

李明舉道：「我知道，我會忍耐，但是我不會放過任何一個機會，他們既然想利用袁天照的案子製造文章，我就不會讓他們如願，整個渤海國，論到對刑法典例之熟悉，超過我的人沒有幾個，我父親審閱的每一個案子，我都了然於胸，刑部的一草一木，我全都清清楚楚，刑部之中，有些人欠了我父親的人情，我可以向他們要回來。」

胡小天目光一亮，他明白了李明舉的意思。

李明舉向前一步道：「你一定想救出他們是不是？我可以幫你！」

胡小天伸出手去輕輕拍了拍李明舉的肩頭，低聲道：「好生將李大人安葬了，時機來臨的時候，我會找你！」

李明舉重重點了點頭，緊緊抿著雙唇，抑制住奪眶而出的熱淚，就算是犧牲性命他也在所不惜，他要復仇！

胡小天回到知春園，總管肖力志匆匆迎了上來，低聲道：「老爺，長公主今日一早出門，到現在還沒有回來。」

胡小天點了點頭，一切都在他的掌握之中，如果一切順利，薛靈君現在應該已經被閻天祿的人帶走，和她一起被帶走的還會有渤海長公主顏東晴，不過兩人的待遇必然是天壤之別。

肖力志道：「怎麼辦？」

胡小天淡然道：「再等等！那些金鱗衛呢？」

肖力志道：「說是出門迎接公主了，現在還沒回來。」

胡小天向肖力志道：「讓兄弟們吃飽喝足了，今晚有場戲要演。」

肖力志笑瞇瞇道：「老爺只管吩咐，我們全都聽您的號令。」

此時門外傳來轔轔的車馬聲，卻是故友來訪，前來拜訪的人乃是剛到望海城的東梁郡商人胡中陽，他已經先行和蟒蛟島方面接頭，所以才得知了胡小天的行蹤。

胡中陽對胡小天的神出鬼沒也是佩服得五體投地，自己先行出發，可最後仍然落在了胡小天的身後，這位東梁郡的城主果然有神鬼莫測之能。

胡小天讓人準備了酒菜，邀請胡中陽入座，摒退眾人之後，胡中陽慌忙起身，向胡小天深深一揖道：「中陽參見主公！」他對胡小天是由衷的佩服，一上來這句話就表明了自己的態度，心目中的主公只有胡小天一個。

胡小天笑道：「中陽兄何必客氣，趕緊坐下，咱們好好喝上一杯。」

胡中陽這才坐下，陪著胡小天同乾了一杯酒，目光落在桌上，看到一面鎏金鏤空飛鳳牌，不覺瞪大了雙眼，驚聲道：「這不是大雍的鳳舞九天令牌嗎？」

胡小天微笑點了點頭道：「中陽兄真是識貨。」

胡中陽道：「這可是大雍太后的信物！見到此物如同見到太后親臨，主公是從何處得來？」問過之後馬上意識到自己有些多嘴，笑道：「主公不方便說就算了。」

胡小天道：「沒什麼不方便的，此物乃是大雍長公主暫時交給我保管的，我胡大富只是一個普通的商人，沒有點硬貨撐腰，又豈能讓渤海國的這幫臣子們買帳？」

胡中陽道：「這塊鳳舞九天的令牌乃是大雍薛勝康為其母特製，我也只是聽說從未見過，據說大雍蔣太后也從未使用過。」

胡小天笑道：「太后當然用不著，所以她就給了寶貝女兒咯。」任何時代都會有局限性，一面令牌就能震懾住許多人，胡小天明白能夠震懾住人們的並非是令牌本身，而是皇權。

他向胡中陽勾了勾手指，胡中陽向他靠近：「主公有什麼吩咐？」

胡小天道：「望海城這邊很快就會陷入動亂之中，我要你儘早安排好退路。」

胡中陽點了點頭道：「主公放心，我會儘快做好。」

胡小天補充道：「你安排退路的事情不得讓任何人知道，包括蟒蛟島方面。」

胡中陽微微一怔，胡小天現在不是和閻天祿正在合作？難道他對閻天祿並不信任？

胡小天道：「我不是對閻島主不放心，而是他手下眾多未必每個都可信，我們必須做好萬全的準備。」

胡中陽道：「主公深謀遠慮，中陽佩服！」

外面傳來一陣急促的腳步聲，胡小天看似漫不經心地說道：「是時候了！」他從桌上拿起那塊鳳舞九天令，起身拉開了房門，肖力志出現在門外：「老爺，前去打探消息的金鱗衛回來了。」

胡小天道：「怎麼說？」

肖力志低聲道：「他們說長公主殿下一早出去是為了赴鄒庸之約，可是直到現在也沒回來，去鏡水行苑問過，鄒庸外出辦事還沒有回來。」

胡小天冷冷道：「只怕不是沒回來吧，而是故意隱瞞長公主的下落，肖總管！」

「在！」

「把金鱗衛的弟兄叫上，我要親自去鏡水行苑看看，長公主在不在他那裡！」

胡小天率領包括金鱗衛在內的二十餘人來到鏡水行苑外，遠遠就看到大門緊閉，胡小天使了個眼色，一名金鱗衛翻身下馬，來到大門前，抓起門環重重叩響。不多時大門閃開了一條細縫，一名武士從中露出一隻眼睛，冷冷道：「夜色已深，何人在外面喧嘩？」

那金鱗衛道：「我們特來求見鄒公子！」

話未說完，那邊已經將門重重關上了，裡面飄出來一個聲音道：「我家公子不在。」

金鱗衛吃了個閉門羹，有些無奈地轉向胡小天。

胡小天冷哼了一聲，從馬背上下來，一步步走向大門，目光瞥向門前威武的銅獅子，唇角露出一絲冷笑，他伸出手去，潛運內力，雙臂用力竟然將那重逾千斤的銅獅子抱了起來，緩緩高舉過頭頂，一幫金鱗衛和家人被眼前的一幕震懾得目瞪口呆，卻見胡小天揚起手來猛一發力，銅獅子向大門橫飛而去，蓬的一聲，鏡水行苑厚重的大門被銅獅子給衝撞開來，原本藏在大門後方偷聽外面動靜的幾名武士嚇得紛紛向兩旁避開，還好他們逃得及時，不然恐怕要被砸個粉身碎骨。

胡小天宛如天神一般出現在破損的大門外，月光之下，雙目冰冷如霜，刀鋒般的目光掠過鄒府內蜂擁而來的武士，讓這群武士從心底感到不寒而慄。

為首一名武士手指胡小天怒喝道：「大膽狂徒，你知不知道這是什麼地方？竟然敢強闖鏡水行苑，砸壞鄒府大門，你眼中沒有王法了嗎？」

胡小天冷冷道：「讓鄒庸給我出來，識相的把長公主殿下交出來！」

「長公主根本就不在我們府上。」

胡小天冷哼一聲道：「給我搜！」

「我看誰敢！」那名為首的武士已經將腰間長刀抽出半截，眾武士紛紛跟上，鄒庸在渤海國得寵，他手下的這幫武士也是極其囂張，平時他們不欺負別人就是好的了，沒想到今天竟然有人膽敢登門挑釁。

胡小天大步向前方走去，兩名武士揮刀意圖攔住他的去路，一道冷電從胡小天的腰間射出，鏘的一聲將兩人手中刀斬斷，然後兩人感到臉上一涼，繼而火辣辣的疼痛，卻是胡小天用刀身狠狠抽打在他們的臉上。

第八章

步步緊逼

唐九成從未見過如此狂妄的人，
可是胡小天的這番話卻讓他感到沉重壓力，
對方說得出未必就做不到，
一個門派無論如何厲害都不能和一個王朝一個國家抗衡，
此人到底是什麼身分？難道當真是他？

兩名武士嚇得魂飛魄散，看到刀光閃爍，本以為自己已經死定，幸虧胡小天手下留情，如果是刀刃落在他們的臉上，恐怕現在已經是身首異處。

這邊的動靜已經將剛剛返回府邸的鄒庸驚動，他並沒有將胡大富放在眼裡，雖然猜到胡大富絕不僅僅是一個商人那麼簡單，可是這裡畢竟是渤海國，他不信胡大富膽敢做出什麼太過囂張的事情，當鄒庸得知鏡水行苑的大門被毀，胡小天率眾強行闖入之後，他也感到有些震驚了，慌忙帶人前來查看動靜，正看到胡小天率領一幫如狼似虎的金鱗衛在前院大動干戈的場面。

鄒庸心中勃然大怒，即便是渤海國內也少有人膽敢上門挑戰，這胡大富簡直是吃了熊心豹子膽，當這裡是他的國度嗎？鄒庸怒吼道：「全都給我住手！」

聽到他的聲音，鏡水行苑的那幫武士全都停下手來，可是胡小天卻沒有馬上停手的意思，一腳狠狠踹中對面武士的小腹之上，那名武士慘叫一聲，騰雲駕霧般飛向鄒庸。

鄒庸伸出手去，一掌斜斜劈在那武士的背上，表面上看似出手，可實際上卻是利用這一掌之力抵消這名武士倒飛的勢頭，想幫助他落在地上。掌心乍一接觸的那名武士的身體，頓時感覺到從武士身體上隔空傳來的雄渾力道，鄒庸暗叫不妙，胡大富的內力強勁如斯，如果硬接，恐怕自己未必能夠將之接下，心念一轉，馬上收回了七分力道，身軀微旋，和那名武士的身體擦身而過，眼睜睜看著那武士又飛出兩丈多遠，重重摔落在地上，摔得口吐鮮血，重傷當場。

在外人看來，似乎鄒庸也跟上去補了一掌。

胡小天冷笑道：「鄒公子對手下夠狠啊！」

鄒庸氣得俊面鐵青，強行按捺住心頭的憤怒：「胡財東，不知鄒某何處得罪了閣下，竟然率眾強闖我鏡水行苑，損壞我大門，打傷我的手下？」眼角的餘光掃到橫躺在地上的銅獅子，內心中不由得倒吸了一口冷氣，這廝的武功實在驚人，若是硬拚，只怕自己還要落入下風。

胡小天道：「鄒庸，我本以為你是謙謙君子，有心和你結交，想不到你居然是個偽君子，竟敢背著我約會長公主殿下。」

鄒庸伶牙俐齒寸步不讓：「胡財東，你和長公主殿下是何關係？長公主殿下的事情也輪不到你來過問！」

胡小天點了點頭道：「我乃大雍子民，又是長公主的知己好友，她的事情就是我的事情，我斷然不能看著一個卑鄙小人想要蠱惑於她，鄒庸，你今晨約長公主出門，長公主殿下到現在仍然未歸，你將她到底藏到了何處？還不如實招來！」

鄒庸也是剛剛才知道薛靈君至今未歸的消息，因為寇子勝被殺的事情他正在著惱，所以反倒忽略了今晨薛靈君和顏東晴齊齊爽約的事情。聽到胡小天這樣說，他心中第一反應就是胡小天藉故要找自己的麻煩，鄒庸冷冷道：「我和長公主今晨的確有約，可是她並未赴約，鄒某在約定地點等了足足一個多時辰，始終未見她到來，胡財東看來是找錯地方了。」

胡小天哈哈狂笑道：「鄒庸，你當我是三歲孩童嗎？居然用這種幼稚的理由來騙我，若非是你約長公主出去，她又怎會失蹤？鄒庸啊鄒庸，長公主乃是大雍皇姑，連她的主意你都敢打，我看你是吃了雄心豹子膽！」

鄒庸怒道：「欲加之罪何患無辭，你根本是故意栽贓陷害！」

胡小天指著鄒庸的鼻子道：「渤海國上上下下誰不知道你鄒庸是個什麼東西？一個吃軟飯的小白臉，出賣色相的面首罷了，你這種人什麼卑鄙下流的事情做不出來！」胡小天有備而來，句句直指鄒庸的要害。

當眾打臉的滋味絕不好受，鄒庸雖然涵養過人，此時也被胡小天激起了真怒，他怒道：「胡大富，你也不看看這裡是什麼地方，大放厥詞，自尋死路！」

胡小天冷笑道：「今日不把長公主交出來，我就讓你嘗嘗什麼死亡的滋味！」他向前跨出一步，借著右腳的一頓，身軀宛如獵豹般陡然躥升而起，旋即手中長刀揮舞，這柄被他命名為斬風的長刀速度已經超越了疾風，咻的一聲，斬斷絲絲縷縷的夜風，化為一道耀眼奪目的光影，直奔鄒庸的面門而去。

對付鄒庸，胡小天還是保留了實力，他並沒有一開始就使出以刀馭氣的殺招，當然這跟他修煉的層次也有著很大的關係，誅天七劍還沒有修煉到收放自如的境地，更何況現在手中的並非是劍，用刀更是大打折扣。

饒是如此，單憑強悍內力揮舞出來的這一招也是聲勢駭人。長刀還未到近前，刀身高速行進已經將周圍的空氣宛如排浪般壓榨開來，鄒庸明顯感到呼吸一窒，他的臉色不由得一變，足尖一點，身軀向後滑去，身體後撤的同時，雙手連續揮舞，自他長袖之中，咻！咻！咻！咻……連續射出六柄飛刀。

飛刀一刀快似一刀，從不同的方位以不同的速度和軌跡奔向同一個目標。或快或慢，或直線行進，或弧形迴旋，在這麼短的時間內能夠來得及做出反應已經實屬難得，而他又可以在倉促之中變幻這麼多種攻擊的方式，此人的飛刀手法足可以躋身頂級境界。

包括鏡水行苑在內的諸多武士一個個看得目瞪口呆，連他們也沒有想到這位翩翩美公子居然擁有高深莫測的武功，鄒庸城府之深可見一斑，如果不是被胡小天逼到了無路可退的份上，他斷然不會以真實的武力示人。

虛空大法雖然最終會導致胡小天走火入魔，但是對提升這廝的武功修為有著立竿見影的效果，胡小天現在所擁有的內力，當世之中罕有人及，即便是因為射日真經先後分給了霍勝男和閻怒嬌一些，可是對他來說無非是九牛一毛，一個人的內力修煉到了一定的境界，他身體的觀感和反應就會發生脫胎換骨的變化。

鄒庸擲出的飛刀在外人的眼中快如閃電，來不及反應，可是在胡小天眼中卻是一道道軌跡分明，他手中斬風來回撥打，叮叮噹噹，金屬撞擊的尖銳鳴響不絕於耳，伴隨著四處飛濺的火星，胡小天將六柄飛刀盡數擊落在地。

鄒庸投出的飛刀先快後慢，因為剛開始的時候他還想手下留情，可是他馬上就意識到面對這麼強大的對手別說是手下留情，就算是保住性命都恐怕要竭盡全力。六柄飛刀雖然無一命中，但畢竟為鄒庸成功贏得了喘息之機，他的身軀螺旋上升，飛升到高約五丈的屋脊之上，一輪圓月當空，月冷如霜，灑落在屋頂之上，琉璃瓦泛起一片冷冽的銀色反光，鄒庸白衣如雪凌風而立，劍眉緊鎖，目光不敢離開胡小天一分一毫，他的雙手垂落下去，雙手的掌心緊扣六柄飛刀。

胡小天絲毫沒有就此罷手的打算，緊隨鄒庸的身影凌空飛掠而起，他的身軀飛升到空中六丈的高度，然後宛如大鳥般斜行俯衝而下，手中長刀直指前方，月光將他的周身籠罩，人和刀被月光融為一體，遠遠看上去猶如一柄出鞘的長刀，光芒撕裂暗夜，斬斷寒風，以不可匹敵之勢向鄒庸劈去。

鄒庸長袖猛然一抖，六道寒星同時激發而出，猶如六道閃電般向空中的巨大刀影激射而去。寒星追風逐電，可是一旦靠近了刀影卻頓時變得黯淡無光。虛空中居高臨下劈落的刀影，沒有因為這六道寒星而有絲毫的減緩，光芒沒有一分一毫的減弱。

鄒庸的瞳孔瞬間睜大，他第一時間感到不妙，雙足一頓，身軀化為一道白色的光影，向後方急速撤退，他的身體剛剛離開了站立的位置，那一刀就劈斬在屋脊之上，蓬的一聲巨響，伴隨著這聲巨響過後，屋頂裂開了一個長達兩丈的裂口，然後屋頂以肉眼可見的速度從兩旁向中心坍塌下去，轟隆隆接連不斷的倒塌聲，伴隨著房樑屋椽刺耳的斷裂聲，煙塵四起，泥沙亂飛，眾人紛紛向後方閃避。

衝天而起的沙塵仍然遮不住長刀的光芒，胡小天的身軀在空中再度飛升，以超越上次的速度再次俯衝而下，雙手高擎長刀，以神佛莫擋之勢向鄒庸劈斬而來。

鄒庸的臉色變得蒼白，他的飛刀根本擋不住對方的進攻，更讓他恐懼的是，他的身法比不上對方快捷。眼看著飛速拉近的距離，鄒庸的目光中流露出驚懼之色，他緊咬雙唇，手中突然多出了一張青木弓，弓色深沉，弓弦赤紅如火，一支羽箭搭在弓弦之上，弓如滿月，朱紅如血的鏃尖瞄準了空中的追擊者，如果不是感受到了死亡的威脅，鄒庸又豈肯拿出這壓箱底的一箭。

鄒庸的手掌緊扣弓弦，紅色的弓弦，白色的尾羽，此刻他手背的肌膚竟然蒼白如雪，隨著勁力的注入，手掌的肌膚竟然呈現出一種半透明的色彩，血脈隱隱可見。

兩人之間的距離已經拉近到五丈以內，鏃尖紅光暴漲。

胡小天已經察覺到鄒庸的這一箭必然不同凡響，他不敢有絲毫大意，丹田氣海內息狂湧而出，沿著經脈注入雙臂，手中斬風刀頃刻間刀芒暴漲，刀身呈現出水晶般的通透，刀身魚鱗紋路浮光掠影，猶如一條潛龍想要掙脫刀身的束縛從中破繭而出。胡小天緊握刀柄，他意圖控制住這磅礴欲出的刀氣，連他也無法預測，這次的刀氣將會造成怎樣巨大的殺傷力。

鄒庸手中的弓弦向後方再行了半寸，弓到盡頭，氣力以達極致，有生以來威力最為驚人的一箭蓄勢待發，可是他的心中卻沒有半分的把握。

就在千鈞一髮之時，鄒庸的身前猶如鬼魅般出現了一個瘦小的老者。

鄒庸全神貫注準備和胡大富殊死一搏，並沒有察覺到這老者的出現，而胡小天也將注意力都集中在鄒庸的身上，並沒有及時發現老者的到來，當他看到老者突然出現的時候，已經是收刀不及，一道長達兩丈的刀芒脫離刀身激射而出，向老者劈去，老者擋住了鄒庸，擋住了他拚死一戰的那一箭，老者的手中只是一張普普通通的黑木弓，古樸而簡單，沒有一丁點的裝飾，簡單的黑木弓，通體一色的黑色弓弦，弓弦之上卻沒有箭矢。

老者隨意拉開了黑木弓，虛射一記，綳……弓弦抖動的聲音並不大，但是卻猶如有人用長鞭抽打在胡小天心跳的節點之上，他沒來由感到內心一顫。

刀芒瞬間已經奔到老者身前一丈處，卻如同撞在一堵無形牆壁之上，光影變得支離破碎，殺氣瞬間消失得乾乾淨淨。

老者擋在鄒庸身前，為他擋住了一座鋪天蓋地落下的山巒，鄒庸方才感覺到近乎窒息的感覺突然減輕，他腳步虛浮，接連向後方退了三步，驚魂未定地望著前方。

胡小天已經落在了地上，手中的長刀光芒在頃刻間已經黯淡了下去，周身彌散的殺氣也減弱了不少。

老者面無表情，猶如他手中的那張黑木弓樸實無華，古井不波的雙目靜靜望著胡小天。

胡小天居然表現出今晚前所未有的慎重和冷靜，剛才的衝動和霸道頃刻間已經消失得無影無蹤，他並沒有繼續進攻，而是將斬風緩緩還刀入鞘，向老者笑了笑道：「前輩箭法驚人，天下間善射者雖多，可是能夠達到御氣為箭境界的人只有一個，如果我沒有猜錯，您老一定就是落櫻宮主人唐老先生了！」

老者被他點破身分，表情卻仍然不見一絲一毫的變化：「後輩之中能夠達到以刀馭氣的也寥寥可數，風行雲算是一個，你的刀法不如他，但是內力遠比他要強大，從你的刀法能夠看出，你修煉刀法的時間不長，過去應該是用劍的。」目光向胡小天腰間所懸的長刀看了一眼道：「之所以用刀，是想隱藏你本來的劍法，老夫大概知道你是誰了！」

胡小天內心一驚，薑是老的辣，唐九成果然厲害，只一眼就看出了自己的刀法來路，他面不改色道：「唐老先生德高望重，以您的身分不會無緣無故和一個晚輩為敵吧？這是我和鄒庸的私怨，還請老先生不必插手。」

唐九成始終面無表情，看不出他到底是生氣還是高興：「鄒庸的事情就是老夫的事情，老夫欠他的人情。」

胡小天呵呵笑道：「能讓老先生欠人情的只怕不多，好！既然唐老先生出面，我就不能不給你這個面子。」他的目光越過唐九成的肩膀盯住鄒庸道：「鄒庸，今天看在唐老先生的面子上我暫且放過你，可是長公主一天沒有回來，咱們這個結就解不開，若是長公主有什麼三長兩短，我讓你償命！」

鄒庸有唐九成撐腰，膽子自然大了許多，他歎了口氣道：「胡大富，你又何必逼人太甚，你心中明白薛靈君的事情根本和我毫無關係。」

唐九成的口中吹了一個呼哨，一支短箭毫無徵兆地激射而出，貫穿一名金鱗衛的咽喉，短箭構造奇特，只有鏃尖沒有尾羽，穿越那名金鱗衛的咽喉之後在空中繼續緩緩行進，在距離另外一名金鱗衛咽喉還有三尺處凝而不發，那金鱗衛嚇得到處躲藏，可無論他怎樣閃躲，那支短箭都始終如影相隨。

那名金鱗衛驚恐叫道：「胡先生救我……」

眼前一幕讓胡小天震駭無比，他的內力或許和唐九成相比並不遜色，但是要達到他這種隔空御箭的地步還差上不少的火候，此人不愧為落櫻宮之主，其箭法已經到了神鬼莫測的境界。

胡小天道：「唐老先生真是讓我大開眼界，若是鄒庸能有老先生十分之一的本事，胡某只怕要避之不及，可惜他的箭法實在是不堪一擊，他在外面惹了那麼多的禍端，現在又擄走了長公主，此事傳出去還不知要有多少高手來找他的晦氣，老先生想要保他平安，恐怕要日夜跟在他的身邊了。」

唐九成聽出胡小天話中的威脅含義，他分明在說自己不可能時刻跟在鄒庸身邊保護他，只要稍有疏忽，他就能夠對鄒庸不利。唐九成眨了眨眼睛，那支瞄準金鱗衛的短箭猶如突然失去了承托力，栽落在地面之上。

那名金鱗衛在鬼門關前轉了一個圈，早已嚇得魂飛魄散，現在看到那支短箭終於離開了自己，心頭的石頭總算落地，可饒是如此，雙腿已經無法支撐他的重量，噗通一聲坐倒在了地上。

唐九成平靜望著胡小天道：「想要讓一個人避免危險的方法有很多，比如說，我可以將想要對他不利的人全都除去！」

胡小天哈哈笑了起來：「如果你有這個本事，鄒庸就不會做別人的面首，他早就應該當上渤海王！」

胡小天的這句話讓鄒庸為之色變，以唐九成的鎮定也是感覺到心中一震。

胡小天微笑望著唐九成道：「我不喜歡結仇，可是一個門派再厲害，終究還是能量有限，落櫻宮能夠讓我敬畏的只有老先生一人而已，若是光明正大的單打獨鬥，我縱使無法擊敗老先生，從老先生箭下逃命還是有些把握的，老先生若是一心與我為敵，不妨試試，我不怕用一百個人來幹掉你們落櫻宮的一個，落櫻宮門下有沒有一千人？我用十萬人將落櫻宮從這個世界上剷除應該不難做到！」

唐九成從未見過如此狂妄的年輕人，可是胡小天的這番話卻讓他感到一種前所未有的沉重壓力，對方說得出未必就做不到，一個門派無論如何厲害都不能和一個王朝一個國家抗衡，此人到底是什麼身分？難道當真是他？唐九成的唇角第一次露出了笑容：「後生可畏，你若是膽敢對鄒庸不利，老夫也不介意用落櫻宮一門硬拚你的十萬手下！」雖然是寸步不讓，可是以唐九成的身分說出這樣的話已經是將身分降低到和胡小天的同一位置，表示他已經將胡小天當成了一位值得重視的對手。

胡小天點了點頭：「你殺了我一個人，一命換一命！兄弟們，把屍體背走，我倒要看看，這小小的渤海國有沒有王法！」

唐九成目送胡小天一行離去，並沒有任何阻攔的舉動，鄒庸的臉色慘白如紙，直到胡小天的身影消失在視野中，他方才如釋重負地鬆了口氣。抬頭再看的時候，唐九成瘦小的身影已經消失。

鄒庸吩咐手下武士收拾一片狼藉的現場，轉身迅速向自己所住的鎖春樓走去，來到小樓沿著樓梯來到三層，看到唐九成孤單的身影靜靜站在三樓憑欄處，極目遠眺，仍然在追尋著胡小天一行離去的身影。

鄒庸恭恭敬敬向唐九成深深一揖道：「孩兒參見父親！」原來他就是唐九成的大兒子唐驚天。

外人都以為唐九成只有兩個兒子，大兒子唐驚羽，小兒子唐驚飛，唐驚飛因為勾引林金玉的大嫂，殺死林金玉的大哥，後來被林金玉所殺，非但如此林金玉還盜走了落櫻宮的鎮宮之寶《射日真經》，至今這本寶典仍然下落不明。

唐九成一雙花白的眉毛緊緊凝結在了一起，他低聲道：「你怎會惹上這個魔頭？」

鄒庸道：「孩兒並未招惹於他，而是他主動上門挑釁，幸虧父親及時到來，不然只怕孩兒要死在他的那一刀下了。」

唐九成道：「他沒想殺你，只是他還沒到收放自如的境地，如果我晚來一步，恐怕你擋不住他的刀氣！」

「他已經達到了刀氣外放的境界？」鄒庸顯然心有餘悸。

唐九成道：「他用的不是刀法，是劍法！最近年青一代中能夠達到劍氣外放之人我只聽說了一個，還是時靈時不靈的那種。」

鄒庸似乎想到了什麼：「胡小天？」

唐九成緩緩點了點頭，對方剛才的那番話已經在暗示他的勢力，要用一百人幹掉自己的一名門人，要用十萬人將落櫻宮徹底從這個世界除名，天下間能有這樣氣魄和實力的也只有雄霸一方的王者，如此年輕又擁有這樣的實力的人物屈指可數。

鄒庸不解道：「他和這裡的事情毫無關係，為何要介入？」

唐九成陰測測道：「我不懂政治上的事情，也沒什麼興趣，如果不是因為你，我才不會蹚這趟渾水。」

鄒庸面露慚色：「孩兒給父親惹麻煩了。」

唐九成搖了搖頭道：「此人絕對是年輕一代中的翹楚人物，你就算和他無法成為朋友，也不該多這樣一個敵人。」

鄒庸苦笑道：「此事實非孩兒所願，我早就知道此人別有用心，所以對他處處提防，卻沒想到仍然棋差一招。」事情鬧到這一步，鄒庸唯有感歎技不如人，無論武功心計自己比起對方始終差上一籌，讓他感到納悶的是，如果這個胡大富當真是胡小天，那麼他為何膽敢主動登門挑戰？難道他並不懼怕暴露他的身分？又或是他早有恃？

唐九成道：「薛靈君的事情當真和你無關？」

鄒庸有些哭笑不得了：「父親，孩兒怎會做如此糊塗的事情？想要除掉薛靈君的是李沉舟，我才不會引火焚身。這件事應該是胡大富和薛靈君串謀，那薛靈君今天和我邀約，卻故意爽約，讓我空等了一個多時辰，直到聽說寇子勝被殺，我方才離去……」說到這裡，鄒庸腦海中卻突然一亮，這些看似毫無干連的事情，如果仔細一想，其中似乎有著某種說不清道不明的關係，難道所有的一切都是因為李長興被殺而引起的報復？

唐九成道：「絕不可以冒險，他和斑斕門有仇，無論他是不是胡小天，你都要將這個線索馬上告訴北澤老怪，殺一個人未必要我們親自出手。」

鄒庸點了點頭，此時忽然聽到樓外傳來呼喚聲：「公子！公子！劉公公來了！」

鄒庸向父親抱拳施禮，然後快步走出小樓。

劉公公面色慌張，看到鄒庸第一句話就是：「鄒公子，你可知道長公主的下落？」

鄒庸有些鬱悶地皺了皺眉頭，剛剛走了個胡小天，現在又來了個宮裡人，他沒好氣道：「大雍長公主的事情我怎麼會知道？」

「不是薛靈君，是我們的長公主突然失去了消息！」

鄒庸驚愕地張大了嘴巴，此時他方才意識到事態遠比他想像的還要嚴重。

胡小天率領一幫金鱗衛抬著那名被殺金鱗衛的屍首來到王城，在宮門外齊聲高喝，其實胡小天這邊的動靜早已驚動了王城禁衛軍，王城禁衛軍統領龐至善站在城樓之上，觀察下方的動靜，揚聲道：「何人如此大膽，竟敢在王城前方喧嘩，若是驚擾了王上休息，必然將爾等悉數問斬！」

胡小天揚聲道：「我等乃是大雍長公主身邊金鱗衛，特來向貴國大王求個公道！」

龐至善聽說是大雍長公主的手下，態度頓時改變，他大聲道：「大雍乃禮儀之邦，應該懂得外交之禮，縱然有天大的事情還請等到明日再說，不如這樣，你將事情先向我說明，等明日我尋找機會向王上稟報！」

胡小天大聲道：「等不到明日了，鄒庸那奸賊擄走我國長公主，殘殺我國侍衛，若是今晚見不到王上，恐怕我等都要盡遭他的毒手！」

龐至善聞言一驚，擄走大雍長公主，殺死大雍金鱗衛，此事非同小可，鄒庸這個人雖然在朝中得寵，但是在渤海朝野口碑很差，尤其是軍中將士多半都將其視為面首小丑，對他的行徑極其鄙夷，龐至善沉吟不決，身邊副手低聲道：「將軍，咱們的長公主也失去了下落，你看這兩件事會不會是……」

龐至善咬了咬嘴唇，終於做出了一個決斷：「你去見福總管，將這件事先稟報於他，至於是不是向王上通報，還是由他做出決定。」

「是！」

龐至善又向一旁禁衛道：「劉山，你帶二十名弟兄跟我出去看個究竟。」

胡小天率領金鱗衛在王宮外面大叫冤枉的時候，已經有人密報王宮大總管福延壽，福延壽得到消息，第一時間來到沐恩宮向仍然沒有休息的渤海王顏東生稟報。

顏東生聽聞大雍長公主薛靈君也突然失去了下落，不由得一驚，甚至比聽到他妹子失蹤的消息更加震駭，他驚聲道：「怎會如此？為何如此？好端端的，怎麼就突然失去了下落？」

福延壽低聲道：「王上，大雍十多名金鱗衛聚在王宮大門前方高呼冤枉，吵著要見大王，還抬著一名金鱗衛的屍體。」

顏東生因為緊張而攥緊了雙拳：「死了一名金鱗衛？」

福延壽點了點頭道：「此事已經證實，據說是他們前往鏡水行苑要人的時候被殺。」

顏東生有些糊塗了：「怎麼回事？他們為何要去鏡水行苑要人？又是如何與鄒庸發生了衝突？」

福延壽慌忙將自己所瞭解到的情況一一告訴了顏東生，顏東生聽完也是目瞪口呆，他喃喃道：「鄒庸果真約了長公主和朕的王妹出遊？」

福延壽點了點頭道：「此事應該不會有錯，只是據目前得到的消息，鄒庸在約定的地點並未等到兩位長公主，所以這件事應該和他沒有關係……」

顏東生怒道：「誰說沒有關係？如果沒有他的邀約，那大雍長公主又怎會出門？正是為了赴約才失去了下落，那幫金鱗衛不去找他要人難道要找本王嗎？」

福延壽看到顏東生雷霆震怒也不敢說話，等到他氣息稍稍平和之後方才進言道：「此事的確有些蹊蹺，最近好像對鄒公子不利的傳言有很多。」

「那是因為他屁股不乾淨！」顏東生氣急敗壞道，他霍然從王座上站起身來。

福延壽以為他要出去，慌忙勸道：「王上，那幫金鱗衛正在氣頭上，現在並不適合召見。」

顏東生瞪了他一眼道：「誰說朕要去見他們？他們是什麼身分？有什麼資格讓朕去接見他們？」

此時外面又傳來小太監的通報之聲，福延壽慌忙出門去看究竟，等他回來臉色變得越發凝重，低聲向顏東生稟報道：「啟稟王上，率領金鱗衛前來的那人乃是萬昌隆喬老頭的女婿胡大富，他……他此次竟然帶著大雍蔣太后親賜的鳳舞九天令而來，這塊令牌等若大雍皇太后親來。」

顏東生聞言臉色驟然一變，雖然大雍的令牌無法號令他這個渤海國一國之主，可是上國之威他又豈敢怠慢。這個胡大富是什麼人他不清楚，可是大雍蔣太后是誰他再清楚不過，就算大雍先君薛勝康也要對他的這位母后尊敬有加，蔣太后雖然退隱多年，可是並不意味著她在大雍已經失去了影響力，對方拿出這塊鳳舞九天令，就是要逼迫他去接見。

顏東生心中反覆斟酌，猶豫不決。

福延壽一臉苦悶地望著顏東生，須知大雍長公主失蹤，隨團侍衛被殺，這全都不是小事，大雍不可能不追究，一旦追究，渤海這個小國絕對承受不起。

顏東生猶豫良久終於做出了一個艱難的決斷：「去，讓胡大富入宮，朕要親自見見他。」

「是！」

「還有，大雍不是還來了一位使臣？」

「李沉舟！」

「對，你馬上去見他，將發生的事情全都原原本本地告訴他，看看他要如何處置此事。」顏東生已經亂了陣腳。

福延壽領命道：「奴才這就去辦。」轉身還未出門，顏東生又想起了一件事：「還有，你……你去把鄒庸給朕叫過來！」顏東生明顯帶著怨氣。

福延壽歎了口氣道：「奴才說句不該說的話，估計他此刻已經前往西山去了。」

顏東生的臉上蒙上一層羞憤交加的神色，西山乃是王太后的居處，鄒庸前往那裡肯定是去求助了，想起最近的傳言，顏東生不由得怒火中燒，咬牙切齒道：「若是查實他和薛靈君失蹤有關，朕絕饒不了他！」

鄒庸斟酌之後還是去了西山，事態正在朝著向他不利的方向發展，此時鄒庸方才意識到此前散佈關於他穢亂宮廷的事情絕非偶然，而且發動這次輿論攻勢的人很可能就是胡大富。無論外界怎樣認為他和薛靈君、顏東晴失蹤事件的關係，鄒庸是清楚的，他和兩人的失蹤沒有半點關係，他甚至認為是薛靈君和胡大富聯手策劃了這一切。

鄒庸本想去找李沉舟，可是斟酌之後，意識到李沉舟難解燃眉之急，能夠幫忙化解他眼前危機的或許只有太后。

雖然已經臨近午夜，太后仍然沒有入睡，女兒原本說好了今晚前來西山陪伴，可是至今仍然沒有任何的消息，讓她怎能心安，該來的沒來，不該來的卻不期而至，如果換成是過去，鄒庸的到來或許會給她帶來意外之喜，可是現在太后非但沒有感到任何的喜悅，反而感到有些不解。

「你為何深夜前來？」

鄒庸神情黯然道：「太后救我！」

「你不用驚慌，有什麼事情只管慢慢道來。」

鄒庸點了點頭，這才將今日發生的事情從頭到尾說了一遍。

太后聽完之後，面孔之上籠上了一層嚴霜：「你也約了東晴？」

鄒庸叫苦不迭道：「太后，約東晴的乃是薛靈君，我絕沒有主動邀約她們，是薛靈君提出要出去遊覽，讓我幫忙引路，我若是知道會有今天的事情發生，無論如何也不會答應赴約。」

太后怒道：「分明是你看到那薛靈君嫵媚妖嬈，所以動了色心，不然你招惹她做什麼？」

鄒庸暗暗叫苦，太后顯然是吃醋了，不過他接近薛靈君還不是因為顏東晴出了主意，歸根結底還是為了幫助李沉舟掃平障礙，落實薛靈君的罪名，可現在回頭再看自己有作繭自縛之嫌，太后並不知道其中的陰謀，他偏偏又不能將真相說出，當真是打落門牙也要往肚裡咽，鄒庸歎了口氣道：「太后，我對薛靈君若是有半點的非分之想，就讓我萬箭穿心不得好死。」

太后冷冷道：「夠了，哀家可不想聽到你立什麼毒誓。」

鄒庸道：「太后，這幾日望海城內有人刻意散佈謠言，全是不利於你我……」

太后怒視鄒庸，逼迫他將下面的半句話咽了回去。

鄒庸道：「今天又發生了這種事，太后，根本是有人故意設計陷害我，我死不足惜，可是我若是連累了太后的清譽，那麼鄒庸就是萬死也難辭其咎啊！」他一臉痛苦之色，聽起來是處處為太后著想，可是話中卻充滿了威脅的含義。

太后咬了咬嘴唇，終於平息了怒氣，低聲道：「他們為何要害你？」

鄒庸道：「太后，我怎會知道？鄒庸不怕死，就怕不明不白的死，死在外人手中倒還罷了，若是王上聽信謠言，將所有的責任都歸咎到我的身上，鄒庸就算是死也不能瞑目。」

太后有些痛苦地閉上了眼睛：「你放心吧，王上不會動你，哀家也不會讓他將責任推到你的身上。」

聽到太后的承諾，鄒庸終於放下心來，向太后走近了一步，太后卻因為他的接近而瞪圓了雙目：「你想做什麼？」她現在可沒有別的心情。

鄒庸知道太后誤會了自己的意思，心中暗罵這娘們裝腔作勢，別看你貴為渤海國太后，在我鄒庸面前你其實只是一個輾轉逢迎的賤人罷了，可是心中對這女人再為鄙視，仍然要裝出畢恭畢敬的樣子：「太后，我以為這是一個陰謀。」

「說！」

鄒庸道：「太后知不知道，閻天祿的侄子閻伯光落網的事情？」

太后秀眉微顰，閻天祿的侄子自然就是她的侄子，天狼山閻魁的寶貝兒子。

鄒庸道：「王上定下要在兩天後將之梟首示眾，我看必然是閻天祿那幫反賊為了營救閻伯光所以設下的陰謀。」

太后並不糊塗，低聲道：「東晴她們只是失去了下落，未必會落在閻天祿的手中。」

鄒庸道：「此事很快就會水落石出，不過太后放心，長公主短時間內應該不會有事。」

太后有些惶恐道：「若是東晴當真落在那幫賊子的手中，這次恐怕麻煩了。」

李沉舟聽聞今晚王城發生的事情，不禁心中一沉，幾乎不用多想，他就已經判斷出對方此次的做法十有八九是針對閻伯光的事情。李沉舟暗暗欣賞對方的手段，鄒庸方面剛剛下手剷除了李長興，他們就報復殺掉了郭震海，沒過多久又幹掉了寇子勝，而長公主薛靈君在此時的突然失蹤可謂是為他們贏得了主動，讓他們有了對渤海王室發難的理由。

早在福延壽前來請李沉舟前往王城之前，鄒庸已經派人向李沉舟通報了剛剛發生在鏡水行苑的事情。萬昌隆的喬老爺子雖然財力雄厚，可畢竟不敢和一國抗衡，他的女婿就更不用再說，這個胡大富顯然大有來頭，他和薛靈君之間的關係也讓人費解，李沉舟已經認定胡大富此行必然是受了燕王薛勝景的委託而來。

至於長公主薛靈君的失蹤，才不會是什麼意外，李沉舟根本不信她會遇到真正的麻煩，所謂失蹤，十有八九是她自導自演的一齣好戲罷了。

大內總管福延壽恭恭敬敬道：「李將軍，王上請您入宮一趟。」

李沉舟沉吟了一下，胡大富率領金鱗衛夜闖王城，咄咄逼人之勢所有人都看在眼裡，一個普通的商人斷然不敢做出如此逆天之事，他的一舉一動必然是薛靈君兄妹在背後指揮，而渤海王顏東生此時請自己過去，無非是想讓自己為他解決麻煩罷了，目前李沉舟並不想直面薛靈君，和她發生正面的衝突，思來想去，他婉言謝絕道：「福總管，時間太晚了，此時過去就怕耽擱了王上的休息，有什麼事情還是明天再說。」

福延壽微微一笑，心中明白人家已經拒絕了王上的召見，他也沒有勉強，向李沉舟行禮告辭道：「李將軍想得周全，既然如此咱家告辭！」

胡小天在一幫大內侍衛的陪同下來到沐恩宮，這些大內侍衛一個個如臨大敵，目光片刻不離胡小天左右。

胡小天走在他們的包圍中仍然勝似閒庭信步，從容走入沐恩宮。

渤海王顏東生高居王座之上，宮燈昏暗的光線下他的面孔顯得有些模糊，他斜靠在龍椅之上，右手承托著頭顱，目光並沒有望向前來的胡小天，冷冷道：「胡大富，你率領金鱗衛深夜在王城大門前鬧事，難道當真以為渤海沒有王法可治你們嗎？」

胡小天平靜望著顏東生，沒有回答他的問題。

顏東生誤以為胡小天被他的氣勢震住，霍然坐直了身子怒道：「朕不管你來自哪裡，是何等身分，來到渤海國的境界就要遵從渤海國的律法！」

胡小天恭恭敬敬作了一揖道：「都說渤海乃是法制治國，胡某今日聽王上也這麼說，應該是真的了。」

顏東生聽出他話裡有話，冷冷道：「你這話是什麼意思？」

胡小天道：「在下胡大富，出身卑微，不值一提，可是胡某此來渤海不但是為了經商，也是奉了蔣太后的命令來瞭解一些事情，順便保護長公主的安全！」他將手中的鳳舞九天令牌亮了出來，交給一旁的太監，那太監用純金托盤接過，小心捧著來到顏東生面前。

顏東生從托盤內拿起那塊令牌仔細看了看，雖然他過去從未見過實物，可是也識得上方薛勝康和蔣太后的印信，驗過之後，小心放回原處，冷峻的臉色頓時變得緩和了許多。

那太監又將鳳舞九天令牌送回胡小天的手中。

胡小天重新將令牌收好，卻聽顏東生道：「原來你是蔣太后的密使！」

胡小天輕聲道：「雖然受了太后的委託，可是我並沒有肩負邦交的使命，太后主要是對長公主的安全放心不下，所以才派我前來。」

顏東生點了點頭，他對大雍國內的政治格局還是非常瞭解的，無論薛勝康生前還是死後，蔣太后在大雍的政治影響力都非常強大。既然是蔣太后的密使，多少也要給他幾分顏面，他低聲道：「賜座！」

胡小天淡然道：「在王上面前不敢坐！」

顏東生聽到他對自己還是充滿了敬意，心中一寬，暗忖你畢竟是在我的地盤上，應該不敢翻起太大的風浪，也沒能力翻起太大的風浪。

胡小天道：「王上，在下心中有一個疑問，都說渤海國乃是法治之地，那麼為何我家長公主會被人劫持失蹤？」

顏東生道：「尊使此言差矣！貴國長公主只是失去消息，並未確定是被人劫持。」

胡小天道：「在下若無證據也不敢來大王面前要個公道！」他將一塊布片拿了出來，那布片乃是鮮豔的綠色，一看就是女子從衣裙上扯下來的布料。太監又過來接了，遞給顏東生。

顏東生拿起那塊布片，卻見上面用鮮血寫著一行字——鄒庸劫持我！顏東生看到這行字不禁內心劇震。

胡小天心中卻暗自得意，鄒庸啊鄒庸，欲加之罪何患無辭，老子坑死你咋地？

顏東生驚聲道：「這布片你從何處得來？」

胡小天道：「啟稟大王，今日清晨，鄒庸邀請長公主出門遊覽，同時受邀的還有貴國的長公主，可是我等左等不見長公主回來，右等不見長公主回來，於是前往他們約定相會的地點去查看，結果找到了這張血書，長公主的字跡我們是認得的，一定是她在緊急的狀況下留下線索。於是我們就前往鏡水行苑要人，可是到了那裡，鄒庸非但矢口否認曾經見過長公主，而且仗著他是渤海國的重臣對我等痛下殺手，殺死了我們的一名兄弟，請問大王，渤海國到底還有沒有王法？鄒庸還是不是大王的臣民？」

顏東生被胡小天問得啞口無言，對方死了一個人是無可否認的事實，而這封血書無論真假，可是上面的這句話直接指向了鄒庸，顏東生道：「可是這……這封血書未必是長公主殿下所寫……」

胡小天拱手行禮道：「大王，在下有幾句話想單獨對大王說。」

第九章

鳳舞九天令牌

顏東生越聽越心驚，胡小天的話不無道理，
蔣太后親生的兒女一共只有三個，
大雍皇帝薛勝康已經死去，剩下薛勝景和薛靈君，
而這次的計畫正是大雍新君薛道洪想要剷除他們兩個，
蔣太后身為母親，豈能眼看著兒女被殺而坐視不理？

幾名大內侍衛聽到這廝的這句話，同時驚呼道：「大王不可啊！」在他們的眼中都認為這個胡大富是個極其危險的人物，如果讓他和大王單獨相對，還不知要發生怎樣的變數。

顏東生雖然對胡小天充滿戒心，可是也不願在眾人面前表現出自己的怯懦，一時間沉默不語。

胡小天舉起雙手道：「在下身上並無兵器！」他將雙手主動背在了身後道：「各位若是擔心我會對大王不利，只管將我捆在抱柱之上，大王的身邊耳目眾多，在下臨來之前，太后曾經叮囑過我幾句話，讓我在必要的時候單獨對大王說。」

顏東生沒有說話，卻悄然向侍衛統領使了個眼色，馬上就有侍衛走過來向胡小天抱了抱拳道：「得罪了！」果真將胡小天捆綁在蟠龍抱柱之上。

胡小天也表現得相當配合，全程沒有掙扎一下，這幫侍衛顯然害怕胡小天有可能對顏東生不利，非但將胡小天用繩索結結實實捆住，而且用精鐵鐐銬將他的手足鎖住。

胡小天心中暗笑，若然自己當真想殺了顏東生，以為這副鐐銬和繩索能夠困得住自己嗎？

雖然是顏東生授意他們這樣做的，可嘴上還假惺惺道：「不必如此，不必如此嘛！你們豈可對尊使無禮！」

胡小天道：「大王不必阻止，是我主動要求他們這樣做。」等那幫大內侍衛將胡小天捆好了，顏東生這才揮了揮手，示意他們全都退了出去，諾大的沐恩宮內就只剩下胡小天和顏東生兩個。

顏東生自認為沒有了危險，緩步走下王座，來到距離胡小天一丈左右的地方，微笑道：「太后讓尊使給我帶來了什麼消息？」

胡小天道：「太后說，清官難斷家務事，薛家的事情自然有薛家人解決，絕不勞煩外人，若是讓太后知道有外人膽敢插手薛家的事情，有一個便殺一個，有一國就滅一國！」蔣太后何嘗說過這番話，根本是胡小天在故意編造，可是眼前又無人證，他手中又有蔣太后親賜的鳳舞九天令牌，渤海王顏東生聽到這裡不由得膽戰心驚。

他勉強維持著笑臉：「尊使的這番話，本王有些聽不明白。」

「大王乃是睿智之人，不是您的問題，應該是我表達得不夠清楚，蔣太后還有一個兒子一個女兒，可是孫子孫女加起來卻有五十多個，若是兒子和女兒沒了，太后就沒了親生後代，可這些孫子孫女就算夭了一個兩個，太后未必還能夠想得起他們的名字。」

顏東生越聽越是心驚，胡小天雖然是在威脅他，可是在顏東生聽來他的話卻不無道理，蔣太后親生的兒女一共只有三個，大雍皇帝薛勝康已經死去，剩下的就只有薛勝景和薛靈君了，而這次的計畫正是大雍新君薛道洪想要剷除他們兩個，蔣太后身為母親，又豈能眼看著兒女被殺而坐視不理？

胡小天盯住他的雙目道：「可能我說得還不夠明白，如果太后的兒女在貴國出了事情，太后絕不會善罷甘休，大王不要以為交出兇手就能夠化解危機，太后的為人要比皇上果斷得多，朝中的老臣們都是對太后尊敬有加的，無論皇上答應了你什麼，可一旦事情鬧大，太后若是堅持追究，皇上也不會違逆。」

顏東生聽完這席話，背後全都是冷汗，臉上的表情也變得惶恐起來，他的嘴唇竭力擠出一絲笑容道：「尊使誤會了，長公主的事情，本王一定徹查到底。」

胡小天道：「當局者迷，旁觀者清，螳螂捕蟬黃雀在後，過度的權力容易讓人迷失，大王恐怕還不知道鄒庸和落櫻宮之間的關係吧？」

顏東生咽了口唾沫，他並不知道鄒庸和落櫻宮之間的關係。

胡小天通過剛才在鏡水行苑和鄒庸的交手以及唐九成在關鍵時刻的現身已經做出了大膽的推論，雖然他並無確實的證據，可是只要能夠擾亂顏東生的內心就已經足夠了。

胡小天道：「鄒庸乃是落櫻宮之主唐九成的私生子！」

顏東生顯然不知道這件事，愕然道：「怎麼可能？」

胡小天道：「看來大王果然不清楚這背後的陰謀，我可以斷定長公主的失蹤和鄒庸有關，若是長公主有什麼三長兩短，那麼大王如何向蔣太后交代？如何向大雍交代？」

顏東生道：「可是……可是……鄒庸……」他仍然對此抱有懷疑。

胡小天道：「大王不要被別人的謊言所欺騙，或許有人答應大王會幫助你清剿蟒蛟島的亂賊，可是焉知他們不會答應別人，趁此機會顛覆大王的政權？」

顏東生倒吸了一口冷氣，他的頭腦已經完全陷入一片混亂之中，是啊！他怎麼就沒有想到，如果一切果然是鄒庸所為，那麼他就是一個狼子野心的陰謀家，到最後自己豈不是白白被別人利用？

胡小天看到顏東生陰晴不定的表情，已經知道自己的話對他起到了作用，輕聲道：「太后還讓我告訴大王一句話。」

「什麼……」顏東生的聲音明顯顫抖了起來。

「各人自掃門前雪，哪管他人瓦上霜。」

顏東生用力抿住嘴唇，這次他不用胡小天為他解釋了。他沉默了一會兒方才道：「朕……朕又焉知你不是在故意挑唆，真正想對朕不利的是你……」

胡小天呵呵笑了起來，他潛運內力，只聽到崩崩的斷裂聲，困住他手腳的鐐銬和繩索竟然被他盡數掙斷。

顏東生嚇得張大了嘴巴，甚至連呼救都忘了。

胡小天並沒有攻擊他的舉動，微笑道：「我若是真想對大王不利，大王以為你的那幫手下能夠攔得住我嗎？」

顏東生望著散落在地上的鐐銬和繩索，整個人如同突然被抽空了一樣，好半天方才回過神來。

胡小天道：「鄒庸的武功不在我之下，落櫻宮主人唐九成的武功更是超出我許多，說句不客氣的話，他們隨時都可以奪去大王的性命。」

顏東生顫聲道：「你……你根本是在故意挑唆……」

胡小天笑道：「我對渤海國內的事情並不感興趣，鄒庸其人做過什麼？咱們心照不宣。」

顏東生感到面孔一熱，鄒庸所做的事情的確讓王室蒙羞。

胡小天道：「王上應該知道他現在的目的吧？」其實他也不清楚鄒庸目前想要什麼，之所以這樣說是想從顏東生的嘴裡套出一些消息。

顏東生道：「朕不會讓他如願，相國之位朕另有人選！」

胡小天心中暗歎，這渤海國果然亂得跟一鍋粥似的，連鄒庸這種面首都想當相國了，想必試圖通過王太后和長公主顏東晴達到目的。胡小天道：「我們中原有句老話，女生向外，女人一旦喜歡上一個人就會迷失自己，甚至會變得六親不認，大王，邀請我們長公主出遊的乃是您的王妹，在下斗膽猜測，這件事上她也有著一定的關係。」

顏東生斷然否決道：「不可能，她不會這樣做。」

胡小天微笑道：「做王妹肯定不如做王后來得威風，大王宅心仁厚，焉知他人全都會以同樣的善心對待您？其實太后讓我轉達的幾句話大王應該好好想想，家裡的事情還需自己解決，畢竟家醜不可外揚，一家人爭來鬥去，這渤海國始終還是顏姓的天下，可是如果借用外力，焉知不是引狼入室，有道是請神容易送神難，就算最後大王達成了心願，可是您是否就能夠保證別人不會覬覦你的江山社稷？」

顏東生緊咬下唇，雖然他明明知道胡小天是在故意挑唆，動搖他的信心，可是他無法否認胡小天所說的句句在理。

胡小天說完這番話之後，向顏東生抱拳道：「該說的話在下已經全部說完，大王自己斟酌吧，告辭！」

顏東生望著胡小天遠去的背影忽然道：「且慢！」

胡小天緩緩回過身來，微笑道：「大王還有什麼吩咐？」

顏東生道：「你……當真是太后的密使？」

胡小天微微一笑：「大王不信，只管去找蔣太后驗明！」

胡小天離去之後，顏東生已經變得心亂如麻，沒有人甘心被別人利用，胡小天雖然隻字不提聚寶齋的事情，可是顏東生也能夠意識到，對方此來不僅僅為了長公主，很可能也是為了化解薛勝景的事情。

各人自掃門前雪，哪管他人瓦上霜。當福延壽將李沉舟不願出面的消息告訴顏東生，這位渤海國主更加深刻地意識到這番話的意義，他怒道：「大雍金鱗衛鬧事，李沉舟竟然不願出面？」

福延壽歎了口氣道：「王上，老奴斗膽說句不該說的話，李沉舟乃是大雍皇帝的人，而胡大富手握大雍蔣太后的鳳舞九天令，李沉舟顯然不願跟蔣太后的人正面衝突。」

顏東生怒道：「他不願正面衝突！難道就要將所有麻煩事都推到朕的頭上？」

福延壽道：「大雍新君上位不久，從這件事可以看出他的帝位尚未穩固，想要借著王上除掉對他構成威脅的燕王和長公主。」

顏東生點了點頭，福延壽的話和胡大富不謀而合。

福延壽向他走近了一步，低聲進言道：「王上，小心引狼入室啊！」

顏東生目光一亮，盯住福延壽的雙目，福延壽誤會了他的意思，慌忙跪下道：「老奴罪該萬死！」

顏東生道：「朕又沒怪你！起來吧！」

福延壽站起身來，卻聽顏東生歎了口氣道：「朕實在是舉棋不定啊！」

福延壽道：「既然舉棋不定，乾脆作壁上觀，王上又何須親自介入其中呢？」

顏東生苦笑道：「朕已經捲進來了，現在想抽身事外又談何容易？」

福延壽道：「先是李長興遇刺，然後是寇子勝被殺，王上打算再派何人去審袁天照的案子？」

顏東生道：「現在大臣們人人自危，好像朕派誰去等於宣佈將誰賜死一樣。」

福延壽道：「這件事雖發生在渤海，可實際上卻是大雍皇權的爭奪而引起。」

顏東生此時已經是騎虎難下，作壁上觀談何容易，他咬牙切齒道：「朕之所以落到如今的境地，全都是因為鄒庸那混帳而起，不殺此人，朕決不甘休！」

就在此時忽然聽到外面傳來通報之聲：「太后娘娘到！」

顏東生和福延壽對望了一眼，太后在此時到來必有急事，顏東生皺了皺眉頭，雙目中閃過一絲厭惡。

「你說什麼？」李沉舟有些錯愕地望著唐驚羽，顯然被他所帶來的消息震驚。

唐驚羽低聲重複道：「胡大富就是胡小天！」

李沉舟劍眉擰在了一處，向來風波不驚的他第一次在人前表現出如此的驚詫。他沉默了好一會兒方才道：「他怎麼會在這麼短的時間內抵達望海城？」

唐驚羽道：「乘坐舟楫自然沒有可能，但如果他精通馭獸之術就另當別論。」

李沉舟有些後悔了，早知今晚前往王城鬧事的人是胡小天，那麼就應當去和他正面交鋒，如果唐驚羽所說屬實，胡小天還真是膽色過人。

唐驚羽道：「薛靈君失蹤的事情應該是他們一手導演。」

李沉舟站起身來，負手緩緩走了兩步，低聲道：「薛靈君應該無礙，可是顏東晴有麻煩了。」

唐驚羽道：「他們策劃這起事件的目的，就是想要用顏東晴換取閻伯光。」

李沉舟的唇角泛起一絲冷笑，顏東晴的性命或許對渤海王室來說非常重要，可是對他而言卻毫無價值。

唐驚羽道：「李將軍，現在他們將所有的矛頭都指向鄒庸。」

李沉舟道：「那又如何？渤海王敢動他嗎？」他對顏東生的性情非常瞭解，對渤海朝內的勢力分佈也了然於胸，渤海王對鄒庸從來都沒有什麼好感，可是有王太后在，他還不敢輕舉妄動，顏東生這個人缺乏為王的魄力。

唐驚羽道：「此事如何處置？」

李沉舟道：「無論他們想要掀起怎樣的風浪，吾等只需穩坐釣魚台，閻伯光要死，顏東晴也要死，胡小天既然可以將矛頭指向鄒庸，咱們同樣可以將矛頭指向他，顏東生只是一個廢物，不足為慮，如果他們膽敢提出用顏東晴來交換閻伯光，那麼咱們不介意送他們一起上路。」

唐驚羽點了點頭。

李沉舟又道：「北澤老怪有四名弟子都死在胡小天的手中，如果胡小天來到渤海國的事情被他知道，想必這位老爺子不會無動於衷。」

人和人之間的關係多半都是利用和被利用，男人如此，女人也是如此。薛靈君坐在豪華溫暖的船艙中，穿著鮮豔舒適的錦袍，對面坐著一位和她同樣誘人動人的美女，兩人之間隔著一張小桌，小桌上擺放著幾樣小菜，一壺美酒。

閻怒嬌似乎有些喝醉了，美眸如絲，柔聲道：「長公主殿下認識他多久了？」

薛靈君當然明白這個他指的是胡小天，她輕聲道：「說長不長，說短不短。」

「你們是朋友？」閻怒嬌的這句話飽含著言外之意，不是朋友就是情人。

薛靈君笑道：「算不上朋友，我不喜歡和太精明的人做朋友，跟他在一起，我會時時刻刻提防，不知他什麼時候就會坑我。」她說的是事實。

閻怒嬌笑了：「他是個好人！」

薛靈君幽然歎了口氣，端起酒一口飲盡：「也許對你來說他是個好人。」

閻怒嬌也將面前的那杯酒喝了，小聲道：「他是個光明磊落的人！」

薛靈君忍不住嬌笑起來，笑得花枝亂顫，笑得閻怒嬌都有些不自然了，咬了咬櫻唇道：「你笑什麼？」

薛靈君道：「看得出你喜歡他，的確像他這樣出色的男人又有誰不喜歡呢？」說這話的時候，她心中暗忖，自己究竟有沒有喜歡過他？甚至連她也不知道答案。

閻怒嬌道：「他對你也很好，你在西川害過他，他這次還不計前嫌地幫你。」

薛靈君道：「他是在幫他自己！」

閻怒嬌因她的這句話臉上的笑容瞬間消失。

薛靈君微笑道：「女人啊！很多時候還是笨一點好。」

閻怒嬌道：「機關算盡也未嘗是一件好事。」

薛靈君點了點頭，起身向艙門走去，離開之前輕聲道：「幸福從來不是別人給你的，而是你自己以為幸福就幸福了，如果你的頭腦夠清醒，就會知道，所謂幸福只不過是自欺欺人罷了！」

閻怒嬌搖搖頭道：「還好我沒有你那麼聰明，我感覺自己現在很幸福。」

薛靈君本想反唇相譏，說她自欺欺人，可是她隨即又改變了念頭，一個暗黑的想法籠罩了她的內心，她小聲道：「難怪他會為你冒險，希望這次他能夠成功將閻伯光從刑場上救下來！」

「什麼？」

兩位長公主失蹤已經整整兩天了，距離閻伯光問斬之日還剩下最後一天，渤海王顏東生仍然沒有收回成命，看來胡小天的那番道理並沒有對他起到太大的作用。

胡小天將夏長明繪製的那幅地圖遞給閻天祿，閻天祿有些愕然道：「什麼？」

胡小天道：「天星苑的鳥瞰圖。」

閻天祿對天星苑並沒有太大的興趣，他甚至懶得向地圖看上一眼，低聲道：「伯光的事情怎麼辦？」

胡小天道：「是時候向他們提出條件，用長公主交換閻伯光。」

閻天祿不無顧慮道：「雖然咱們手中有兩張王牌，可是畢竟這是在渤海國，擔心他們可能使詐。」

胡小天笑道：「不是可能，是一定！唐九成從武功上應該識破了我的身分，鄒庸十有八九是他的兒子，我已經威脅到鄒庸的安全，唐九成不會坐視不理。」

閻天祿倒吸了一口冷氣道：「那豈不是麻煩了。」

胡小天笑瞇瞇道：「的確麻煩了，唐九成方面必然會將這個消息透露給斑斕門，假借北澤老怪之手來將我剷除，畢竟北澤老怪的四名弟子之死全都跟我有關，北澤老怪早已對我恨之入骨。」

閻天祿皺了皺眉頭，無論誰惹上北澤老怪都是一個天大的麻煩，如果論到單打獨鬥，閻天祿也不懼怕什麼北澤老怪，可是斑斕門和五仙教乃是天下用毒最為厲害的兩大宗派，北澤老怪更是用毒的巔峰級高手。單是一個唐九成就很難對付，更不用說再加上一個不擇手段的北澤老怪。他們這次等於同時和斑斕門、落櫻宮兩大宗派為敵，蟒蛟島人數雖然不少，單是真正稱得上頂級高手的目前只有他一個，加上胡小天，他們兩人也未必能夠對付唐九成和北澤老怪。

想到這裡，閻天祿道：「咱們的勝算並不大。」

胡小天笑道：「又不是去跟他們硬拚，何必一定要當場分出一個勝負？」

閻天祿從他的話音中聽出他肯定另有謀劃，低聲道：「你有什麼主意？」

胡小天道：「咱們提出用兩位長公主交換閻伯光，到時候，我們不去，只是讓薛靈君現身。」

閻天祿驚聲道：「你是說放了薛靈君？」說完之後馬上又覺得不妥，薛靈君從來也不是被他們抓來的人質，而是和他們聯手的同盟。

胡小天道：「讓薛靈君公開露面是為了幫咱們對付李沉舟，反正顏東晴還在咱們的手中，他們應該不敢對閻伯光下毒手。」

閻天祿點了點頭，胡小天說得不錯，只要對方認為閻伯光對他們仍有價值，那麼閻伯光暫時就不會有什麼危險。

胡小天道：「按照我的估計，他們必然會利用這次交換人質的機會，集中力量想要將我們一網打盡，我們沒必要跟他們硬碰硬，利用他們前往約定地點的時候，一舉將斑斕門在望海城的據點殲滅。」

閻天祿道：「毀掉天星苑？」

胡小天微笑道：「北澤老怪用毒雖然厲害，可是離不開他豢養的毒物，我們將天星苑毀去，等於折斷他一條臂膀，若是能夠僥倖幹掉他的幾名弟子，等於再給了他一刀。」

閻天祿哈哈大笑，胡小天這小子果然夠陰險，幸虧自己不是他的敵人，不然還不知道要頭疼成什麼樣子。

胡小天道：「他們以為我們急於去救閻伯光，咱們偏偏要出其不意。」

閻天祿道：「只要毀掉了天星苑，咱們就有了剷除北澤老怪的機會。」

胡小天點了點頭道：「你我聯手未嘗沒有殺死他的機會，只要幹掉了北澤老怪，斑爛門不攻自破，只剩下一個落櫻宮，諒他們也翻不起什麼風浪！」

閻天祿道：「只是這樣一來，咱們救伯光的時間就不得不押後了。」

胡小天道：「人必須要救，但是絕不能冒險。」

「怒嬌已聽說他們要將伯光公開梟首的事了，非得要加入到咱們的計畫中。」

胡小天聞言不由得皺了皺眉頭，他和閻天祿曾經事先約定，避免讓閻怒嬌知道這件事，想不到終究還是洩露了秘密。

閻天祿苦笑道：「是薛靈君故意將消息透露給她。」

胡小天暗罵薛靈君多事，同時心中驚醒，薛靈君畢竟是大雍長公主，以她的頭腦是不可能完全服從自己指揮，與自己合作也是礙於形勢方才不得已做出的決定。

閻天祿低聲道：「薛靈君方面會不會有什麼變數？」

胡小天搖搖頭道：「以她目前處境，除了跟我們合作，應該沒有其他選擇。」

閻天祿道：「將她放回去豈不是難以控制？」按照閻天祿的本來意思，將薛靈君扣在自己手中最好。

胡小天道：「李沉舟用不了太久時間就會出面，我們這邊能夠正面克制李沉舟的只有薛靈君。」

閻天祿道：「就依你所言，胡老弟，我現在總算明白你為何能夠在大雍和大康兩大強國之間夾縫求生，還硬生生開拓出一塊疆域，果然是自古英雄出少年，老夫佩服佩服！」

胡小天道：「談到夾縫求生誰也比不上您老，稱霸蟒蛟島縱橫東海數十年，到現在誰也動搖不了你的地位啊。」

閻天祿道：「我怎麼聽著你在挖苦我？是不是說我數十年都龜縮在蟒蛟島？」

按照渤海王顏東生原來的計畫，是要將堂弟閻伯光梟首示眾，提早放出消息就是要讓蟒蛟島以閻天祿為首的海賊知道，如果他們膽敢來劫法場，那麼佈置在法場的伏兵就可以將閻天祿等人一網打盡，閻伯光只不過是一個誘餌罷了，然而大雍長公主薛靈君和自己王妹顏東晴的失蹤已經打亂了他的計畫。

這兩日顏東生雖然沒有任何異常的舉動，可是內心卻沒有一刻平靜過，在和胡小天的單獨談話過後，顏東生開始意識到自己被人利用的現實，就算他幫助薛道洪找出薛勝景的罪證，除掉薛靈君，最終他也撈不到任何的好處，更何況，如今的大雍皇帝薛道洪未必能夠坐穩大雍的皇位，自己現在的行徑很可能成為他日被問責的理由，如果薛道洪最終事敗，那麼自己這個幫兇或許會首當其衝承擔其責。大雍方面一怒之下，或許真的會將渤海滅國。

顏東生不是傻子，只是對蟒蛟島的仇恨蒙蔽了他的雙眼，冷靜下來，他開始意識到蟒蛟島雖然讓他頭痛卻並不致命，已經被驅逐多年的閻天祿想要搶奪自己的王位幾乎沒有任何可能，但是他如果過度依靠大雍，引狼入室的結果很可能會斷送顏氏一族的江山。

顏東生本想借著薛靈君的事情尋找鄒庸的晦氣，可是在他還沒有召喚鄒庸之前，王太后已經登門對他做出暗示，如果他敢將鄒庸治罪，太后方面是不會坐視不理的，顏東生心中雖然不滿，可是也不敢和太后公然決裂，最後也只是將鄒庸叫來狠狠斥責了一通。

鄒庸對顏東生的斥責並沒有放在心裡，看到顏東生果然沒有因此而將自己治罪，推測到太后的話起到了作用，心中越發有恃無恐，他向顏東生道：「王上英明，臣自知在此事的處理上欠妥，但是臣敢以性命擔保，臣和薛靈君失蹤之事沒有任何的關係。」

顏東生冷笑道：「明明是你約了人家，薛靈君在赴約的途中出了事情，金鱗衛找你要人也是正常。」

鄒庸道：「王上，臣仔細回想這件事的過程，發現其中大有蹊蹺，當日並非是臣主動約見薛靈君，而是她主動約臣，至於長公主方面也是她主動邀約，臣說句不該說的話，這件事很可能和薛靈君有關。」

顏東生道：「你是說整件事都是薛靈君自導自演的一齣戲了？呵呵，堂堂大雍公主她因何會這麼無聊，只是因為好玩嗎？」

鄒庸道：「王上，據臣所知，那位她的舊情人胡大富其實是冒名頂替，他的真實身分乃是東梁郡的城主胡小天！」

顏東生雖然和胡小天已經做過一番深談，但是他聽到這一消息仍然感到震驚非常，愕然道：「可就是大康永陽公主的未來駙馬嗎？」

「就是他！」鄒庸咬牙切齒道。

顏東生道：「不對，朕曾經親眼見他拿出了大雍蔣太后的鳳舞九天令。」

「薛靈君可以交給他啊！」

顏東生沉默了下去。

鄒庸道：「王上，您如果仔細考慮一下就會發現，胡小天、薛靈君、閻天祿之間應該已經聯手，這次的失蹤事件十有八九是他們共同計畫。」

顏東生低聲道：「只怕你也沒有確實的證據吧。」

鄒庸道：「現在雖然沒有，可是馬上就會有，他們擄走長公主的目的無非是想營救閻伯光……」

此時大內總管福延壽快步走了進來，神情緊張地來到顏東生身邊附耳說了幾句，然後將一封信遞給了他。顏東生對著那封信看了看，怒不可遏道：「真是豈有此理！這幫賊子實在是太過囂張！」

他揚起手中那封信向鄒庸道：「閻天祿那老賊果然抓了大雍長公主薛靈君和朕的王妹，要用她們的性命換取閻伯光！」

鄒庸道：「王上，此事果然被臣言中了。」

顏東生咬牙切齒道：「朕不殺閻天祿誓不為人！」說完之後卻又歎了口氣道：「只是當務之急卻是要將兩位長公主救回來，閻伯光死不足惜，可是決不能因為他而連累了兩位長公主的性命。」

鄒庸點了點頭道：「閻伯光賤命一條，當然不能和長公主相提並論，陛下，這次看似被動，不過對我們來說卻是剷除閻天祿的最好機會。」

顏東生道：「你有什麼想法，只管說出來。」

鄒庸道：「陛下，我們可以借此機會集結力量，在完成人質交換之後將他們一網打盡。」

顏東生道：「你說的容易，那閻天祿也非尋常人物，十分狡詐，他在信中已經提出地點和時間由他來定，咱們這邊如何來得及佈置？他若是發現風吹草動，肯定會取消交換，到時候又該如何是好？」

鄒庸道：「陛下不用擔心，此事就交給臣來佈置。」

顏東生將信將疑地望著鄒庸：「鄒庸，你這次不會讓朕失望吧？」

鄒庸道：「臣必竭盡所能。」

顏東生冷冷道：「我不要你竭盡所能，我要你確保萬無一失，一定要將薛靈君和朕的王妹平安救出來。」

鄒庸之所以敢主動請纓接下這件事，完全是出自他對父親和北澤老怪兩大高手的信心，北澤老怪對胡小天早已恨之入骨，今次交換人質，胡小天應該不會出現在現場，可是閻天祿十有八九會親自前來，只要剷除了閻天祿，再對付胡小天就輕而易舉了。

正如顏東生所說的那樣，閻天祿果然狡詐，他將人質交換的地點不停變更，直到最後方才定在當天亥時在黃驊港交換人質。

就在北澤老怪和唐九成等人帶著閻伯光前往黃驊港的同時，胡小天和閻天祿也悄然展開了針對天星苑的行動。

月色如霜，兩道白光掠過夜空，一個巨大的黑影悄聲無息地跟在後面，前方的兩道白光乃是兩隻高速飛行的雪雕，夏長明位於其中一隻的身上，閻天祿騎在另外一隻雪雕的背上，向來鎮定自若的他此時臉上的表情也顯得異常緊張，他活了這麼大年紀，騎雕翱翔還是第一次，現在他總算明白胡小天為何會在這麼短的時間內可以抵達渤海國了。

胡小天騎在飛梟身上，幾日不見，他和飛梟顯得格外親切，飛梟頸部的翎毛已經完全長出來了，再不是禿鷲的模樣，威風凜凜，霸氣側漏，胡小天輕輕撫摸著牠的頸部，笑道：「現在的模樣好看多了。」

前方夏長明放慢了速度，雪雕和飛梟比翼齊飛，現在雪雕和飛梟已經適應了彼此的存在，雪雕對飛梟也沒有了昔日的畏懼，彼此間已經建立起默契的友情。

夏長明道：「主公，下面就是天星苑了，我仔細觀察過這裡的地形，北澤老怪住在中心土丘的位置，那裡應該有一個土洞，是他試煉毒物的地方。」

胡小天點了點頭道：「不管他三七二十一，回頭將天星苑全都一把火燒了。」

夏長明道：「天星苑內大概有二百名門徒，你們兩人夠不夠？」

一旁傳來閻天祿的笑聲：「就算是北澤老怪來了老子都不怕，更不用說他的那幫徒子徒孫，來一個殺一個，來兩個殺一雙！」最近閻天祿也是憋了一肚子的火，今日終於到了反擊的時候，雖然行動沒有開始，他就已經殺氣騰騰了。

夏長明道：「那我就在空中接應，你們需要離開的時候，就向我發出信號。」

胡小天點了點頭道：「你不用擔心，我們很快就能解決問題。」他駕馭飛梟來到閻天祿的下方，讓閻天祿跳下來，飛梟強健的體魄足以承受他們兩人的重量，雪雕因為自身羽毛的顏色太過醒目，如果飛得太低容易暴露目標，而飛梟則不然，牠羽毛的顏色和夜色幾乎融為一體，不易被對方發現。

夏長明又道：「那就祝兩位旗開得勝了！」

飛梟接了閻天祿之後迅速向下方俯衝而去，天星苑的建築在迅速放大，在距離地面約有十丈左右的時候，胡小天低聲道：「跳下去！」

閻天祿點了點頭和胡小天一起騰空從飛梟身上一躍而下，飛梟在兩人離開自己背脊之後，馬上一個閃電般的爬升，向黑天鵝絨般的夜空中飛去，追逐著高空中的那兩道流星般的白光。

胡小天施展馭翔術，斜行俯衝，直奔天星苑沒有亮燈的西北角落，他雙臂展開猶如一隻在暗夜中滑行的鷹隼，閻天祿落下的方法和他完全不同，身軀在空中不停翻滾，看起來就像是一個旋轉的黑球，就快落到地面之時閻天祿隔空揮出一拳，這一拳砸在荒草叢生的土坡之上，借著反擊的氣浪，下墜的速度得以緩衝，閻天祿的身軀向上拔高一丈有餘，然後緩緩落在了地上。

再看胡小天就在自己的頭頂，宛如一隻鳥兒一般滑翔，輕飄飄如同一片枯葉般落地，閻天祿心中暗讚，單就輕功而論胡小天無疑超出自己許多。

兩人落地之後，彼此會合到一處，閻天祿以傳音入密道：「我來對付外面，你去毀了他煉製毒物的地方。」

胡小天笑道：「外面人多，您老能應付嗎？」

閻天祿從腰間摘下玄鐵手套戴上，充滿信心道：「我殺光這幫賊子。」

胡小天指了指面孔，閻天祿又從皮囊中取出一張青銅面具戴上，這面具不但能夠隱藏本來面目還有護臉的功效，雖然比不上人皮面具精巧，可是勝在實用。

胡小天向他抱了抱拳。

閻天祿道：「等我殺人放火之後，我去那個洞口前等你會合。」

胡小天道：「好！」

閻天祿已經大步向燈火閃爍的地方奔去。

胡小天看到他離去，馬上施展易筋錯骨，短時間內高大挺拔的身軀變成了一個駝背雞胸的羅鍋，將面具揭掉，利用改頭換面改變容貌，現在已完全變成另外一個人，除非是親眼所見，誰也不會將現在的他和剛才那個人聯繫在一起，最後又從皮囊中拿出他特別定製的水晶風鏡戴上，這才快步向北澤老怪煉製毒物的土洞靠近。

胡小天尚未來到土洞，就聽到遠方傳來陣陣慘呼，閻天祿已經大開殺戒，他和胡小天今天一明一暗，閻天祿就是要製造動靜將天星苑裡留守的那群人吸引過來。前方就是土洞，胡小天從腰間抽出逆風，看到土洞之中陸續有十多人衝了出去，顯然是聽到動靜前往援助，等到那十多人離去之後，胡小天確信無人繼續出現，這才從暗處向洞口衝去。

在洞口守門的兩名斑斕門的弟子只看到眼前黑影一晃，還沒有看清來的到底是什麼，胡小天已經手起刀落，斬風從兩人的頸部橫削而過，兩顆頭顱橫飛而出，鮮血從斷裂的腔子裡噴泉般狂射了出去。

胡小天腳步不做任何停留已經衝入洞中，在衝入洞中的剎那，他看到洞口之上寫著三個字——纏綿洞。

胡小天心中暗奇，這土洞怎會起了一個如此奇怪的名字，莫非北澤老怪在洞裡還藏了美人不成？

纏綿洞內極其寬闊，兩旁洞壁之上每隔五丈距離都置有火炬，照得整個洞內燈火通明。胡小天走了二十餘丈，卻見前方十多名斑斕門的門徒衝了上來，幾人同時發現了胡小天的影蹤，其中一人大喝道：「你是什麼人？竟敢擅闖天星苑！」

胡小天一言不發，足尖一點身法快如閃電衝入對方的陣營之中，手中斬風刀連番揮舞，轉瞬之間又有六人身首異處。看到他如此凶猛，倖存幾人慌忙向後方撤退，一邊撤退一邊發起求救的呼喊，兩名斑斕門弟子揚起弩箭，朝著胡小天連番發射，他們的弩箭全都餵毒，一經射出，空氣之中馬上彌散著腥臭的味道。

胡小天不敢有絲毫大意，手中斬風刀上下翻飛，將射向自己的毒箭全都磕飛，身體騰空而起，右腳踏在洞壁之上，然後凌空一刀揮了出去，刀氣脫離刀身飛出，一道長達兩丈的寒光直接從三人的腰間劃過，噗噗噗，三聲輕響，三人已經被有質無形的刀氣攔腰斬斷。

剩下的三名斑斕門弟子沒命向裡面逃竄，胡小天緊隨其後，舉刀準備刺殺，卻聽到前方傳來嗡嗡不絕的聲音，舉目望去，但見從洞內飛來黑壓壓一片黃蜂，胡小天慌忙以刀光護體。

那成千上萬隻黃蜂雖然凶猛，可是無法攻破胡小天護體的刀盾，一旦靠近刀氣輻射的範圍，馬上便被震為齏粉，胡小天雖然沒有受到傷害，但是前進的步伐也大大減緩。

前行十餘丈，黃蜂漸漸稀少，胡小天看到一名青袍男子出現在自己的前方，那名男子竟然是曾經擔任蟒蛟島六當家的盧青淵。胡小天過去並不知道盧青淵和斑斕門有關係，他既然出現在這裡，想必十有八九也是北澤老怪的弟子。

盧青淵望著胡小天，臉上的表情顯得有些迷惑，冷冷道：「你是何人？知不知道天星苑是什麼地方？想要跟我們斑斕門作對嗎？」

胡小天呵呵笑道：「斑斕門？聽起來很威風的樣子，我過去怎麼沒聽說過？盧青淵，你跟北澤老怪是什麼關係？」

盧青淵聽他一口就叫出自己的名字，心中也是一怔，點了點頭道：「敢問閣下高姓大名？」

胡小天笑道：「一個將死之人，告訴你又有什麼意義？」他揮刀劈中一隻想要偷襲自己的黃蜂，內息在丹田氣海中迅速膨脹，周身殺氣漸濃。

盧青淵點了點頭，忽然雙手一抖，兩顆彈丸彈射出來，不等射中胡小天，在中途就已炸裂，波的一聲，粉紅色的煙霧迅速彌散開來。胡小天早在進入纏綿洞之前就已經屏住氣息，他對斑斕門的手段是有所瞭解的，不怕一萬就怕萬一，雖然自己的身體有可能百毒不侵，但凡事總有例外，若是過於大意說不定就會陰溝裡翻船。

胡小天從外公那裡早就學會了裝死狗的閉氣功夫，就算在水下長時間不呼吸也能做到，他前來清剿斑斕門之前做足了準備，臉上戴的水晶風鏡就是為了避免對方用毒粉損傷自己的雙目。

盧青淵射出毒氣彈的同時已經向後退去，粉紅色的毒霧之中，一道身影橫衝而出，卻是胡小天根本沒有受到毒霧的影響，穿越毒霧向盧青淵逼迫而來。

盧青淵心中暗驚，他拿起一顆黑黝黝的彈丸用力向地面上擲去，蓬的一聲，彈丸落在地上馬上就炸裂開來，火星四射，地面竟然燃燒起來，在盧青淵和胡小天之間出現了一道長達三丈的火牆，火焰呈現出碧油油的綠色，蔓延速度奇快，三丈以內所有的洞壁都已經燃燒，只剩下中間直徑三尺的一個孔洞沒有波及。

胡小天不得不停下腳步。

盧青淵在火焰的對面冷笑道：「竟敢強闖天星苑，我看你是嫌自己命長了！」說話間手中弩箭齊發，接連射向胡小天。

胡小天手中斬風輪番揮舞，將對方的暗箭斬落，本以為火勢會迅速減弱下去，卻沒有想到那綠油油的火焰非但沒有減弱的跡象，反而越燒越旺，如今中間的孔洞只剩下兩尺直徑沒有被火封住了。

胡小天暗叫不妙，這樣下去豈不是被對方阻隔在外，非但殺不了盧青淵，甚至連毀掉北澤老怪毒窟的計畫也要落空。

胡小天向後退了數步，目光覷定那綠色火圈的正中，看到盧青淵那張得意的笑臉，盧青淵以為胡小天十有八九要知難而退了，可是卻發現胡小天在後撤一段距離之後再度向己方衝來。

胡小天騰空飛掠而起，手中斬風刀直刺前方，身體宛如陀螺般旋轉，無形刀氣形成一個無形漩渦，綠色毒焰被刀氣的離心力甩向周圍，中心的缺口瞬間擴展了許多，胡小天人刀合一，整個人如同一支激射而出的箭矢，以驚人的速度穿越火牆，直奔盧青淵而去。

盧青淵慌忙射出十多支弩箭，卻盡數被胡小天手中刀擊落在地，看到火牆已經無法擋住胡小天前進的腳步，他慌忙抓住一名手下向衝出火牆的胡小天扔了過去。

胡小天衝出火圈，揮刀將扔到自己面前的那人攔腰斬斷，那人的屍體在空中一分為二，讓胡小天感到驚奇的是，斷裂處竟然沒有一絲一毫的鮮血流出。從那人身體內部，一個個栗子大小的黑色蟲子爬出，轉瞬之間已經佈滿地面。

胡小天雖然不認得這甲蟲是什麼，可也能夠猜測到此物必然是厲害的毒蟲，他以斬風刀點在地面之上，刀身因他身體的重量而彎曲，旋即又因自身良好的韌性迅速繃直。

胡小天借著長刀的反彈之力，身軀再度騰空而起，從那密密麻麻的黑色甲蟲的上方飛掠而過。腳步剛剛落地，前方又有密密麻麻的黑色甲蟲向他包圍而來，那甲蟲如同潮水一般洶湧，覆蓋周圍洞壁，沒有留下絲毫縫隙，胡小天的前後都有甲蟲向他靠近，眼看著就只剩下一丈寬度的地方沒有被甲蟲佔據。

胡小天急中生智，揚起拳頭凝聚全力，照著地面就是一拳，這一拳正是外公虛凌空傳授給他的神魔滅世拳，此拳威力巨大，一旦擊中目標，力量會迅速擴展出去，胡小天擊中地面之後，內力沿著洞壁擴展開來，力量波及之處，甲蟲紛紛震落在地，這樣一來，地面上的甲蟲更是密密麻麻，但是地洞兩側和頂壁的甲蟲因為無法承受拳力的震動而簌簌落地，地面上甲蟲仍然如潮水般蔓延。胡小天立足的地方只剩下兩尺，他在此時啟動，揮舞斬風護住全身，全速向前方衝去。

雙足在洞壁沒有甲蟲的地方來回踢踏，終於凌空飛越了這密密麻麻的蟲陣。回首望去，甲蟲集結之後再度向他蜂擁而來，胡小天暗叫麻煩，不敢做絲毫停留，全速向土洞深處衝去。

盧青淵看到自己手段層出仍然無法阻擋胡小天追擊的腳步，心中不由得暗暗叫苦，前方洞口分叉處，他向右側奔去，胡小天緊隨而入，兩名試圖阻止他前行的斑爛門弟子還未靠近就被胡小天揮刀斬殺。

盧青淵口中發出一聲聲怪異的嘶吼，胡小天不知道他到底在說些什麼，眼看兩人之間的距離越來越近，唇角不由得泛起一絲得意的笑容，今日一定要殺掉盧青淵，一泄心頭之恨。

盧青淵已經逃到地洞的盡頭，前方無路可逃，他迅速轉過身，抽出腰間長劍，看來要和胡小天做殊死一搏。

胡小天放緩了追擊的速度，以他的武功除掉盧青淵應該不難。

盧青淵英俊的面孔之上流露出畏懼之色，他忽然扔掉了手中長劍，靠在洞壁之上，雙手抓住鐵鍊，搖了搖頭道：「我和你無怨無仇，你何必逼人太甚？」

胡小天微笑道：「你在蟒蛟島設計害人之時，怎麼不這樣說？」

盧青淵道：「你是閻天祿的人，我技不如人無話可說，可是你總得讓我死個明白，你是誰？你到底是誰？」

胡小天根本不屑於回答他的問題，手中斬風刀舉起，內力貫注其中，他已經下定必殺盧青淵之心。

就在此時，盧青淵的手忽然將洞壁的鐵鍊用力扯下。

只聽到轟隆隆一聲巨響，胡小天腳下突然一空，出現了一個直徑達三丈的巨大洞口，他的身軀向下方直墜而下。胡小天應變奇快，丹田氣海中內息瞬間暴漲，呼吸之間，身軀拔高兩丈有餘，他時刻警惕盧青淵的手段，看到這廝如此狡詐，不由得怒火中燒，雙手擎起長刀，向盧青淵俯衝而去，這一刀必然要將這廝劈成兩段。

胡小天正要揮出這一刀的時候，一道白色的絲索從地洞中激射而出，胡小天第一時間反應了過來，及時變幻刀勢，一刀砍在絲索之上，可是刀鋒砍在絲索之上竟然無從發力，非但沒有將絲索斬斷，反而被絲索黏住，幾乎就在同時，又是一道絲索射到面前，胡小天身在空中正準備棄刀逃離之時，卻看到那白色絲索的頂端忽然如同鮮花般盛開，展開了一張巨網，將他的下半身包裹在其中，胡小天只覺得一陣強大的力量將他向下拖去，再想掙脫已經來不及了。

胡小天的身體直墜而下，因為驚恐而大叫起來，可是很快他就落在一張軟綿綿的白色大網之上，他的身體在大網之上上下起伏，胡小天想要掙脫大網站起身來，方才發現這張大網充滿了黏性，想要掙脫實在不易，他舉目望向四周，卻見對面一個巨大的黑影正在緩緩向他靠近，地洞雖然黑暗，可是胡小天的目力可以在夜間視物，目力所及，發現那靠近他的物體竟然是一個磨盤大小的蜘蛛，這還不算牠那八條丈許長度的大腿。

胡小天兩輩子加起來也沒見過這麼大的蜘蛛，此時方才明白剛才那白色的絲索竟然是蛛絲，盧青淵看似無路可退，其實是將自己引到這裡，故意做出搖尾乞憐的樣子，趁機觸動機關，把自己送到了地洞中。

現在已經無暇顧及盧青淵的事情，胡小天望著那隻步步逼近的巨大蜘蛛，心中不禁一陣發毛，這北澤老怪是多能折騰啊，居然養出了這麼大一隻怪物，比帝王蟹都大多了。

巨型蜘蛛應該是認為胡小天已經成為盤中餐，所以移動的速度不慌不忙。

胡小天來回掙扎，想要掙脫蛛網的束縛，可是那蛛網韌性十足，隨著他的動作來回蕩動起伏。上方傳來盧青淵幸災樂禍的笑聲，他站在地洞邊緣，望著下方被困的胡小天，陰測測道：「駝子，雖然你生得醜怪了一些，可好在小青並不挑食。」

小青自然是這巨型蜘蛛的名字，胡小天暗罵，這小青長得比白蛇傳裡面的妖怪醜多了，換成那條美麗的青蛇，老子真要是被吃了倒也不冤。胡小天當然不能甘心死在這蜘蛛的口中，眼看蜘蛛越來越近，他強迫自己冷靜下來，開始潛運內息，積聚丹田氣海中的內力，短時間內掙脫不開蛛絲的束縛，他已經做好了最壞的打算，如果蜘蛛對自己發起攻擊，自己可以在近距離激發出內力，將蜘蛛震死。

可是那隻巨型蜘蛛在距離胡小天一丈處忽然停了下來，興許是真的嫌棄胡小天現在的這幅尊容長得實在是太醜陋，對他沒有食欲。

盧青淵看到那蜘蛛止步不前，不由得有些奇怪，他催促道：「小青，晚餐來了，吃了他！」說話的時候，還從角落中取出一個木盒，將木盒內的東西從高處向胡小天的身體上傾倒下去。

盧青淵倒下來的全都是各種各樣的毒蟲，平時他們就是用這些毒蟲飼養蜘蛛。胡小天的身上毒蟲爬得到處都是，他在心中把盧青淵的祖宗八代問候了一遍，可惜現在手足被蛛絲縛住，越是掙扎，黏在身上的蛛絲越多。

巨型蜘蛛在毒蟲的吸引下又向前爬了三尺，兩隻巨大的獠牙清晰可見，胡小天頭皮發麻，這隻蜘蛛不知吃了多少毒蟲才長得如此巨大，毒性必然強烈無比，如果任牠在自己身上咬上一口，恐怕神仙難救。

盧青淵道：「吃啊！吃了他！」

胡小天怒道：「盧青淵，我操你大爺，有種你下來跟我單打獨鬥！」

盧青淵哈哈大笑：「激將法對我沒用！」

胡小天的身軀用力向下方蕩動，身體猶如躺在蹦床上一樣上下起伏，不過幅度只是在上下一丈左右迴盪，這樣的動作讓他抖落了身上的一些毒蟲，卻不足以讓他從蛛絲的束縛中逃脫。

那隻巨型蜘蛛居然後退了一些距離，饒有興趣地望著這個垂死掙扎的傢伙。

盧青淵善於趁火打劫，看到蜘蛛遲遲沒有對胡小天發起攻擊，他從腰間掏出弩箭，瞄準了胡小天的胸口連續射了過去，一排弩箭連續射擊在胡小天的胸口之上，卻並未射入胡小天的胸口分毫，胡小天的身上穿著護甲，乃是他在蟒蛟島所得，是閻天祿珍藏的七星海蛇外皮做成，堅韌異常，可以擋住刀箭。雖然如此，箭鏃的衝擊力也撞得胡小天胸口一陣陣劇痛，躺在蛛網之上，他空有一身內力可惜無從發出，丹田氣海中內息仍然在不停積聚著。

盧青淵看到這一輪射擊過後胡小天居然完好無恙，馬上明白他肯定穿了寶甲，他移動弩箭瞄準了胡小天的腦袋，身上有護甲，可是面部沒有防護。

胡小天一顆心涼了半截，想不到自己終究還是大意了，竟然落到無還手之力任人宰割的窘境。

第十章

多一分
逃生的可能

盧青淵意識到自己中了胡小天的圈套，
胡小天就主動向他示好，還提出握手言和，
事實上卻是想引誘盧青淵那隻能動的手掌靠近自己，
也只有這樣才能利用虛空大法吸取這廝的內力，
雖然胡小天也不知道增加這點內力對自己掙脫束縛有沒有作用，
可在眼前的狀況下，多一點力量就多一分逃生的可能。

盧青淵咬牙切齒道：「去死吧！」他的手指還未扣動扳機，卻見下方一道絲索直奔他射來，在他面前化為一張白色巨網，盧青淵慌忙施射，毒箭飛出，卻被大網盡數黏住，與此同時巨網將他的身軀籠罩，盧青淵驚呼一聲，竟然被那蜘蛛也從地洞邊緣拖了下來，本來他大可以順利脫身，可是他太想親眼見證胡小天被蜘蛛生吞活剝，看到蜘蛛始終沒有動靜，不由得有些心急，於是才決定親自下手。

人在接近成功之時往往容易被勝利衝昏頭腦，盧青淵也不能免俗，他只顧著攻擊胡小天，卻忘了那隻巨型蜘蛛這個潛在的危險。

巨型蜘蛛吐出的蛛絲將他拖了下來，盧青淵驚叫著落在蛛網之上，他距離胡小天只有五尺距離，因為他墜落的衝擊力，導致兩人的身體在蛛網之上此起彼伏。

盧青淵驚恐莫名，比起不知道這隻蜘蛛來路的胡小天，他更加害怕，這隻蜘蛛乃是他師父北澤老怪豢養多年的劇毒之物，他也不清楚這隻蜘蛛究竟有多少歲，總之在他入門之時，就已經有了這隻蜘蛛，他第一次見到這蜘蛛時，還只有人臉一般大小，這些年來不斷增大，如今單單是身體直徑就有五尺左右，那一根根長腿更是駭人，之所以能夠生長得如此巨大，全都靠這些年進食無數毒物的緣故。

那蜘蛛乍看是黑色，可仔細觀察就會發現牠的身上有五彩斑斕的暗紋，這會兒牠似乎並沒有攻擊兩人的欲望，只是靜靜趴在蛛網的遠端。

胡小天看到盧青淵害人終害己，心中不免有些得意，咧開嘴無聲笑了起來。

盧青淵當然知道他笑什麼，現在的心情悔恨交加。

胡小天以傳音入密道：「我是個醜陋的駝子，只怕牠對我沒興趣，你長得細皮嫩肉，看來一定是你才對牠的胃口了。」

盧青淵不敢說話，喉結因為緊張而上下蠕動，他竭力掙脫，怎奈這蛛絲的黏性奇大，更何況他們的身體懸在空中根本無處著力。盧青淵目前只有左手能動，胡小天更慘，手腳都被蛛絲縛住，根本動彈不得。

胡小天道：「你別動，你再動，就會把牠吸引過來了。」他的話音剛落，那蜘蛛果然挪動了一下腳爪。

盧青淵嚇得馬上停止了動作。

胡小天道：「大家現在是栓在一根繩上的螞蚱，不如放下仇恨，先逃出去再說，不如咱們握手言和？」他的目光望向盧青淵的左手。

盧青淵滿面狐疑，心中暗忖這廝莫非要搞什麼花樣，並未將手伸過去，顫聲道：「你有什麼……主意？」如果能夠逃出生天，他寧願不再找胡小天的麻煩。

胡小天能有什麼主意，他低聲道：「你對牠的性情應該瞭解，知不知道牠有什麼弱點？」

盧青淵搖了搖頭道：「牠的外殼堅逾金鐵，力大無窮，劇毒無比，根本沒有弱點。」

胡小天暗罵這廝說的全都是廢話，可也聽得暗暗心驚，就在此時，那蜘蛛開始緩緩向盧青淵靠近，盧青淵嚇得魂飛魄散，想不到居然被這駝子說中，蜘蛛也嫌棄他的醜怪模樣，顯然看上了自己。

眼看那蜘蛛越來越近，盧青淵嚇得拚命向胡小天的位置掙扎，看到胡小天的右手就在觸手可及的位置，猛然一把抓了上去，他的本來用意是把胡小天拖過來扔向那蜘蛛，給自己當人肉盾牌，可是卻想不到剛一抓住胡小天的手掌，就感覺到一股強大的吸力從胡小天的掌心傳來，他體內的內力源源不斷向對方流去。

盧青淵心中大駭，此時方才意識到自己中了胡小天的圈套，胡小天剛才就主動向他示好，還提出握手言和，事實上卻是想引誘盧青淵那隻能動的手掌靠近自己，也只有這樣才能利用虛空大法吸取這廝的內力，雖然胡小天也不知道增加這點內力對自己掙脫束縛有沒有作用，可在眼前狀況下，多一點力量就多一分逃生的可能。

盧青淵為人精明謹慎，剛開始也沒有中了胡小天的圈套，可是看到那蜘蛛靠近自己，驚恐之下想要拖胡小天墊背，卻想不到這下正中對方下懷。體內的內力如同江河決堤一瀉千里，盧青淵的身體也因為這強大的吸力向胡小天靠近。

蛛絲雖然黏性奇大，但是因為兩人位置的變化，而發生形變。

那巨型蜘蛛看到盧青淵突然被胡小天拉扯過去，還以為有人要跟牠爭奪獵物，行進的速度猛然加快，揚起兩條長腿照著盧青淵的胸腹狠狠插落下去，可憐盧青淵空有一身武功，只可惜手足無法動彈，體內的內力還源源不斷地被胡小天吸去，身體迅速變得虛弱無力，眼看著那兩條如同刀劍般鋒利的長腿根本無從閃避，被當胸穿透，蜘蛛的兩顆獠牙狠狠咬住盧青淵的脖頸，胡小天目睹眼前的慘狀也是心中大駭，現在是盧青淵，接下來就輪到自己了。

此時因為巨型蜘蛛來到近前，所有的重量都集中在他們所處的位置，蛛網出現了嚴重形變，以他們為中心向下深深凹陷下去，可是蛛絲強韌，縱然形變也無法崩斷，胡小天留意到斬風就在距離自己的左手不遠處，他竭力伸出手指，中指堪堪觸及斬風的刀柄。

蜘蛛的獠牙切斷了盧青淵的脖子，這會兒功夫已經用蛛絲將盧青淵的身體完全包裹，形成了一個巨大的亮白色的蛹。完成了工作之後牠開始緩緩向胡小天移動。胡小天周身都已經被冷汗濕透，他本指望著吸取盧青淵的內力之後能夠掙脫開蛛網，可是增添的那點內力仍然不足以讓他掙脫開來。

蜘蛛移動的速度非常緩慢，似乎這個醜陋的駝子提振不起牠的食欲，胡小天的手指雖然觸及刀柄可是始終差那麼一丁點的距離才能將刀柄握住，眼看蜘蛛已經緩緩揚起了前爪，胡小天丹田氣海已經形成一個虛空的深淵，彷彿可以容納百川，左手的掌心終於爆發出強大的吸引力，黏附在蛛網之上的斬風劇烈顫抖著，不斷靠近的距離，讓胡小天的手成功抓住了刀柄。

電光石火的剎那，他的內力又從吸入變為外放，內息源源不斷地注入刀身，斬風因為內力的注入似乎突然有了生命力，刀身上的鱗紋浮光掠影，似乎有一條長龍困在刀身之中掙扎欲出。

巨型蜘蛛已經將前爪舉到了最高點，牠意欲故技重施，用鋒利如刀的前爪穿透這個前雞胸後羅鍋的醜陋傢伙。

胡小天緊咬牙關，內力湧入長刀，化為凜冽的刀氣，斬風的銳利刀鋒雖然無法斬斷蛛絲，可是堅韌的蛛絲在凜冽的刀氣面前卻不堪一擊，刀氣輕易就斬斷了蛛絲，胡小天心中大喜過望，竭力揮舞長刀，將蛛網破出一個大洞，身體從破裂的洞口中向下墜落，巨型蜘蛛顯然沒有料到會發生這樣的變化，還未來得及發出最後攻擊，就看到獵物的身體從破洞中直墜而下。

胡小天的身體並沒有徹底脫離蛛絲，他的雙腿仍然被蛛網纏繞，從破裂的洞口中掉落下去之後，就處在一個頭下腳上的架勢。

巨型蜘蛛吐出一條長絲，意圖束住胡小天的頸部，胡小天揚起斬風全力一揮，終於成功斬斷腳下的蛛網，他的身體繼續向下墜落，此時他方才想到一個可怕的問題，這地洞不知有多深，這樣倒栽蔥摔下去很可能會被摔個粉身碎骨。

胡小天的擔憂並沒有持續太久的時間，剛剛落下兩丈的距離，那蜘蛛又射出一道絲索，將他的雙腳黏住。

胡小天倒吊在半空中，他垂頭望去，卻見自己的頭頂距離洞底還有五丈左右的距離，本可以鬆一口氣，可是再看上方，那巨型蜘蛛已經沿著蛛絲迅速下行。

胡小天怒吼一聲：「孽障，你也敢欺負我！」雙手握住斬風，身體向前折起，一刀狠狠向舉行蜘蛛砍去，這一刀氣勢十足，而且在他雙手重獲自由之後，本應該發揮出更大的力量，可是真正揮出卻並沒有達到預想的效果，這次竟然沒有成功將刀氣外放。

蜘蛛已經來到近前，揚起一對長腿如砍刀般插去，和斬風撞擊在一起，噹的一聲巨響，胡小天幾乎不能相信自己的眼睛，自己凝聚全力的一刀，再加上斬風削鐵如泥的刀刃竟然沒有將蜘蛛的雙爪斬斷，碰撞出火星飛濺。可是儘管沒能將蜘蛛的雙爪斬斷，胡小天的這記重擊，也將蜘蛛砸得脫離了絲索，巨型蜘蛛磨盤大小的身軀被擊飛，可馬上牠又彈射出一條絲索，附在洞壁之上，身軀黏在絲索之上螺旋般轉動，以此卸去胡小天重擊的力量。

胡小天望著這隻怪物頭皮一陣發麻，我靠！北澤老怪居然在這地洞中養了那麼一隻怪物，刀槍不入。

蜘蛛吃了胡小天的重擊之後，顯然意識到了他的厲害，這次並不急於接近胡小天，而是連續吐出蛛絲，目標也不是胡小天，而是在胡小天身下形成了一道縱橫交錯的蛛網。

胡小天望著那隻巨型蜘蛛，暗暗提醒自己一定要冷靜，剛才之所以能夠在生死關頭逃脫束縛，完全是因為刀氣外放的緣故，眼前的狀況下，唯有無形刀氣才能切斷蛛絲，自己才能順利脫困。可惜自身刀氣外放的成功率實在太低。

巨型蜘蛛封鎖住胡小天的後路，並不急著向他靠近，吞吐出淡青色的霧氣。

胡小天推測出這霧氣必有劇毒，蜘蛛應該是被自己剛才的一擊打怕了，所以不敢發動近身進攻，胡小天屏住氣息，強迫自己收回雜念，將全部的意念都集中在手中的這柄刀之上。丹田氣海內息不斷膨脹，在積蓄雄渾旺盛之後，將內息導入手臂，這一次他要一擊成功。

巨型蜘蛛八條長腿不急不緩的挪動著，胡小天感覺周圍的蛛絲不停顫動起來，他向兩旁望去，下方蛛絲突然變成了黑色，而且這黑色迅速蔓延，仔細一看，並不是蛛絲改變了顏色，而是成千上萬隻小蜘蛛沿著蛛絲爬了上來。

胡小天毛骨悚然，看到這麼多的蜘蛛同時向自己逼近，比面對那隻大蜘蛛還要可怕，他的身軀猛然逆行旋轉起來，旋轉兩周之後，又順時針旋轉，轉速提升數倍，手中斬風向下方劃出一個圓圈，刀氣將下方縱橫交錯的蛛網斬出一個大洞，那些小蜘蛛隨著蛛網向下落去，胡小天的身體隨即向後方蕩去，後背撞擊在地洞的牆壁之上，然後借力向對側反彈，彈到中途，身體再度倒折而起，一刀向那巨型蜘蛛砍去，他距離蜘蛛還有三丈左右，斬風的刀刃不可能觸及到蜘蛛，但是一股凜冽的無形刀氣已經脫離刀身橫削而去。

蜘蛛似乎嗅到了危險，慌忙騰躍而起試圖抓住右側的蛛絲，可惜動作還是稍稍慢了一點，被胡小天一刀斬在腿上，刀氣過處，三條長腿從中斷裂，藍色的血液從斷肢中流淌出來。

胡小天一擊得手，心中大喜過望，旋即又是一刀，刀氣將束縛在他雙腳上的蛛絲斬斷，借著身體蕩動的勢頭，手指深深插入洞壁之中。

蜘蛛就在他的對面，斷裂的傷口仍不停流著藍色血液，下方小蜘蛛正在向上潮水般湧來。

巨型蜘蛛恨極了胡小天，突然從蛛網之上騰躍而起，向胡小天撲去，胡小天在牠啟動的同時，提起內息，身軀向上提升一丈，一把抓住了頭頂上方的人蛹，那只人蛹正是盧青淵的屍體製成。

蜘蛛撲了個空，五隻利爪深深插入洞壁內，此時成千上萬的小蜘蛛已經集中在牠的身體周圍，蜘蛛緩緩向上爬行，失去三條長腿之後，牠的身體也失去了平衡。

胡小天一手抓住盧青淵的屍體，一手握住斬風，不停隔空出招，他已經完全鎮定下來，刀氣外放的成功率明顯增加，連續幾刀都劈砍在洞壁之上，刀氣砍殺在蜘蛛軍團的陣營中，大片的蜘蛛被殺，刀氣擊落了洞壁的沙石，帶著那些蜘蛛滾落下去，將其埋在地底，只是一連幾刀都沒有成功擊中那隻巨型蜘蛛。不過胡小天的境況比起剛才已經有了很大改善，從被動挨打已經變成了相持階段。

洞口處忽然傳來閻天祿的聲音：「小子，你在下面嗎？」

因為有了剛才盧青淵被殺的經歷，胡小天慌忙出聲提醒他道：「不要靠近地洞，這裡有一隻大蜘蛛，小心牠把你拖進來。」

閻天祿大聲道：「我找到一些磷火彈，試試能不能燒掉蜘蛛網。」

胡小天道：「試試！」

說話間，頭頂一個黑乎乎的影子落了下來，卻是閻天祿扔了一具死屍下來，死屍落在蛛網之上馬上燃燒起來，綠油油的火焰沿著蛛絲迅速蔓延起來。胡小天沒料到閻天祿說幹就幹，不過看來這磷火彈居然是蛛網的剋星，轉瞬之間周圍的蛛網全都燃燒起來，蛛網上的小蜘蛛嚇得潮水般退去，可這磷火蔓延的速度很快，馬上將小蜘蛛燒著，空氣中到處彌散著一股焦臭的味道，胡小天來回劈斬，刀氣將蛛絲斬斷，然後提起一口氣，騰空向上方飛掠而起，從磷火燃燒的空隙向上方竄去。

他的身體成功飛出了洞口，剛剛落在洞口的邊緣，腰間又被一根絲索纏住，胡小天慘叫一聲，被倒拖回洞中。

危急關頭，一隻大手伸了出來，穩穩將胡小天的左臂抓住，卻聽閻天祿大吼一聲：「給我上來！」

胡小天的半截身體被重新拖到了地洞邊緣，轉身望去，卻見那巨型蜘蛛用吐出的蛛絲縛住了自己，正沿著蛛絲向上方爬來，牠身後跟著成千上萬的徒子徒孫。

胡小天叫道：「還有沒有磷火彈，再賞給牠們一顆。」

閻天祿怪叫道：「你當我是下蛋公雞啊？沒有了！」他緊咬牙關，用盡全身的力量將胡小天拖了上來。

胡小天的腰間仍然繫著蛛絲。

閻天祿抽出匕首想去將蛛絲斬斷，非但沒有將蛛絲斬斷，反而匕首也黏在上面了，氣得閻天祿直罵邪門。

而這時蜘蛛軍團在巨型蜘蛛的帶領下陸續爬了上來。

閻天祿看到那隻巨型蜘蛛，不由得倒吸了一口冷氣：「我靠！什麼怪物？」

胡小天凝神聚氣，一刀隔空將蛛絲斬斷，低聲向閻天祿道：「屏住呼吸，這怪物會噴毒氣！」

閻天祿從身後拿出一顆彈丸，向前方扔去，彈丸落在地上頓時燃起一片碧油油的磷火，分明是磷火彈，胡小天狠狠瞪了這老傢伙一眼，剛還說沒有，現在居然又拿出來一顆。

閻天祿一臉無辜道：「壓箱底的一顆，這次真沒了！」

巨型蜘蛛的身上也染上了不少的磷火，雖然失去三條長爪，可是牠行進的速度絲毫不見緩慢，六腿齊動，帶著一身磷火向胡小天狂奔而來。閻天祿看到這聲勢也不敢硬拚，轉身向後就逃。

胡小天一動不動，站在那裡，在巨型蜘蛛騰空飛撲向他的剎那，他發出一聲大吼，手中斬風刀全力揮出，霸道無匹的刀氣從巨型蜘蛛的身軀正中飛掠而過，將蜘蛛從中分成兩半。

藍色的血漿四處飛濺，巨型蜘蛛被胡小天一分為二，跟牠前來發動攻擊的那些小蜘蛛看到頭領死了，馬上潮水般退了下去，不及逃離的也都被磷火燒成灰燼。

胡小天看到那巨型蜘蛛的肚子裡滾出了一物，他走過去，用布包住那東西拾起，方才發現是一顆朱紅色的圓球，乒乓球般大小。

閻天祿本想湊上去，可是感覺腥味撲鼻，頭暈目眩，慌忙屏住呼吸，向後方退了幾步，從腰間拿出一個小瓶，湊在鼻孔處聞了聞，這才感覺好了一些，他低聲道：「那是蛛王的內丹，好東西，不過有毒。」

胡小天將內丹收好，這是他的戰利品當然歸他所有，閻天祿望著胡小天一臉的羨慕，心中暗自奇怪，這小子怎麼不怕劇毒？難道當真是百毒不侵的人物？

胡小天來到那蜘蛛的屍體旁，看了看。

閻天祿道：「折斷牠的爪子，那都是好東西，無堅不摧，可以用來打造兵器。」看到胡小天仍然無動於衷，他忍不住提醒道：「趕緊收攤子走人，北澤老怪應該就快回來了。」

胡小天望著那碩大的蜘蛛屍體，沉吟片刻方才道：「他現在回來，豈不是正好？」

鄒庸做好了萬全的準備，有北澤老怪和父親落櫻宮主人唐九成兩大高手助陣，就算天下最頂級的高手也要退讓三分，胡小天和閻天祿的武功雖然很高，但是和他們兩人相比，仍然要遜色不少。

只是事情並沒有他們想像中順利，在黃驊港被人兜來轉去了一個時辰之後，方才來到了最終交換人質的地方，看到一艘小船從鱗次櫛比的漁船佇列中緩緩蕩出。陪在鄒庸身邊的是北澤老怪，唐九成應該就埋伏在附近，只要閻天祿和胡小天現身，這兩大高手就會同時發起攻擊。

小船來到近前，划船的船夫卻大聲道：「有人讓我將這裡面的人送來！」

鄒庸心中已經覺得不妙，他揮了揮手，手下兩名武士跳到對面的船上，進入船艙，將裡面的薛靈君扶了出來，薛靈君應該沒有受到什麼傷害，看到鄒庸等人，臉上露出笑容道：「本宮還以為再也見不到你們了。」

鄒庸心下一沉，不是說好了要交換人質，可是為何只見薛靈君一人前來，顏東晴呢？他來到薛靈君的身邊，裝出關切萬分的樣子：「長公主殿下有沒有事？」

薛靈君搖搖頭，輕聲歎口氣道：「他們先放了我，讓我給你們帶個話，說你們故意設伏，所以交易取消，限你們三日內放了閻伯光，不然他們就殺了顏東晴。」

鄒庸使了個眼色，兩名武士將那名船夫拿住，那船夫惶恐道：「我什麼都不知道，我只是一個撐船的，小的冤枉……小的冤枉啊！」

薛靈君道：「鄒公子，你為難他作甚？想知道什麼，你直接問我就是！」

鄒庸望著薛靈君，心中幾乎斷定她和胡小天等人必然串謀設局，讓自己空跑了一趟，惱怒到了極點，可當著薛靈君的面又不好發作，只能訕訕道：「長公主沒事就好，其他的事情還可從長計議。」

北澤老怪看到眼前情景，已經知道今晚被人擺了一道，冷冷道：「鄒大人，若是沒什麼事情，老夫先走一步。」

鄒庸拱手送行道：「恭送前輩！」

北澤老怪怪眼一翻，身軀瞬間已經消失在夜色之中。

北澤老怪遠遠就看到天星苑的方向熊熊燃燒的火勢，他心中不由得一沉，全速向天星苑趕去，來到近前，看到整個天星苑都已經落入一片燃燒的火海之中，有幾十名門人從火海中逃了出來，正在那裡救火，可是他們的那點微薄力量根本無法阻止迅猛的火勢。

眼前情景讓北澤老怪目眥欲裂，他一把將身邊一名門人抓住怒吼道：「怎麼回事？到底發生了什麼事情？」

那弟子仍然驚魂未定：「啟稟……啟稟老祖……剛才有一名兇神惡煞的鐵面人衝了進來，逢人就殺，還放火燒了天星苑……」

北澤老怪心中狂怒，咬牙切齒道：「你因何不阻止他？」

「小的武功低微……」

北澤老怪忽然伸出手去，五指如勾刷地插入那名弟子的天靈蓋中，那弟子吭都沒吭就已經軟癱在地上，頭頂天靈蓋上已經多出了五個血洞，北澤老怪披上離火斗篷，毫不猶豫地向火海中衝去，他真正擔心的是纏綿洞，那裡有他用去畢生心血豢養的五彩蛛王，蛛王如今已經孕育內丹，成熟的內丹不但可以延年益壽，而且能讓自身的武功增強一倍，對於毒修者來說，從中獲得的裨益更大，所以北澤老怪才會如此緊張。

閻天祿所放的這場火相當成功，火借風勢，沒過多久就已蔓延到整個天星苑。

北澤老怪依靠離火斗篷隔絕烈火，在火場中急速前行，憑藉著他對天星苑地形的熟識，很快就來到了纏綿洞前，弟子的屍體隨處可見，因為大都被火燒得焦黑，也看不出他們的真正死因，北澤老怪也不在乎這些。

進入纏綿洞，深入一段距離之後，發現火勢並沒有蔓延到這裡，洞內也橫七豎八地躺著弟子的屍體，閻天祿內心緊張到了極點，就在他即將接近五彩蛛王所在地方的時候，突然一名身材魁梧的黑衣人從中衝了出來，一言不發，一拳向北澤老怪擊去。

北澤老怪身軀猶如風中擺柳，整個身體向後倒仰，口中噗地噴出一團黑色水霧，那黑衣人慌忙放棄攻擊，護住雙目，從北澤老怪頭頂飛掠而出。

北澤老怪也不急於追趕，第一時間向洞內衝去。

眼前所見讓北澤老怪差點沒痛暈過去，卻見那五彩蛛王靜靜躺在地洞深處，八條長腿已讓人盡數斬斷，看起來就像一塊毫無光彩的頑石，地上流滿藍色的血跡。

北澤老怪氣得哇哇怪叫，他快步來到五彩蛛王面前，抽出匕首，準備剖開五彩蛛王的身體，看看內丹是否還在牠的體內。就在北澤老怪正準備動手的時候，五彩蛛王的屍體竟然從中分開，一道凜冽的刀光直奔北澤老怪而來，刀勢宛如長江大河，氣勢滂沱。

北澤老怪先是擊退了一人攻擊，然後又看到五彩蛛王被殺，心神大亂，對五彩蛛王身體內居然藏有一人毫無準備，生死關頭，他以驚人的速度向後方退去，因為後撤的速度太快，而留下一道道殘影。

可是對方的刀速也是奇快，雖然未能成功外放刀氣，可是刀鋒也劈在北澤老怪的胸膛之上，鮮血橫飛。北澤老怪的胸膛上被劈出一道長達尺許的傷口。

而與此同時，那戴著青銅面具的黑衣人去而復返，從後方夾擊上來，趁著北澤老怪被逼後退的時候，一拳狠狠擊中他的後心。

北澤老怪感到後方拳風颯然，在此時想要躲避已經來不及了，只能硬生生承受了對方的一拳，蓬的一聲，這一拳砸得北澤老怪身軀劇震，一口鮮血噴了出來。

聯手襲擊北澤老怪的兩人正是胡小天和閻天祿。依著閻天祿本來的意思是在放火焚燒天星苑之後馬上離開，可是胡小天卻認為這樣走了，對斑斕門稱不上重創，北澤老怪毫髮無損，天星苑被焚只會招來他更加猛烈的報復，乾脆一不做二不休，留下來等北澤老怪，將之誅殺。

於是胡小天決定藏身在五彩蛛王的體內，這隻蜘蛛既然對北澤老怪那麼重要，想必他一定會回來尋找，讓閻天祿先出逃造成逃離的假像，然後攻其不備一刀將之刺殺。就算這一刀無法將北澤老怪殺死，閻天祿還可以去而復返，兩人聯手殺死北澤老怪應該不難。

北澤老怪果然中計，先被藏身在五彩蛛王體內的胡小天砍了一刀，然後又被去而復返的閻天祿重擊一拳，即便是在兩大高手的夾擊偷襲之下，北澤老怪仍然沒有被當場擊殺，此人不但是修毒一派宗師，在武功方面也躋身頂級行列。

北澤老怪靠在西側洞壁之上，胸前的傷口仍然在汩汩流血，鬍鬚之上因為噴血也染上了不少的血跡，他冷冷望著兩人，閻天祿守住洞口，因為帶著青銅面具，別人看不到他的本來面目。至於胡小天已經用了易筋錯骨和改頭換面，現在的外表就是一個醜陋的駝子，北澤老怪就算再大的本事也認不出他們的身分。

北澤老怪緩緩點了點頭道：「殺我愛寵，暗箭傷人，你們還真是無恥啊！」

胡小天挺起手中長刀，冷冷道：「廢話少說，受死吧！」他又是一刀揮出，一刀凜冽刀氣從刀身外放而出，閃電般朝著北澤老怪斜劈而去。

北澤老怪腳步移動，即便是在受傷之後，他移動的速度仍然鬼神莫測，刀氣只是劈中了一個虛幻的殘影，北澤老怪怪叫一聲，卻見他的胸口之上有綠色的蠕蟲在蔓延，很快就爬滿了被胡小天砍傷的刀口，鮮血開始止住。與此同時，從土洞的四壁，小洞中，牆縫中，一隻隻五彩斑斕的小蜘蛛爬了出來。

閻天祿剛才以為殺死了五彩蛛王，毒蟲全都散去，卻想不到北澤老怪出現之後，馬上又有無數毒蟲出現，他心中暗叫不妙，以傳音入密向胡小天道：「風緊扯呼！」他們的武功雖然高強，可是在應對毒蟲方面卻沒有太多的方法，萬一被毒蟲咬上一口那可不是鬧著玩的。

胡小天卻沒有逃跑的意思，向前跨出一步，又是一刀向北澤老怪砍去，機不可失失不再來，好不容易才得到了一個殺死北澤老怪的良機，豈能輕易錯過。

北澤老怪的步法奇快，再次躲過胡小天的攻擊，而他的身體猶如蜘蛛般沿著地洞的牆壁爬行，成千上萬隻蜘蛛潮水般湧了上來，有不少覆蓋在北澤老怪身體上。

閻天祿望著到處蠕動的毒蟲，感到心中一陣噁心，不過他發現那些毒蟲似乎對胡小天顯得頗為忌憚，只是來到他周圍三尺左右的地方就不再前行，而對自己顯然就沒那麼客氣，密密麻麻如同潮水上漲一般向他的足下包圍而來，閻天祿歎了口氣，準備提醒胡小天盡快逃走的時候，卻聽胡小天以傳音入密道：「你先走，我來對付他！」

原來胡小天也發現這些毒蟲並不敢向他靠近的事情，本來他還以為是因為自己有了百毒不侵的本事，可是想起剛才和五彩蛛王在地洞中生死相搏的經歷，那些小蜘蛛也沒有對他表現出任何的懼怕，何以這麼短的時間內開始害怕他，不敢向他靠近？胡小天馬上想起自己和剛才的變化無非是多了一顆五彩蛛王的內丹，難道就是這顆內丹起到了作用？

北澤老怪看到那無數蜘蛛竟然不敢向胡小天靠近，心中也是大感驚奇，隱然猜測到五彩蛛王的內丹十有八九就在胡小天的身上，他心中又恨又喜，恨的是胡小天殺死了他的毒寵，喜的是自己還有希望將內丹從他手中奪回來。

胡小天手中長刀挽了一個刀花，嘗試著向前跨出一步，地上密密麻麻的蜘蛛明顯對他非常忌憚，隨著胡小天移動腳步，蜘蛛紛紛避讓。

北澤老怪忽然爆發出一聲怪吼，凌空向胡小天撲去，他的身體已經覆蓋上一層厚厚的蟲甲，軀體比起剛才增大了一倍有餘，變成了一個巨人。

刀光一閃，胡小天快速出刀，刀氣滾滾，向北澤老怪進擊而去，這一刀成功砍在對方的臂膀上，可是卻未能深入，北澤老怪周身的蟲甲猶如爆炸一樣分離開來，漫天遍地的蜘蛛向胡小天鋪面而來。這些蜘蛛雖然對胡小天頗為忌憚，但是現在全都是被北澤老怪激發而出，蜘蛛們身不由己。

胡小天身軀原地旋轉，手中斬風化為一團刀光護住自己的身體。

北澤老怪身體的蟲甲退去，他的身上已經被一層銀亮的蛛絲包裹，剛才被胡小天砍出的那道傷口已經被掩飾起來，看上去北澤老怪並沒有受到太大的傷害，他冷冷望著胡小天道：「天堂有路你不走，地獄無門你闖進來，今日我必讓你死在萬蟲吞噬之下。」

胡小天笑瞇瞇道：「忘了告訴你一件事，盧青淵已經死了，就是死在大蜘蛛嘴裡，他是不是你徒弟？」

北澤老怪最疼的就是這個徒弟，聽聞盧青淵身死，一時間悲從心來，他點了點頭，雙臂張開，大吼一聲，從他嘴中，一顆顆金色的小蟲子飛出，轉瞬之間，整個地洞內佈滿金光。

胡小天看到那一顆顆的小蟲子也是毛骨悚然，老怪不用蜘蛛改用別的毒蟲，這下麻煩了，不知那顆內丹還頂不頂用？

眼看那一顆顆的小蟲子飛到近前，胡小天慌忙將長刀上下揮舞，不過那些小飛蟲雖然比蜘蛛接近胡小天，但是在靠近他身周兩尺的時候也不敢再繼續前進。胡小天大喜過望，無意之中竟然獲得了一顆怯毒驅蟲的寶物。

北澤老怪冷眼望著胡小天並不急於進攻，他的身體靠在牆壁之上，從牆縫中一條條宛如蚯蚓般的黑色小蟲遊移出來，纏繞到北澤老怪的身上，很快就在他的體外形成一層蠕動的黑色蟲甲，這小蟲乃是鐵線金剛蟲，別看身材纖細，但是身體堅韌硬度奇高，千萬條鐵線金剛蟲組合在一起就形成了一套堅不可摧的外甲。

胡小天在確定毒蟲不敢靠近自己之後信心倍增，舉起長刀再度向北澤老怪劈去，北澤老怪並沒有急於正面迎擊，而是如同蜘蛛一般在洞壁來回游竄，躲避胡小天的進攻，胡小天的刀氣外放時靈時不靈，雖然如此也是威勢駭人，刀氣所到之處大片的毒蟲被砍成齏粉，洞內充斥著一股濃重的腥臭味道。

隨著鐵線金剛蟲越聚越多，北澤老怪的身體也如滾雪球般變大。

胡小天暗叫不妙，這樣下去，老怪會變成一個頂天立地的巨人，到時候在體型上會佔有絕對的優勢。

北澤老怪的行動絲毫沒有因為蟲甲的增大而變得緩慢，他的身體整個倒掛在洞頂，鐵線金剛蟲連他的面部都已經覆蓋，只留下眼睛和口鼻的位置。北澤老怪終於發動攻勢，宛如泰山壓頂般一拳向胡小天攻去。

北澤老怪的拳頭比起剛才擴大了兩倍不止，胡小天當然不會去跟他硬碰硬比拚，但看那些蠕動的蟲子就足夠噁心，手腕一動，刀鋒向北澤老怪的手腕切去。

刀鋒砍在對方的蟲甲之上竟然彈性十足，雖然將蟲甲壓下去一道深痕，卻無法攻破鐵線金剛蟲堅韌的外皮。

北澤老怪左手一張，一道白光向胡小天襲去。胡小天身體一側，躲過白光的射擊，那道白光在錯失目標之後竟然弧形轉折過來，猶如擁有生命一般。繞行到胡小天身後，有若鮮花般綻放開來，卻是一張蛛網。

胡小天暗歎，想不到這北澤老怪居然有蜘蛛俠的本事，足尖一點，在蛛網纏繞住自己之前騰空掠起，身體接近洞頂之時，左手向後反抓，以玄冥陰風爪深深插入洞壁之中，身體反貼在洞頂之上，右手旋即反向揮出，一道凜冽的刀氣外放而出，隔空飛斬在北澤老怪射出的蛛絲之上，蛛絲從中斷裂，剛才胡小天能夠用刀氣斬斷五彩蛛王編織的蛛網，對付北澤老怪射出的蛛絲當然更不在話下。

北澤老怪雙手狂舞，射出一道道銀亮蛛絲在地洞內形成縱橫交錯的蛛網，他的手段應該是從五彩蛛王那裡學得，封住胡小天的後路不停壓榨他活動的空間。

各種毒蟲層出不窮，整個地洞內腥臭瀰漫，若是普通人只怕呼吸一口氣就會中毒，而胡小天仗著有獨特的呼吸法，這些毒氣並沒有對他造成太大的困擾。真正麻煩的是洞內開始光線全失，黑霧瀰漫，胡小天的目力雖然很強，但是在極度惡劣的可見度下看到的距離也是銳減，唯有利用聽力辨明北澤老怪所在的地方。

想要憑聽力判斷一個人所在的位置，除了腳步聲就是對方的呼吸和心跳，然而胡小天凝聚精神仍然聽不到這些動靜，周圍傳來沙沙的毒蟲爬地之聲，除此以外再也沒有其他的動靜。胡小天利用裝死狗的心法控制呼吸心跳，他堅信自己聽不到北澤老怪的動靜，北澤老怪的目力和聽力在這樣的狀況下同樣會受到影響，他也沒那麼容易找出自己所在的位置。

胡小天推斷的雖然不錯，可是他卻忽略了極其重要的一點，人感知外界除了通過聽覺和視覺，還有嗅覺。對北澤老怪這個毒修高手來說，最為強大的恰恰是這方面，當他意識到胡小天因為得到了五彩蛛王的內丹而導致毒蟲不敢靠近之後，馬上就開始考慮對付胡小天的方法，因為在開始不慎被襲，北澤老怪身受重傷，如果是硬拚，他或許不是胡小天的對手，所以唯有採用偷襲才可能有取勝之機，於是北澤老怪開始利用蛛絲封住胡小天的後路，放出毒霧干擾他的視線。

地洞此時已經變得伸手不見五指，雙方都可以成功控制心跳呼吸的前提下，北澤老怪還有通過嗅覺來判斷對手位置的本事。

胡小天的嗅覺比起普通人要靈敏，但是這地洞之中腥臭無比，他又不敢輕易呼吸，害怕毒氣吸入肺腑中毒，所以在這方面已經完全處於弱勢。

濃濃的黑霧之中，北澤老怪攀援著一根蛛絲無聲無息靠近胡小天，他考慮得非常周到，如果從地上或是沿著洞壁靠近，難免會發出腳步聲，以對方靈敏的耳力很可能會提前發現，攀援蛛絲而來，他的周身又都是蠕動的蟲甲，對方根本無從聽出聲息。

胡小天凝神屏氣，雙耳不放過周圍的任何動靜，可是卻對已經來到他頭頂的北澤老怪毫無察覺。

北澤老怪緩緩伸出右手，鐵線金剛蟲沿著他的手臂向前蔓延，如同他的手臂向前不斷伸展一樣，距離胡小天的頭頂越來越近，在剩下還有三尺的時候凝滯不前，鐵線金剛蟲在此聚集成球。

胡小天似乎仍然沒有覺察，頭頂那尺許直徑的蟲球猛然炸裂開來，猶如落雨紛紛，從上方落下。就在此時，胡小天的身體宛如離弦之箭向前方衝去，他的步伐之快和北澤老怪相比不遑多讓，躲開紛紛落下的鐵線金剛蟲的同時，連續向上方劈出三刀。

北澤老怪身體的蟲甲雖然被砍中一記，但是仍然沒有傷及他的要害，胡小天因為視線受阻，這三刀全都是憑藉自己的感覺，而此時北澤老怪攜帶著萬千毒蟲向胡小天俯衝而來。

只要對方移動，胡小天就能夠聽風辨位，他向北澤老怪衝來的方位就是一刀，這一刀仍然砍在蟲甲之上，鐵線金剛蟲附著在刀身之上，胡小天擊中目標之後馬上想抽回長刀，卻想不到刀身已經黏在蟲甲之上。

北澤老怪已經揚起拳頭照著胡小天胸口打去，他仰仗著堅韌的蟲甲，要和胡小天近身相搏。

胡小天無法抽出長刀，聽到對方拳風颯然，唯有暫時將斬風棄去，也是一拳迎向對方，這一拳卻如同打在橡膠之上，力量雖然很大，卻被鐵線金剛蠱形成的蠱甲反彈回來，胡小天借著反彈之力連續後退幾步。

北澤老怪如影相隨，又是一拳攻了過去，胡小天和對方對了一拳，因為有了剛才的經驗，這次故意收回了幾分力量，避免力量反彈過大，可是這一拳卻如同石沉大海，打在蠱甲之上就像打在棉花團上。就在胡小天力量剛剛用盡，對方的手臂卻變成了一條甩鞭的樣子，狠狠抽打在胡小天的腰間，將他打得橫飛了出去，撞在牆壁上又落在地上。

北澤老怪對蠱甲的操控已經到了出神入化的地步。

胡小天雖然摔得很慘，好在並沒受傷，他過去和北澤老怪的幾名弟子都曾經交過手，今天方才意識到北澤老怪和他的徒弟實力懸殊，如果不是自己偷襲在先，又和閻天祿聯手傷了北澤老怪，恐怕還真不是這老怪物的對手。

他緩緩站起身來，北澤老怪成功擊中他之後馬上又失去了動靜，胡小天暗罵這老東西狡詐，現在斬風也已經失去，而今之計，唯有用神魔滅世拳亂打一氣，他現在的優勢就是內力強大，還有一個就是這些毒蟲都不敢靠近他，偶然有毒蟲掉在他的身上也是馬上逃走，並不對他發動攻擊，應該是因為五彩蛛王內丹的緣故。

外面傳來閻天祿的聲音：「小子，你不必跟他糾纏，離開這地洞，老子用磷火彈把他燒死就是。」

胡小天心中暗歎，閻天祿啊閻天祿，這老奸巨猾的傢伙居然還有存貨，剛才怎麼不亮出來，其實閻天祿也是虛張聲勢，他的磷火彈的確用完了，聽到裡面打鬥激烈，生怕胡小天死在裡面，可他又沒有對付毒物的本事，一時間也不敢冒險進入。閻天祿的這一嗓子對胡小天幫助不小，胡小天根據他的聲音辨明出口所在，他緩緩向後方退去。根據剛才的狀況來看，閻天祿一定對他的一舉一動瞭若指掌，目前的狀況下，自己已經落盡下風，唯有先退出地洞，將北澤老怪引出洞外。

北澤老怪雖然用蛛絲封住洞口，可是這蛛絲的黏度和韌度顯然無法和五彩蛛王相提並論，胡小天循著閻天祿的聲音緩緩後退。

北澤老怪察覺他的意圖，指揮鐵線金剛蟲從四面八方沿著蛛絲爬滿，將胡小天的退路封鎖。

胡小天很快就發現自己已經退無可退，外面閻天祿的聲音也變得越來越小，應該是鐵線金剛蟲就快將出口封閉。胡小天心中不禁有些焦急，反正自己的行藏也瞞不過北澤老怪，也不怕暴露，大吼道：「老爺子，我快頂不住了！」

鐵線金剛蟲仍然沒有將洞口完全封閉，閻天祿當然聽得到胡小天的這聲大吼，如果胡小天不是到了危急關頭應該不會發出求救之聲，閻天祿大聲道：「傻小子，你吞下那顆五彩蛛王的內丹，就會百毒不侵，什麼毒蟲也不敢靠近你！」

鐵線金剛蟲就快將洞口封閉，閻天祿的聲音變得斷斷續續，以胡小天的耳力也只聽到零零散散的幾個字，不過內丹他是聽到了，胡小天心中一怔，正在回味閻天祿話中含義的時候，北澤老怪的攻擊又到眼前，鐵線金剛蟲組成的巨拳攜裹著一陣無匹罡風向胡小天當胸打來，胡小天慌忙揚起拳頭迎擊而去，以他的內力加上霸道的神魔滅世拳，如果是硬碰硬比拚，北澤老怪只怕要被他震得吐血，可是這只巨拳乃是鐵線金剛蟲聚集而成，胡小天的拳頭如同陷入了流沙之中，然後鐵線金剛蟲猛然收緊，將他的拳頭束縛其中。

蟲甲內一隻鳥爪樣的乾枯手掌伸了出去，一把抓住胡小天的胸前外衫，嗤的一聲將胡小天的前襟撕裂，露出裡面七彩海蛇的內甲，如果不是有了這套內甲，只怕胸膛會被對方抓下一塊肉來。

胡小天想要抽出右手，卻發現拳頭被鐵線金剛蟲死死纏住，一時間逃脫不得，心中大駭，這樣豈不是變成了被動挨打？危急之中他抬腳向對方踢去，這一腳踢在北澤老怪的蟲甲之上，腳掌也如同陷入流沙之中。這些鐵線金剛蟲似乎起了變化，不再像剛才那樣躲避他的身體，已經開始主動進攻。

胡小天嚇得一身冷汗，現在他能夠自如運用的只有左手和左腳，而鐵線金剛蟲非但沒有減少的趨勢，反而越來越多，胡小天在絕望之中忽然又想起閻天祿那句話，內丹，不錯，內丹！吞下內丹豈不是就意味著可以百毒不侵，而北澤老怪之所以苦苦相逼，纏住自己不放，其目的也是為了得到內丹。

趁著左手還能動作，胡小天探入懷中，將五彩蛛王的內丹向口中送去，鐵線金剛蟲已經開始纏繞他的左臂，強大的拉扯力量讓胡小天一時間難以如願，而與此同時北澤老怪也從蟲甲中探出手來意圖搶走內丹。

胡小天張大了嘴巴，猛然一吸，那顆內丹被他一口吸了進去，隨之被他吸入的還有數條鐵線金剛蟲，鐵線金剛蟲遇到那顆內丹剎時融化，內丹落入胡小天的口中苦澀無比，很快就化成津液，內丹迅速縮小，胡小天皺著眉頭將內丹和著這苦澀的汁液吞了下去。

北澤老怪的手爪已經扣住他的咽喉試圖逼迫胡小天將吞入口中的內丹吐出來，這顆內丹對他極其重要，北澤老怪窮半生之力供養五彩蛛王，試煉內丹，可到了最後卻功虧一簣，白白便宜了別人，他心中的惱恨和憤怒實在難以形容。

內丹吞入腹中，一股灼熱的感覺迅速從胸腹中擴展開來，胡小天感覺到自己周身的每一個毛孔都在冒著熱氣，纏繞在他身體周圍的鐵線金剛蟲迅速向周圍撤退，頃刻之間就退了個乾乾淨淨，胡小天手腳重獲自由，揚起右拳照著北澤老怪的肚子狠狠砸了過去。

北澤老怪自恃蟲甲在身，可以擋住胡小天的這一拳，卻想不到胡小天出拳之後，遍佈在他周身的毒蟲紛紛閃避，蟲甲之上露出一個大洞，胡小天的拳頭毫無阻礙地通過大洞重重擊打在北澤老怪的胸膛之上。這一拳乃是神魔滅世拳最為霸道的一招，又是胡小天凝聚全力而為，北澤老怪雖然強悍，也禁不起這下重擊，被胡小天打得慘叫一聲，身軀倒飛了出去足足飛出十餘丈，撞擊在地洞的牆壁之上。

胡小天暴吼一聲，噴出的全都是白色熱氣，周圍毒蟲對他畏如蛇蠍，嚇得紛紛向周圍逃竄，或逃入地洞，或進入牆縫，頃刻之間已經散了個乾乾淨淨，遍佈地洞的黑色霧氣也因為胡小天吐出的白色熱氣而消退。

胡小天的目力重新恢復了正常，卻見地面之上只留下一片片黏液。

北澤老怪被胡小天的一拳將胸前肋骨打塌，心肺也已震裂，眼看胡小天一步步逼近，他的雙目中流露驚恐莫名的光芒，慘叫道：「我做鬼都不會放過你。」咬破舌尖噗地噴出一團黑色血霧，胡小天擔心血霧有毒，慌忙揮出一記空拳，以拳風將血霧驅散，北澤老怪卻趁著這一時機縱身躍入剛才五彩蛛王所在的地洞。

胡小天豈能輕易放他逃走，緊跟著進入地洞，可是一直深入到地洞底部也沒有看到北澤老怪的身影，仔細搜索地洞周圍，並沒有任何洞穴可以藏身，胡小天心中暗奇，可是也只能作罷，料想北澤老怪就算僥倖逃走也命不長久，自己剛才的一拳凝聚全身功力所為，殺傷力奇大，北澤老怪在沒有蟲甲防身的前提下，心肺想必已經被自己震裂。

胡小天沿著原路離開，所到之處並沒有看到任何的毒蟲。

閻天祿在洞口處等著他，看到這廝完好無恙地回來，這才鬆了口氣，笑道：「就知道你小子福大命大造化大，果然沒事。」

胡小天瞪了他一眼道：「好沒義氣，我在生死鏖戰，你倒是快活。」

閻天祿苦笑道：「不是沒義氣，是沒那個本事，對了，那顆內丹還在不在？」提起這事兒胡小天不由得又瞪了他一眼，閻天祿實在太不厚道，他早就知道那蜘蛛的玄機，偏偏不跟自己說實話。

閻天祿看到他的表情，愕然道：「你吞下去了？你當真吞下去了？」

「咋地？」胡小天心中暗忖，我若是不吞下那顆內丹，此刻已經被那些鐵線金剛蟲給纏死了。

閻天祿歎了口氣，表情顯得頗為惋惜，他向空中放了一支響箭：「先離開這裡再說！」

「什麼？」鄒庸聽到天星苑被燒驚得目瞪口呆，他幾乎在第一時間就反應了過來，所謂交換人質，只不過是對方聲東擊西的策略，利用他們想要剷除閻天祿的心理，集合落櫻宮和斑斕門兩大門派宗主前往交換地點，暗地裡卻偷襲天星苑。

唐驚羽歎了口氣道：「天星苑已被燒成一片瓦礫，斑爛門弟子死傷慘重，盧青淵被殺，北澤老怪也音訊全無，可以說斑爛門的勢力在一夜之間被摧毀大半。」

鄒庸雙拳緊握，心中懊惱到了極點，他明白自己在這場交鋒中不但敗了，而且是一敗塗地。

唐驚羽道：「咱們怎麼辦？」

鄒庸深深吸了口氣道：「王上那裡我自會去交代。」

唐驚羽充滿憂慮地望著他，他也知道鄒庸在渤海王面前立誓要抓住閻天祿，救回兩位長公主，可是而今這種狀況卻不知怎樣向渤海王交代。

外面傳來武士的通報聲：「李將軍到了！」

鄒庸道：「請他去花廳稍坐，我這就去見他。」他轉向唐驚羽道：「驚羽，你去父親那裡，將發生的事詳細告訴他，切記，目前的狀況下我們不可輕舉妄動。」

唐驚羽點了點頭道：「大哥小心！」

李沉舟的內心絕不像他表面上那樣平靜，即便是睿智如他，也沒有料到對方竟敢調虎離山夜襲天星苑，而且取得了完勝，天下間在武功上能夠擊敗北澤老怪的應該不少，可是論到用毒的手段，能夠超出他的沒有幾個，北澤老怪失去蹤影，現場找到了盧青淵的屍體，盧青淵不僅僅是北澤老怪最心愛的弟子，也是李沉舟所欣賞的青年才俊，在很多事情上都給他幫助不小，而現在卻死於這場夜襲之中。

能夠將天星苑毀掉，殺死盧青淵，讓北澤老怪人間蒸發的高手並不多，李沉舟可以斷定這件事必然是胡小天和閻天祿聯手。原本渤海國的局面一片大好，不但有自己和鄒庸的裡應外合，還有唐九成和北澤老怪兩大高手的聯手相助，現在兩大高手已去其一，他們的力量明顯削弱了許多。雖然這件事是鄒庸在計畫指揮，可是李沉舟認為自己也難辭其咎。從頭到尾，他都沒有料到對方敢向斑爛門下手，而對方卻恰恰兵行險招。

鄒庸難掩臉上頹喪，見到李沉舟黯然歎了口氣道：「在下讓李將軍失望了！」

李沉舟本想用勝敗乃兵家常事來安慰他，可是話到唇邊卻又改變了主意，低聲道：「長公主無恙嗎？」

鄒庸點了點頭道：「貴國長公主安然無恙。」言外之意就是顏東晴目前還不知下落。

李沉舟道：「看來我有必要和她見上一面了。」今晚發生的事情已經證明，薛靈君、閻天祿、胡小天三方必然聯手，李沉舟也沒有了躲躲藏藏的必要，可以預見，薛靈君此番返回，接下來必然是一番暴風驟雨般的主動出擊。

請續看《醫統江山》第二輯卷八　奇計詐降

醫統江山 II 卷7 步步緊逼

作者：石章魚
發行人：陳曉林
出版所：風雲時代出版股份有限公司
地址：10576台北市民生東路五段178號7樓之3
電話：(02) 2756-0949
傳真：(02) 2765-3799
執行主編：劉宇青
美術設計：許惠芳
行銷企劃：林安莉
業務總監：張瑋鳳

初版日期：2020年12月
版權授權：閱文集團
ISBN ：978-986-352-903-3
風雲書網：http://www.eastbooks.com.tw
官方部落格：http://eastbooks.pixnet.net/blog
Facebook：http://www.facebook.com/h7560949
E-mail：h7560949@ms15.hinet.net
劃撥帳號：12043291
戶名：風雲時代出版股份有限公司

風雲發行所：33373桃園市龜山區公西村2鄰復興街304巷96號
電話：(03) 318-1378
傳真：(03) 318-1378
法律顧問：永然法律事務所 李永然律師
北辰著作權事務所 蕭雄淋律師

行政院新聞局局版台業字第3595號 營利事業統一編號22759935

定價：270元

國家圖書館出版品預行編目資料

醫統江山 第二輯／石章魚 著. -- 臺北市：風雲時代，2020.09- 冊；公分

ISBN 978-986-352-903-3（第7冊；平裝）

857.7 109009548